清代少數民族
文學家族詩集叢刊

第二輯

多洛肯 主編

丁澎文學家族詩集

【清】丁 澎 等撰

多洛肯 點校

上

上海古籍出版社

國家社科基金重大項目(17ZDA262)階段性成果
西北民族大學西北少數民族文學研究中心研究成果
西北民族大學2015年中央高校基本科研業務費項目（2015ZJ002）資助出版

整理前言

一、清代少數民族文學家族研究概論

按照古人的説法，族是湊、聚的意思，同姓子孫，生相親愛，死相哀痛，時常聚會，所以叫族（參見班固《白虎通德論》卷八《宗族》）。家族以家庭爲基礎，指的是同一個男性祖先的子孫，即使已經分居、異財、各爨，形成了許多個體家庭，但是還世代相聚在一起，按照一定的規範，以血緣關係爲紐帶結合成爲一種特殊的社會組織形式。家族是組成古代中國國家機制的細胞，是傳統社會的基礎和支撑力量。

文學家族從魏晉時期開始出現，一直延續到近代，是中國古代文學史上的一種特殊的、極具研究意義的文學現象，是在師友聲氣、政治之外的另一種文學創作的共同體。文學世家的研究，已成爲文學界和史學界共同關注的熱點，成果蔚爲大觀。縱觀近百年來的研究成果，清代家族文化研究仍主要集中於江南地區與中原腹地的漢族高門大姓。代表作如潘光旦的《明清兩代嘉興的望族》，製作了嘉興91個望族的血系分圖、血緣網絡圖、世澤流衍圖，將嘉興一府七縣望族的血緣與姻親關係進行了系統梳理。吳仁安《明清時期上海地區的著姓望族》對上海地區300餘家著姓望族的世系及形成的歷史原因、發展演變及其社會影響等進行了考察。江慶柏《明清蘇南望族文化研究》分析蘇南望族與家族教育、科舉、藏書、文獻整理、文化活動等諸方面的關係。羅時進《地域·家族·文學——清代江南詩文研究》、淩郁之《蘇州文化世家與清代文學》、朱麗霞《清代松江府望族與文學研究》分別以系統梳理與個案探析的方式,對蘇州、松江等江南地區的世家大族進行剖析。徐雁平《清代世家與文學傳承》則以重要問題研究與家族個案研究相結合的手法,探究清代漢族世家文學傳統的衍生、繼承與發揚。

而作爲中國歷史上第二個由少數民族建立的全國政權,清代統治者對八旗、對各地的回族、對南方地區的少數民族,採取了不少促進社會經濟發展的措施,爲民族地區儒學的傳播打下了一定基礎。清代少數民族文學家族是在各民族文化交融的背景下形成壯大的。漢文化尤其儒家文化與少數民族文化交融激蕩,少數民族文化對儒家文化的價值認同以及多民族文化的互攝交融,形成了我國多民族文化發展的格局。

清代少數民族文學家族作爲英賢家族群體,以其巨大的文學創造力和傳承力,用文字記錄行知,以文學方式展現社會風貌,其影響輻射範圍激蕩邊疆、聲聞中華。清代少數民族文學家族充分呈現出悠久的地域文化色彩,凸顯了濃郁新奇的民族特色。清代少數民族文學家族的研究意義,在於深度挖掘清代少數民族文學家族文學創作文本和生態環境的闡釋意義,層層深入清代少數民族文學家族存在方式和關照格局的背後價值。

近年來,少數民族文學家族開始進入研究者的考察視綫,成爲古代文學領域新的學術增長點,出現了一批研究清代少數民族文學家族的論文。如陳友康《古代少數民族的家族文學現象》論及白族趙氏、納西族桑氏兩個文學家族。李小鳳《回族文學家族述略》粗略梳理了明清時期的回族文學家族,並淺析了回族文學家族產生的原因。王德明《清代壯族文人文學家族的特點及其意義》、《論上林張氏家族的文學創作》兩文對清代壯族文學家族進行了一定的梳理與論析。多洛肯、安海燕《清代壯族文學家族及其詩文創作》對清代壯族文學家族中的作家、詩文作品進行全面考察,指出壯族家族文學在地域上分佈不平衡,並將其與同時代的滿族家族文學、蒙古八旗家族文學、雲貴少數民族家族文學(主要是白族、彝族、納西族)進行比較研究。米彦青《清代邊疆重臣和瑛家族的唐詩接受》與《清代中期蒙古族家族文學與文學家族》兩篇論文,對清代蒙古族文學家族尤其和瑛家族進行了較爲系統的考察和探析。全面考察八旗蒙古文學家族文學活動的論文有多洛肯的《清代八旗蒙古文學家族漢語文詩文創作述論》和《清代後期蒙古文學家族漢文詩文創作述論》。涉及滿族家族文學的僅有多洛肯、吳偉的《清後期滿族文學家族及其詩文創作初探》和《清代滿族文學家族文學創作叙略》,二文立足文獻,對清代後期45家和整個清代出現的80家文學家族進行了全面考察與評述。

我們要深入地考察梳理清代少數民族文學家族文學創作的基本情況,摸清現存詩文別集的存佚情況、流佈現況。清代少數民族文學家族的文學創作繁興突出的表徵是一門風雅。一門風雅反映出清代少數民族文學家族内部文人化的聚合狀態。清人詩文集浩如煙海,少數民族文學家族成員創作作品分散庋藏各地,有不少還是未經刊印的稿本、鈔本,有些刻本僅存孤本。對這筆文化遺産進行調查、摸底,爲防文獻散佚,必須將之進一步輯録、整理。這些文學作品藴涵著豐富的歷史文化信息,是我國古代文學重要組成部分。

據對現有相關文獻資料的調研摸底,清代滿族文學世家有80家,家族詩文家270人,存詩人數238人,别集總數360部,散佚115部;回族文學世家14家,家族詩文家53人,存詩人數34人,别集總數91部,散佚25部;蒙古族文學世家10家,家族詩文家31人,存詩人數10人,别集總數44部,散佚5部;壯族文學世家11家,家族詩文家33人,存詩人數16人,别集總數28部,散佚18部;白族5家,家族詩文家18人,存詩人數18人,别集總數26部,散佚15部;彝族4家,家族詩文家14人,存詩人數11人,别集總數9部,散佚3部;納西族 3 家,家族詩文家 11 人,存詩人數 11 人,別集總數 13 部,散佚 3 部;布依族 1 家,家族詩文家 3 人,存詩人數 3 人,別集總數 6 部,未散佚。摸清家底,爲深入考察清代少數民族文學家族文學創作狀況奠定了堅實的文獻基礎。編纂一部清代少數民族文學家族詩文總集,並做相應學術研究,這是一項重要的基礎工程。

二、丁氏文人生平及著述徵略

以丁澎爲代表的回族丁氏文學家族,以其獨特而深厚的家族文學,創作了大量優秀的文學作品。丁澎文學家族以丁澎爲核心,主要有丁濚、丁灝、顧永年等人,其中形成了一個由兩代人構成的文學家族。

丁澎(1622—1691 至 1696 間),字飛濤,號藥園,浙江仁和(今杭州)人,原籍嘉善。明崇禎十五年(1642)舉人,清順治十二年(1655)進士。官刑部主事,調禮部兼司主客。順治十四年丁澎奉旨任河南鄉試的副主考,因科場案牽係流徙遼東尚陽堡五年。康熙二年(1663),丁澎流放期滿,由塞外歸里。與杭州詩人陸圻、柴紹炳、沈謙、陳廷會、毛先舒、孫治、張綱孫、虞黃昊、吳百朋等十人結社於西湖,人稱"西泠十子"(也作"西陵十子")。又與宋琬、施閏章、張譙明、周茂源、嚴沆、趙錦帆等切磋唱和,一時聞名於京師,號稱"燕臺七子"。事蹟見《清史稿》卷四百八十四本傳。著有《扶荔堂樂府詩集》、《藥園詩續集》、《藥園文集》、《扶荔堂詞集》、《讀史管見》、《存笥日鈔》,主持纂修(康熙)《浙江通志》,并撰有《天方聖教序》和《真教寺碑記》。

現存《扶荔堂文集選》十二卷《詩集選》十二卷《扶荔詞》三卷《詞別錄》一卷,清康熙五十五年丁辰槃刻本,國家圖書館有藏。《燕臺七子詩刻》(存六種六卷)收丁澎《信美軒詩選》一卷,清嚴津編,清順治間刻本，上海圖書館有藏。《百名家詩鈔》收丁澎《扶荔堂集》一卷，清聶先編，清康熙間刻本，國家圖書館有藏。《百名家詞鈔初集》收丁澎《扶荔詞》一卷，清聶先、曾王孫編，清康熙間金閶綠蔭堂刻本，國家圖書館有藏。《扶荔詞》三卷《別錄》一卷，清康熙間刻本，國家圖書館、福建圖書館有藏。《扶荔詞》四卷，清康熙五十五年刻本，北京師範大學圖書館有藏；清鈔本（存小令一卷、中調一卷），社科院文學所藏。

《扶荔堂詩稿》於順治十一年刊刻問世，前有順治十一年陳焜公、張安茂、彭賓及宋徵輿所作的序，計十三卷，收錄丁澎入仕前所作詩歌共五百二十六首（包含了《西泠十子詩選》中所收錄的丁澎一百一十首詩歌）。

《扶荔堂詩集選》十二卷，内容分五古、七古、五律、七律、五絶、七絶，按行跡分雜集、京集、遊集、居東稿四類。《扶荔堂詩集選》包含了《燕臺七子詩刻》所收的丁澎《信美軒詩選》中的詩歌，有王士禛、吴偉業、龔鼎孳、黄宗羲、陳維崧等名家評語。《扶荔堂詩集選》南京圖書館和上海圖書館有藏。南圖本卷端題"扶荔堂詩集選，丁藥園著，文芸館梓行"。書前有李天馥序和蕭起辛序，爲杭州八千卷樓舊藏本。上圖本書前僅有宋徵輿所作序，而此序實則是宋徵輿早年爲丁澎《扶荔堂詩稿》所作，序末尾署名處將"雲間社盟弟宋徵輿轅文撰"改爲了"雲間同學弟宋徵輿轅文撰"，而序文的字體、版式與《扶荔堂詩稿》前的宋序毫無二致。南圖本卷四末僅有"男丁梓齡丹麓、丁榆齡紫厓同校"字樣，而上圖本卷四末則有"孫丁焜遠觀光正字"。另外，南圖本字蹟較上圖本清晰。可見相較而言，上圖本當爲後印本。南圖本總體來説版本狀況更佳，但存在頁碼錯排現象，如卷九至"歸雲庵"頁止，錯將本應屬於卷九的後四頁排在了卷六尾，上圖本中將其糾正，進行了重新排序。

《扶荔堂文集選》十二卷，收文九十六篇，按體裁分爲序、議表、策對、史論、書牘、紀傳、賦、題跋、墓碣、銘等，爲丁澎的弟子李天馥和許三禮等選編。有康熙五十五年文芸舘刊本（按《清史稿藝文志拾遺》著録作康熙十三年刊本，《清人别集總目》云康熙二十三年刊本，皆有誤），上海圖書館、國家圖書館、南京圖書館等館有藏。

《扶荔詞》三卷《詞變》一卷，康熙間刻本。《續修四庫全書》據福建省圖書館藏本影印，書前有梁清標、沈荃和宗元鼎所作序和記，卷首"目次"處有"男榆齡紫厓、梓齡丹麓校"字樣。卷三末有"孫丁焻遠觀光校訂"字樣。上海圖書館所藏版本面貌與《續修》本同。因爲上圖所藏《扶荔詞》是和《文集選》及《詩集選》是合在一起的，所以梁清標、沈荃和宗元鼎所作序和記放在了《文集選》前。《續修》本《扶荔詞》可能是其單行本。南京圖書館《扶荔詞》書衣題簽署"藥園藏本"。書前無序，卷三末有"孫丁謙、乾、坤、震重校訂"字樣。

丁瀠，生卒年不詳，字素涵，丁澎三弟，著有《秉翟詞》。《名家詞鈔六十種》收《秉翟詞》一卷，僅有詞一首。

丁灝（1637—1718），字勛庵。浙江仁和人，丁澎之族弟，與其兄并稱"二丁"。著有《鼓枻文集》。有秉熙懶雲閣刻本，收文三十篇，國家圖書館有藏。上海圖書館存第三、第四卷殘本。

顧永年，生卒年不詳，字九恒，號桐村，浙江仁和人，丁澎之婿。康熙二十四年進士，官甘肅華亭知縣。三十一年以事發遣奉天，居五年，師征額爾丹，遣其子輸粟軍前，得釋還。此後以文字遊四方。著有《梅東草堂詩集》。七卷本，清康熙間刻本，中國科學院圖書館有藏。九卷本，清康熙四十七年澡雪堂刻增修本，國家圖書館、中國科學院圖書館有藏。

三、點校版本説明

此次點校以家族爲整體，收録清代回族丁澎家族成員四人的詩文作品。

整理前言

丁澎《扶荔堂詩稿》以南京圖書館藏本爲底本，校以上海圖書館藏《西泠十子詩選》所收詩作。《扶荔堂詩選》、《扶荔詞》、《詞變》皆以上海圖書館藏康熙五十五年本爲底本，校以南京圖書館藏本和國家圖書館藏本。其中《扶荔詞》又校以《續修》本。《扶荔堂詩選》又以上海圖書館所藏順治十八年《燕臺七子合刻》他校。

丁澎《秉翟詞》一首，據國家圖書館藏《名家詞鈔六十種》迻録。

顧永年《梅東草堂詩集》，以國家圖書館藏康熙四十七年澡雪堂刻增修九卷本爲底本，校以中國科學院圖書館藏七卷本。另《梅東草堂詩集》有目無詩者二十三首，臚列如下：卷二末《述夢》一詩，卷三《諸同年會祭先慈，哀感賦謝四首》後《祖德詩》一詩，卷七末《過增城伯故居瞻其遺像》、《追挽陳少宰秋濤先生》、《飛來寺夜泊》、《登觀音巖》、《寄祝武先七叔六十》、《度庚嶺探梅無信》、《寄同年張唯存太守問聖湖無恙否》、《觀漢武帝立思子宮有感》、《聞善長兒下帷僧舍甚喜》、《兩至粵東不及一登羅浮諸勝悵然有作》、《老年跋涉藉同行友時含章扶持之力居多》、《抵南安老僕力疾遠來得平安家問》十二詩，卷八首《過韶陽望掛榜山》、《索郭定菴法書》二詩，《題海寧令殉節事》後《元旦壽丁學田觀察》、《元旦丁觀察尊堂劉太夫人八十壽》二詩，《鄧李又令郎》後《聞貴撫陳實齋中丞移鎮湖北》一詩，卷末《送史宮端還朝》、《彭艾菴觀察招陪史宮端設餞海幢》、《懷南安太守陳子文先生》、《郭九世兄送十一令弟就姻越秀兼詢其尊大人制府金安》四詩。

目　　錄

上　　冊

整理前言 …………………………………………………………… 1

扶荔堂詩稿

詩序 ………………………………………………… 陳　爌　3
序言 ………………………………………………… 張安茂　5
序 ………………………………………………… 彭賓五　7
叙 ………………………………………………… 宋徵輿　9

扶荔堂詩稿卷一 ………………………………………………… 11
　　風雅體
　　　鴻飛 ………………………………………………… 11
　　　晨風 ………………………………………………… 11
　　　孟冬 ………………………………………………… 12
　　　江有楓 ………………………………………………… 12
　　　靈壇 ………………………………………………… 13
　　　五郊樂章 ………………………………………………… 14

扶荔堂詩稿卷二 ……………………………… 15
擬古樂府
  黃澤辭 …………………………………… 15
  白雲謠 …………………………………… 15
  穆天子謠 ………………………………… 15
  南山歌 …………………………………… 15
  越人歌 …………………………………… 16
  採葛婦歌 ………………………………… 16
  易水歌 …………………………………… 16
  大風歌 …………………………………… 16
  李夫人歌 ………………………………… 17
    其二 …………………………………… 17
  秋風辭 …………………………………… 17
  烏孫公主歌 ……………………………… 17
  據地歌 …………………………………… 17
  漢鐃歌十八曲 …………………………… 18
    朱鷺 …………………………………… 18
    思悲翁 ………………………………… 18
    艾如張 ………………………………… 18
    翁離 …………………………………… 18
    戰城南 ………………………………… 18
    巫山高 ………………………………… 19
    上陵 …………………………………… 19
    將進酒 ………………………………… 19
    君馬黃 ………………………………… 19
    芳樹 …………………………………… 20
    有所思 ………………………………… 20

目　　録

  雉子斑 …………………………………… 20

  聖人出 …………………………………… 20

  上邪 ……………………………………… 20

  臨高臺 …………………………………… 21

  石流 ……………………………………… 21

 同聲歌 ……………………………………… 21

 古踥蹀行 …………………………………… 21

 前緩聲歌 …………………………………… 22

 王子喬 ……………………………………… 22

 鉅鹿公主歌 ………………………………… 22

 淳于王歌 …………………………………… 22

 折楊柳枝歌 ………………………………… 23

 高陽樂人歌 ………………………………… 23

扶荔堂詩稿卷三 …………………………… 24
擬古樂府

 短歌行 ……………………………………… 24

 相逢行 ……………………………………… 24

 猛虎行 ……………………………………… 25

 善哉行 ……………………………………… 25

  其二 ……………………………………… 25

 步出夏門行 ………………………………… 26

 門有車馬客行 ……………………………… 26

 碣石篇 ……………………………………… 26

 桂之樹行 …………………………………… 27

 種葛篇 ……………………………………… 27

 妾薄命 ……………………………………… 28

3

秋蘭篇 … 28
子夜歌 … 28
團扇郎 … 29
烏棲曲二首 … 29
襄陽蹋銅蹄 … 30
夜度娘 … 30
拔蒲 … 30
自君之出矣 … 30
空城雀 … 30
邯鄲才人嫁爲廝養卒婦 … 31
江南弄八曲 … 31
　江南曲 … 31
　龍笛曲 … 31
　採蓮曲 … 31
　遊女曲 … 31
　趙瑟曲 … 32
　秦箏曲 … 32
　陽春曲 … 32
　朝雲曲 … 32
　昔昔鹽 … 32
于闐採花 … 32
視刀環歌 … 33

扶荔堂詩稿卷四 … 34
　古逸歌辭
　豐年詠 … 34
　渡漳歌 … 34

目　録

秣馬金闕歌 …………………………………… 35

昭人歌 ………………………………………… 35

小海唱 ………………………………………… 35

楚明光操 ……………………………………… 35

仙真人詩 ……………………………………… 35

交門歌 ………………………………………… 36

盛唐樅陽歌 …………………………………… 36

赤鳳凰來歌 …………………………………… 36

渡河操 ………………………………………… 36

關中有賢女 …………………………………… 37

野鷹來 ………………………………………… 37

羽觴行 ………………………………………… 37

舞馬歌 ………………………………………… 38

草生盤石下 …………………………………… 38

臨春樂 ………………………………………… 38

麼鳳舞 ………………………………………… 38

踏摇娘曲 ……………………………………… 39

扶荔堂詩稿卷五 …………………………… 40

五言古詩

詠懷二十首 …………………………………… 40

　其二 ………………………………………… 40

　其三 ………………………………………… 40

　其四 ………………………………………… 41

　其五 ………………………………………… 41

　其六 ………………………………………… 41

　其七 ………………………………………… 41

其八	41
其九	42
其十	42
其十一	42
其十二	42
其十三	42
其十四	43
其十五	43
其十六	43
其十七	43
其十八	43
其十九	44
其二十	44
覽古八首	44
其二	44
其三	44
其四	45
其五	45
其六	45
其七	45
其八	45
由富春渚抵桐廬道中	46
經七里瀨暮宿東館下	46
留宿梯霞村居	46
題鳩吟	47
秋螢引	47
簡吳賜如	47

擬玄暢樓八詠 …………………………………… 48
　其二 ………………………………………… 48
　其三 ………………………………………… 48
　其四 ………………………………………… 48
　其五 ………………………………………… 49
　其六 ………………………………………… 49
　其七 ………………………………………… 49
　其八 ………………………………………… 49
寄內詩效爲顧彥先贈婦 ……………………… 50
　其二 ………………………………………… 50

扶荔堂詩稿卷六 ……………………………… 51
七言古詩
嚴陵釣臺歌 …………………………………… 51
松柏行酬張無近使君 ………………………… 51
送吳純祐自永寧歸吳中 ……………………… 52
故京篇 ………………………………………… 52
大火珠歌 ……………………………………… 53
送陶康叔歸玲瓏巖 …………………………… 54
邊城樂 ………………………………………… 55
金谷伎 ………………………………………… 55
慷慨歌簡毛五馳黃 …………………………… 55
七歌倣少陵體 ………………………………… 56
　其二 ………………………………………… 56
　其三 ………………………………………… 56
　其四 ………………………………………… 56
　其五 ………………………………………… 57

其六 ·· 57
　　其七 ·· 57
　秋暮自平望抵霅溪遥寄秀州懷莘皋、徐斗錫兼示舍弟
　　弌雲 ·· 57
　長安少年行 ·· 58
　傷吕姝行 ··· 59
　楚州酒人歌爲陳悦二作 ······························ 59
　燕臺相馬歌贈王敬哉司成 ··························· 60
　水車行 ·· 60
　華陽道人畫像歌 ······································· 61

扶荔堂詩稿卷七 ·· 62
　五言律詩
　早春 ··· 62
　雨中簡虎臣 ·· 62
　同錦雯弌雲飲裴氏閣子 ······························ 62
　雪中黄庭表過別兼寓周子俶王周臣諸子 ········· 63
　宿富春城 ··· 63
　經桐君山望東吴先塚 ································· 63
　過嚴陵 ·· 63
　登釣臺側尋謝皋羽墓 ································· 64
　雙溪客舍 ··· 64
　閨思 ··· 64
　送吴錦雯之桐鄉 ······································· 64
　送葉薊緄還金華 ······································· 65
　立秋日庭前梧桐忽墜一葉 ··························· 65
　擬豔詩五首 ·· 65

目　録

其二	65
其三	66
其四	66
其五	66
初寒和吴賜如	66
贈虎丘慧上人	66
送馬西垣趙長公還萊州	67
簡燕又病中	67
得曹石霞漳南消息	67
寄唐豫公越中	67
其二	67
席上與劉生	68
春暮泛碧浪湖	68
三月十七夜泊舟對月	68
送楚黄萬允康歸寓吴門	68
其二	68
九日登武原南城偕朱方庵、査王望、黄崙玉吴仲木諸子飲徐氏園亭	69
酬徐晉公	69
婺州城晚眺	69
西峰寺	69
緑墀怨	69
綵書怨	70
宿旃林精舍有懷世臣	70
送王言遠赴廣州	70
其二	70
酬關六鈐見贈	70

秋夜飲張森嶽憲副吳興公署園亭分賦 …… 71
    其二 …… 71
    其三 …… 71
    其四 …… 71
聽泉橋 …… 71
憶錦雯時阻越中 …… 71
范少伯廟 …… 72
見蝴 …… 72
同熊伯舉金冶公席上送馬耿民之京 …… 72
寓樓同吳賜如朱方庵作 …… 73
    其二 …… 73
    其三 …… 73

扶荔堂詩稿卷八 …… 74
  五言律詩
隴頭 …… 74
紫騮馬 …… 74
關山月 …… 74
銅雀伎 …… 75
訪蔣韜山寓園 …… 75
雪夜飲許堯文水部署中邀同繆子長、章素文、顧震雉、
    宋既庭、王其長、黃庭表諸君 …… 75
贈顧修遠 …… 75
送陸咸一歸山陽 …… 75
王胥庭太史招飲偕趙五弦、曹子顧、王印周、金冶公即度
    二首 …… 76
    其二 …… 76

目　錄

晚出潞河 ……………………………………………… 76
青縣 …………………………………………………… 76
滄州 …………………………………………………… 76
故城對月 ……………………………………………… 77
歸舟十首 ……………………………………………… 77
　其二 ………………………………………………… 77
　其三 ………………………………………………… 77
　其四 ………………………………………………… 77
　其五 ………………………………………………… 77
　其六 ………………………………………………… 78
　其七 ………………………………………………… 78
　其八 ………………………………………………… 78
　其九 ………………………………………………… 78
　其十 ………………………………………………… 78
江寧懷長裕弟貶楚中 ………………………………… 78
　其二 ………………………………………………… 79
送江右康小范雲間陸集生北還 ……………………… 79
喜錢柏園姚喆符兄弟見過 …………………………… 79
送陶康叔還晉陵 ……………………………………… 79
懷宋玉叔司勛 ………………………………………… 79
　其二 ………………………………………………… 80
懷天台蔡子虛令君 …………………………………… 80
　其二 ………………………………………………… 80
雲間宋子建見寄新詞有懷 …………………………… 80
送張蓼匪學憲按部越中 ……………………………… 80
　其二 ………………………………………………… 80
宛中施尚白比部奉使西粵，間關戎馬備極行役之苦，

11

歸作紀行詩，見示率成四首 …………………… 81
　其二 ……………………………………………… 81
　其三 ……………………………………………… 81
　其四 ……………………………………………… 81
袁丹叔比部出守衢州同魏子存張錫爾江上贈行 ………… 81
送史筆公水部還京兼訊同年張雪葑侍御 …………… 81
武康吳瑤如、楊憲宜兩令君招同舍弟弋雲長裕劇飲五日，
　賦此留別 ………………………………………… 82
　其二 ……………………………………………… 82
越中徐伯調、張登子、何伯興、姜綺季、祁奕遠、奕喜諸君
　同集姜真源侍御宅 ……………………………… 82
夏暑山居 …………………………………………… 82
　其二 ……………………………………………… 82
生春 ………………………………………………… 83
　春深 ……………………………………………… 83
題睿子五兄王夫人吟紅集兼祝初度 ………… 83

扶荔堂詩稿卷九 ……………………………………… 84

七言律詩

興慶池侍宴應制 …………………………………… 84
幸太平公主南莊應制 ……………………………… 84
和賈舍人早朝大明宮 ……………………………… 84
春日懷葉聖野 ……………………………………… 85
聞陸景宣還里喜而却寄 …………………………… 85
送張無近之桐溪令 ………………………………… 85
　其二 ……………………………………………… 85
送唐瞿庵儀部歸蜀 ………………………………… 86

目　　錄

贈顧偉南山居 …………………………………………… 86
客舍 …………………………………………………………… 86
酬顧震雉北歸見寄兼懷弋雲弟 ………………………… 86
送薛子壽赴建陽 ………………………………………… 87
　　其二 ………………………………………………… 87
雪堂宴集同楊季平、史仲冶、李天助、陸子玄、朱近修、
　　梵伊上人分韻 …………………………………… 87
送虎溪慧上人遊天台 …………………………………… 87
送韓仲戩職方之京 ……………………………………… 88
清明遣興 ………………………………………………… 88
別離曲 …………………………………………………… 88
答吳賜如同年華川見懷之作 …………………………… 89
旅舍答陸子玄還雲間 …………………………………… 89
有懷弋雲弟北邸 ………………………………………… 89
送李天助歸維揚 ………………………………………… 89
歸舟寄關六鈴兼懷岱觀子餐諸子 ……………………… 90
贈山陰顧小阮令君 ……………………………………… 90
寄訊宇台甸華諸子 ……………………………………… 90
陸椒頌同年久寓湖上將歸賦別 ………………………… 90
送劉自怡之楚向從尊人別駕滯吳中 …………………… 91
　　其二 ………………………………………………… 91
送吳蒼浮之粵西 ………………………………………… 91
過嚴既方留贈 …………………………………………… 91
南湖雨汎兼送子玄天助西歸賦得蕭字 ………………… 92
贈龔芝麓太常時遊湖上賦別 …………………………… 92
　　其二 ………………………………………………… 92
送楊燮友北歸 …………………………………………… 92

13

送溫陵林鐵崖憲副之韶州 ………………………… 93
贈及門祝匡廬計偕北上 …………………………… 93
諸將 ………………………………………………… 93
  其二 …………………………………………… 93
  其三 …………………………………………… 94
  其四 …………………………………………… 94
  其五 …………………………………………… 94
留別蘭江章無逸先輩 ……………………………… 94
江上 ………………………………………………… 94
許孝酌寄諸豔體并徵閨媛詩作此奉答 …………… 95
  其二 …………………………………………… 95
  其三 …………………………………………… 95
少年 ………………………………………………… 95
贈陸儇胡是大行鯤庭子 …………………………… 96
唐豫公遷寓城西有贈 ……………………………… 96

扶荔堂詩稿卷十 …………………………………… 97
七言律詩
江口別余澹心 ……………………………………… 97
毛卓人之姚江寄訊胥永公令君 …………………… 97
吳興沈隱侯祠 ……………………………………… 97
登飛英塔 …………………………………………… 98
送別偉南兼得燕又書 ……………………………… 98
贈胡其章給諫 ……………………………………… 98
贈蘭陰季滄葦令君 ………………………………… 99
贈曹秋嶽侍御還吳中 ……………………………… 99
  其二 …………………………………………… 99

目　錄

酬杜九高秋日贈懷時赴桐廬公署 …………………………… 99
冬至前二日逢黃州萬允康、淄川王浮來過訪兼訊姜如須
　卧疾之作 …………………………………………………… 100
庚寅除夕 ………………………………………………………… 100
辛卯人日偕景宣、虎臣、錦雯、宇台、馳黄舍弟弋雲素涵
　同作 ………………………………………………………… 100
人日重作用宇台韻 ……………………………………………… 100
送陸宣珂水部還京 ……………………………………………… 101
送汪徵五赴宜州 ………………………………………………… 101
送何芝函侍御將歸西蜀 ………………………………………… 101
京邸別宋玉叔歸詣江寧 ………………………………………… 101
五日過任城登太白酒樓作 ……………………………………… 102
舟抵東郡喜遇方敦四宋右之疇三兄弟 ………………………… 102
宿京口登甘露寺 ………………………………………………… 102
秋興 ……………………………………………………………… 102
　其二 …………………………………………………………… 102
　其三 …………………………………………………………… 103
　其四 …………………………………………………………… 103
　其五 …………………………………………………………… 103
　其六 …………………………………………………………… 103
　其七 …………………………………………………………… 103
　其八 …………………………………………………………… 104
寓李氏別業簡白仲調兄弟 ……………………………………… 104
送尤展成還長洲 ………………………………………………… 104
送林衡者還莆陽 ………………………………………………… 104
雲間許介夫董得仲見訪賦贈 …………………………………… 104
秋日寄懷宋轅文比部視學閩中 ………………………………… 105

送陳公朗太史奉使還河陽 …………………………… 105
贈郭疇生同年時爲東甌司諭 …………………………… 105
題吳子山齋 …………………………………………… 105
哭陸驤武 ……………………………………………… 106
　　其二 ……………………………………………… 106
　　其三 ……………………………………………… 106
　　其四 ……………………………………………… 106
周宿來家扶萬兩比部奉使閩楚還京喜值邸舍 ……… 106
集衛澹石水部南權署園 ……………………………… 107
送同年姜眞源侍御還朝 ……………………………… 107
上巳讌集蔣亭彥篆鴻兄弟於野堂即席分韻 ………… 107
如意詞 ………………………………………………… 107
　　其二 ……………………………………………… 108
晚春旅舍答素涵弟見懷兼訊景明方稷 ……………… 108
報國禪院過訪姚山期隱居 …………………………… 108
登秦駐山絕頂望海 …………………………………… 108

扶荔堂詩稿卷十一 ………………………………… 109
五言排律
吳駿公太史同周子俶、馬丹卿、王周臣諸子讌集張無近
　　令君湖上寓樓分賦 …………………………… 109
遊蘭陰大雲寺貫休佛像眞跡 ………………………… 109
懷黃觀只獄中 ………………………………………… 110
張祖望孫宙合見過不值 ……………………………… 110
偃松篇題長安報國寺 ………………………………… 110
無題次韓渥韻 ………………………………………… 111
　　其二 ……………………………………………… 111

目　錄

　　壽陸母裘太孺人兼贈景宣梯霞左楲諸子 …………………… 111

扶荔堂詩稿卷十二 ……………………………………………… 112
　五言絕句
　　登建業城 ………………………………………………… 112
　　懷王玠右兄弟 …………………………………………… 112
　　渤海道中 ………………………………………………… 112
　　宿清河 …………………………………………………… 113
　　燕中雜詩 ………………………………………………… 113
　　　其二 …………………………………………………… 113
　　　其三 …………………………………………………… 113
　　　其四 …………………………………………………… 113
　　　其五 …………………………………………………… 113
　　　其六 …………………………………………………… 113
　　　其七 …………………………………………………… 113
　　　其八 …………………………………………………… 114
　　江南採菱曲六首 ………………………………………… 114
　　　其二 …………………………………………………… 114
　　　其三 …………………………………………………… 114
　　　其四 …………………………………………………… 114
　　　其五 …………………………………………………… 114
　　　其六 …………………………………………………… 115
　　潤州登北固望江 ………………………………………… 115
　　發揚子 …………………………………………………… 115
　　竹亭尋慧上人不值書壁 ………………………………… 115
　　墻頭花 …………………………………………………… 115
　　閨意 ……………………………………………………… 115

登八詠樓	116
登昇元閣有懷方爾止	116
明妃曲	116
長信怨	116
爲宋玉書題畫	116
其二	116
張森嶽守憲吳興署園雜詠	117
浣花亭	117
高臺	117
湧月軒	117
池上	117
撿經堂	117

扶荔堂詩稿卷十三 …… 118
七言絕句

長安立春	118
客中寄懷陸景宣時在東甌	118
其二	118
楊柳枝辭	118
其二	119
其三	119
其四	119
其五	119
其六	119
其七	119
其八	120
宿雙溪驛留別華川諸子	120

目　録

其二 …………………………………………… 120
酬陳際叔 ……………………………………… 120
戲答張伯還 …………………………………… 121
惆悵辭 ………………………………………… 121
其二 …………………………………………… 121
其三 …………………………………………… 121
其四 …………………………………………… 121
其五 …………………………………………… 121
其六 …………………………………………… 122
其七 …………………………………………… 122
其八 …………………………………………… 122
送姚象懸之柳州 ……………………………… 122
其二 …………………………………………… 122
龔芝麓太常坐上題韓幹畫馬圖 ……………… 122
其二 …………………………………………… 123
仙源山感舊爲傳長質賦 ……………………… 123
哭亡友姜吏部如湏 …………………………… 123
其二 …………………………………………… 123
其三 …………………………………………… 123
其四 …………………………………………… 124
其五 …………………………………………… 124
長幹雜謠 ……………………………………… 124
其二 …………………………………………… 124
其三 …………………………………………… 124
其四 …………………………………………… 124
送吳鑑在錢幼光還皖城 ……………………… 125
其二 …………………………………………… 125

沈去矜見寄新辭 …………………………………… 125
送沈冠東之長安 …………………………………… 125
弘光宮辭 …………………………………………… 125
  其二 ……………………………………………… 125
  其三 ……………………………………………… 126
  其四 ……………………………………………… 126
  其五 ……………………………………………… 126
  其六 ……………………………………………… 126
  其七 ……………………………………………… 126
  其八 ……………………………………………… 126
  其九 ……………………………………………… 127
  其十 ……………………………………………… 127
  其十一 …………………………………………… 127
  其十二 …………………………………………… 127
聽鄭文萡搊箏 ……………………………………… 127
  其二 ……………………………………………… 127
少年行 ……………………………………………… 128
古意 ………………………………………………… 128
  其二 ……………………………………………… 128
贈何爾胤書記時同錦雯遊蕪湖 …………………… 128
  其二 ……………………………………………… 128
  其三 ……………………………………………… 128
  其四 ……………………………………………… 129
  其五 ……………………………………………… 129
爲馳黄悼妾 ………………………………………… 129
  其二 ……………………………………………… 129
  其三 ……………………………………………… 129

其四 …………………………………………… 130
  其五 …………………………………………… 130
  其六 …………………………………………… 130
  其七 …………………………………………… 130

扶荔堂詩集選

序 ……………………………………… 李天馥 133

扶荔堂詩集選卷一 ……………………………… 135
  五言古　雜集
    仿古詩十九首 ………………………………… 135
      其二 …………………………………………… 135
      其三 …………………………………………… 136
      其四 …………………………………………… 136
      其五 …………………………………………… 136
      其六 …………………………………………… 137
      其七 …………………………………………… 137
      其八 …………………………………………… 137
      其九 …………………………………………… 137
      其十 …………………………………………… 138
      其十一 ………………………………………… 138
      其十二 ………………………………………… 138
      其十三 ………………………………………… 139
      其十四 ………………………………………… 139
      其十五 ………………………………………… 139
      其十六 ………………………………………… 139

其十七 …………………………………………… 140
　　　其十八 ………………………………………… 140
　　　其十九 ………………………………………… 140
　錄別八首 …………………………………………… 141
　　　其二 …………………………………………… 141
　　　其三 …………………………………………… 141
　　　其四 …………………………………………… 141
　　　其五 …………………………………………… 142
　　　其六 …………………………………………… 142
　　　其七 …………………………………………… 142
　　　其八 …………………………………………… 142
丙申歲三月初抵長安作 ……………………………… 143
曉出南苑門與同舍諸寮友 …………………………… 143
始赴尚書省上龔芝麓都憲 …………………………… 144
酬吳司成梅村 ………………………………………… 144
答王詹事 ……………………………………………… 144
初調東省獻薛行屋年伯 ……………………………… 144
讀東谷詩簡白侍郎 …………………………………… 145
寄宋玉叔時分守秦中 ………………………………… 145
五君詠 ………………………………………………… 145
　　張補闕譙明 …………………………………… 145
　　趙法曹錦帆 …………………………………… 146
　　嚴黃門子餐 …………………………………… 146
　　施學使尚白 …………………………………… 146
　　周郡守宿來 …………………………………… 146
歲晏懷景宣效陶和劉柴桑原韻 ……………………… 146
懷宋同卿轅文顧水部震雉 …………………………… 147

目　錄

懷史修撰及超 …………………………………… 147
和洪廷尉畏軒宋別駕牧仲贈答詩用少陵贈衛十八處
　　士韻 ………………………………………… 147
寄答李湘北學士 ………………………………… 148
金長真觀察偕宗鶴問諸子同遊攝山見招未赴和方邵
　　村韻 ………………………………………… 148
五賢祠懷古 ……………………………………… 149
宿清溪登吳羌山 ………………………………… 149
爲王丹麓題墻東草堂 …………………………… 149
張秦亭過訪 ……………………………………… 149

扶荔堂詩集選卷二 …………………………… 151

七言古　雜集

元日早朝太和殿賜宴歌 ………………………… 151
送魏環極光禄省覲歸蔚州 ……………………… 152
碧峰道人歌贈祠部陳員外 ……………………… 152
長歌酬錦帆尚白 ………………………………… 153
括蒼太守歌送周宿來之郡 ……………………… 153
風霾行 …………………………………………… 154
洗象行 …………………………………………… 155
贈王鶴山給諫 …………………………………… 155
贈洪畏軒儀部 …………………………………… 156
程生行送翼蒼太史謫學博之吳門 ……………… 157
聽石城寇白弦索歌 ……………………………… 157
湖上酌酒歌介周櫟園司農六十 ………………… 158
送孫無言自廣陵歸黃山 ………………………… 159
和韻酬宗七鶴問 ………………………………… 159

23

題生青藜尊人傳後 …………………………………… 160
送施愚山遊天台雁蕩歌 ……………………………… 160
江南曲 …………………………………………………… 161
竹瓦歌和原韻贈宗鶴問 ……………………………… 161
吾相行題唐閭思小像 ………………………………… 162
越中送曹叔方歸長沙 ………………………………… 162
遊桃花山調張少府 …………………………………… 163
真如道人歌贈金溪吉辰生明府 ……………………… 163
尋聚遠樓故跡感舊 …………………………………… 163
鹽官令行爲酉山作 …………………………………… 164
哀潼關 …………………………………………………… 164
雷琴篇和張晴峰學使 ………………………………… 165
陸梯霞耕田圖歌 ……………………………………… 166
中秋貢院石垠公方伯招集纂誌同人公晏對月 …… 166
十九日登明遠樓再集 ………………………………… 167

扶荔堂詩集選卷三 ……………………………………… 168
五言律　京集
瀛臺直奏恭紀 ………………………………………… 168
　其二 …………………………………………………… 168
　其三 …………………………………………………… 168
　其四 …………………………………………………… 169
西苑喜雨奉和金相國息齋夫子原韻 ……………… 169
直宿西清再和 ………………………………………… 169
秦留仙庶常招同楊爾寧、王印周、楊炯如、徐荆山諸年友
　小飲 …………………………………………………… 169
客夜獨坐懷山中舊友 ………………………………… 170

目　録

宋中吕司寇祠和王文安公韻 …………………… 170
送劉石生之秦 …………………………………… 170
送章載弘令壽光 ………………………………… 170
　　其二 ………………………………………… 171
送張伊嵩令雲間 ………………………………… 171
　　其二 ………………………………………… 171
送胡矜古令臨邑 ………………………………… 171
送錢學使赴晉中 ………………………………… 172
　　其二 ………………………………………… 172
祈雪齋居 ………………………………………… 172
晚出西苑門 ……………………………………… 172
秋病書懷八首 …………………………………… 172
　　其二 ………………………………………… 173
　　其三 ………………………………………… 173
　　其四 ………………………………………… 173
　　其五 ………………………………………… 173
　　其六 ………………………………………… 173
　　其七 ………………………………………… 173
　　其八 ………………………………………… 174
送王山長還楚南 ………………………………… 174
　　其二 ………………………………………… 174
送吕蓮洲比部辭官歸宋中 ……………………… 174
　　其二 ………………………………………… 174
丙申除夕 ………………………………………… 175
初春憶田園寄弋雲素涵兩舍弟 ………………… 175
贈汪員外尚木 …………………………………… 175
慰李琳枝侍御詔獄 ……………………………… 175

爲梁宗伯蒼巖題《蕉林書屋圖》和龔芝麓尚書原韻
  四首 …………………………………………… 176
  其二 ………………………………………… 176
  其三 ………………………………………… 176
  其四 ………………………………………… 176
遇飲孫怍庭太常 ……………………………… 176
送柴二虎臣南歸二首 ………………………… 177
  其二 ………………………………………… 177
送許力臣遊雍歸廣陵 ………………………… 177
送黃繡書之任武威 …………………………… 177
逢高念東中丞使楚還濟上 …………………… 177
懷彭城司馬紀子湘 …………………………… 178
送任城陳虎侯刺史予告歸南徐 ……………… 178
懷澹汝弟令獻縣 ……………………………… 178
送友之衡陽 …………………………………… 178
送友之西川 …………………………………… 179
  其二 ………………………………………… 179
送人之戎州 …………………………………… 179
寓洪光禄金魚池别業 ………………………… 179
  其二 ………………………………………… 179
  其三 ………………………………………… 180
長安秋望 ……………………………………… 180
  其二 ………………………………………… 180
督亢陂 ………………………………………… 180
樓桑村 ………………………………………… 180
鄘亭 …………………………………………… 181
憶蘇門山 ……………………………………… 181

目　錄

宿徹上人禪房 …………………………………… 181
野宿 ……………………………………………… 181
春暮憶家園 ……………………………………… 182
蟋蟀 ……………………………………………… 182
鷺 ………………………………………………… 182
秋海棠 …………………………………………… 182

扶荔堂詩集選卷四 …………………………… 183
五言律詩　居東稿

隴頭 ……………………………………………… 183
長安道 …………………………………………… 183
洛陽道 …………………………………………… 183
大堤曲 …………………………………………… 184
初至靖安寄邸中諸舊友 ………………………… 184
東岡 ……………………………………………… 184
　其二 …………………………………………… 185
　其三 …………………………………………… 185
　其四 …………………………………………… 185
　其五 …………………………………………… 185
朝元宮贈苗譙明鍊師 …………………………… 186
野寺 ……………………………………………… 186
送張坦公方伯出塞 ……………………………… 186
　其二 …………………………………………… 186
　其三 …………………………………………… 187
　其四 …………………………………………… 187
夏日移居 ………………………………………… 187
　其二 …………………………………………… 187

其三 ……………………………………………………… 188

其四 ……………………………………………………… 188

其五 ……………………………………………………… 188

其六 ……………………………………………………… 188

其七 ……………………………………………………… 189

其八 ……………………………………………………… 189

過孫納言山齋 ………………………………………………… 189

陳韋齊見過偶贈 ……………………………………………… 189

題唐昭回舫齋 ………………………………………………… 190

萬花樓爲劉將軍故宅 ………………………………………… 190

至日 …………………………………………………………… 190

野望 …………………………………………………………… 190

遼海雜詩 ……………………………………………………… 191

其二 ……………………………………………………… 191

其三 ……………………………………………………… 191

其四 ……………………………………………………… 191

其五 ……………………………………………………… 192

其六 ……………………………………………………… 192

其七 ……………………………………………………… 192

其八 ……………………………………………………… 192

扶荔堂詩集選卷五 ……………………………………………… 194

五言律　遊稿

初返長安作 ………………………………………………… 194

其二 ……………………………………………………… 194

饒陽 ………………………………………………………… 194

深澤 ………………………………………………………… 195

目　録

白溝驛 …………………………………… 195
汶陽旅興貽孔震浮令君 …………………… 195
　其二 …………………………………… 195
　其三 …………………………………… 195
　其四 …………………………………… 196
送孔博士魯石奉詔之京 …………………… 196
南池九日旅懷同徐電發賦 ………………… 196
　其二 …………………………………… 196
陸吳州水部招同陳虎侯州牧任城署園小集 … 196
　其二 …………………………………… 197
　其三 …………………………………… 197
　其四 …………………………………… 197
飲胡吉脩齋中 …………………………… 197
　其二 …………………………………… 197
嵜山橋守歲 ……………………………… 198
懷紀子湘少府 …………………………… 198
宛上送毛大可之廬陵兼訊施少參尚白 …… 198
登施次仲前輩池閣懷愚山 ………………… 198
同龔宣城遊響山 ………………………… 198
和州 ……………………………………… 199
巢仙鎮 …………………………………… 199
無爲州 …………………………………… 199
冬暮巢川寓呂仞千邑令 …………………… 199
　其二 …………………………………… 200
　其三 …………………………………… 200
　其四 …………………………………… 200
句曲 ……………………………………… 200

江浦 …………………………………………………………… 200
十九日同人晏集限登平山堂四韵兼寓金長真郡守 ……… 201
　　其二 ………………………………………………………… 201
　　其三 ………………………………………………………… 201
　　其四 ………………………………………………………… 201
爲吴介玆題照 …………………………………………………… 201
爲陶俊公題照 …………………………………………………… 202
爲同年張即公少府悼亡和原韻 ………………………………… 202
　　其二 ………………………………………………………… 202
佟中丞滙白招遊僻園同宋荔裳觀察賦 ………………………… 202
　　其二 ………………………………………………………… 202
　　其三 ………………………………………………………… 203
　　其四 ………………………………………………………… 203
　　其五 ………………………………………………………… 203
　　其六 ………………………………………………………… 203
和韻送筠上人之玉峰 …………………………………………… 203
　　其二 ………………………………………………………… 203
惠山二泉亭和奚蘇嶺少府韻 …………………………………… 204
　　其二 ………………………………………………………… 204
過疁城 …………………………………………………………… 204
虎丘上巳春雨集酬林天友使君 ………………………………… 204
　　其二 ………………………………………………………… 205
遊靈巖山寺 ……………………………………………………… 205
昌亭喜值令宜舍弟 ……………………………………………… 205
　　其二 ………………………………………………………… 205
　　其三 ………………………………………………………… 205
題馬隱居静古山房 ……………………………………………… 205

目 録

評月軒 …………………………………… 206
吟望閣 …………………………………… 206
送梁承篤明府遷劍南太守 ……………… 206
　其二 …………………………………… 206
　其三 …………………………………… 206
　其四 …………………………………… 207
西湖夜月和慕瑟玉樞部 ………………… 207
仙林精舍尋唐閬思炎師小飲 …………… 207
蕭寺寓齋對雪 …………………………… 207
薛相於爲予寫花鳥便面作此詩酬之 …… 207
送孫法曹歸關東 ………………………… 208

扶荔堂詩集選卷六 …………………… 209

七言律　京稿

駕幸西苑大蒐侍宴應制 ………………… 209
五日龍舟侍宴應制 ……………………… 209
孟冬朔陪祀太廟禮成隨詣太和殿頒曆恭賦 … 209
退朝寓直上劉相國 ……………………… 210
　其二 …………………………………… 210
郊壇望月 ………………………………… 210
陪祀郊壇贈李鄴園施尚白二員外 ……… 211
東省歸沐蒙御賜春酒同嚴黃門秦庶常恭賦 … 211
贈魏貞庵副憲 …………………………… 211
贈柯素培補闕以昌州令内召 …………… 212
贈劉何實比部 …………………………… 212
送施尚白視學東省 ……………………… 212
　其二 …………………………………… 212

贈魏環溪都諫左遷光禄 ………………………………… 213
送李藟澤農部時以終養乞歸 ……………………… 213
送孫九畹備兵保寧 …………………………………… 213
送龔芝麓苑監奉詔之嶺東 ………………………… 214
送薛大武農部出使平原 …………………………… 214
送伊盧源侍御按晉中 ……………………………… 214
送原析山郎中出守昭武 …………………………… 214
送張玄林使蜀 ………………………………………… 215
送張旭源赴邠州 ……………………………………… 215
送袁計部羅叟使潞河 ……………………………… 215
送胡天行之潯陽 ……………………………………… 215
送吳松巖之澄邁 ……………………………………… 216
送吳瑶如之閬中 ……………………………………… 216
送查巢阿之新州兼懷王望 ………………………… 216
送趙錦帆比部歸汴州 ……………………………… 217
  其二 ……………………………………………… 217
  其三 ……………………………………………… 217
  其四 ……………………………………………… 217
  其五 ……………………………………………… 217
賈島谷 …………………………………………………… 218
文丞相祠 ………………………………………………… 218
九日同錦帆鄴園尚白石灘長真荆山諸僚友金魚池
  晏集 ……………………………………………… 218
送金長真恤部之大梁兼訊王宛籙學使 ………… 219
周宿來比部奉使河陽謝病乞歸却寄 …………… 219
送沈繹堂憲副赴北平 ……………………………… 219

目　錄

送陸靜涵之鬱林 …………………………………… 219
寄題滕王閣時蔡中丞重修故址 …………………… 220
懷黃鶴樓 …………………………………………… 220
過訪柴二處士寓亭不值 …………………………… 220
詔獄後與嚴給事 …………………………………… 221
汪比部茗文左遷北城司馬 ………………………… 221
趙比部錦帆喜遇京邸復被謫之汴中 ……………… 221
王伯咨都諫以言事貶官 …………………………… 221
送蔣芳蕚僉憲還義興 ……………………………… 222
送周霖公農部視學東省 …………………………… 222
章翌兹少府津門話舊同陳康侯隱君 ……………… 222
行經范陽與鄒石友邑令 …………………………… 222
和韻酬上谷陳𩥇公見贈之作 ……………………… 223
戊申首春六日高陽城北郊會飲同張蘊生令君 …… 223
早春遊左中丞園亭同吳耳庵華雲從和劉幼安韻 … 223
　其二 ……………………………………………… 223
贈鄭丘楊令君 ……………………………………… 224
贈河間張季超郡博 ………………………………… 224
贈華雲從文學時傳漳海黃公子 …………………… 224
逢吳山人干父 ……………………………………… 224
聽鶴子山樵彈琴 …………………………………… 225
梁溪顧東山先輩奉祠 ……………………………… 225
　又 ………………………………………………… 225
贈石都統憲章駐鎮兩浙 …………………………… 225
寄懷潮陽林郡守果庵 ……………………………… 226
介鄞州張徵君八十 ………………………………… 226

扶荔堂詩集選卷七
七言律　居東稿
寒食簡嚴補闕顥亭 …………………………… 227
秋夜病起寄洪畏軒光禄 ………………………… 227
野眺 ……………………………………………… 228
辛丑立春 ………………………………………… 228
胡少宰予袞先生病假 …………………………… 228
過素庵相國草堂 ………………………………… 229
移居東山崗 ……………………………………… 229
詠九日對菊 ……………………………………… 229
詠懷近跡五首 …………………………………… 230
　　劉將軍祠 …………………………………… 230
　　張憲使墓 …………………………………… 230
　　左萊陽著書宅 ……………………………… 230
　　季拾遺故居 ………………………………… 231
　　剩禪師講堂 ………………………………… 231
施尚白少參將赴湖西柱訊舊居以屬和舍弟青桂篇見寄
　遙酬此作 …………………………………… 231
郝復初侍御山居小酌 …………………………… 232
秋到憶鄉園寄答景宣、馳黃諸子 ……………… 232
報宋荔裳觀 ……………………………………… 232
答朱近修 ………………………………………… 233
東郊十首 ………………………………………… 233
　　其二 ………………………………………… 233
　　其三 ………………………………………… 234
　　其四 ………………………………………… 234
　　其五 ………………………………………… 234

目　錄

其六 ……………………………………………… 235
其七 ……………………………………………… 235
其八 ……………………………………………… 235
其九 ……………………………………………… 235
其十 ……………………………………………… 236
嶺上行春偕張蓮、林陸繡聞郝雪海諸君 ………… 236
懷唐誾思山齋 …………………………………… 236
簡赤巖開士兼索卉本 …………………………… 237
逢春 ……………………………………………… 237
見燕 ……………………………………………… 237
送雁 ……………………………………………… 237
奉陪國子藩公遊東園應教 ……………………… 238
其二 ……………………………………………… 238
其三 ……………………………………………… 238
春暮郊居 ………………………………………… 239
其二 ……………………………………………… 239
過孫赤厓山中舊居 ……………………………… 239
寄從叔羽儀客幕赴江寧 ………………………… 240
寄方二邵村時汲郡張坦公就道 ………………… 240
奉餞李吉津詹事內召歸齊州 …………………… 240
其二 ……………………………………………… 241
送季中天給諫奉詔歸櫬之海陵 ………………… 241
陸繡聞自白下歸 ………………………………… 241
贈沈六吉醫士 …………………………………… 242
送周質庵侍御奉召營建歸京 …………………… 242
永安橋 …………………………………………… 242
度遼河 …………………………………………… 243

早發河山驛 ································· 243
　　廣寧 ····································· 243
　　登翳無間 ································· 244
　　浴湯泉 ··································· 244
　　度嶺見長城 ······························· 244
　　入關 ····································· 245

扶荔堂詩集選卷八 ····························· 246
　七言律　遊集
　　奉和梁蒼嚴尚書見贈之作 ·················· 246
　　　其二 ································· 246
　　梁葵石少宰左遷光禄以終養歸過訪有贈 ······ 246
　　　其二 ································· 247
　　贈齊鍾銘郡守 ··························· 247
　　與鄭瓊水少府 ··························· 247
　　送史雲次督學之大梁 ····················· 247
　　寄懷陸裕州咸一 ························· 248
　　寄倉曹雁水弟初度 ······················· 248
　　慰河陽李子變下第 ······················· 248
　　寄徐敬庵吏部 ··························· 248
　　寄李洪範令武隧 ························· 249
　　鄴中懷古 ······························· 249
　　　其二 ································· 249
　　寓許西山別業偕王植初、李大根熙九諸子留連永夕行
　　　次雪苑遥有此寄 ······················· 250
　　宋中徐恭士集同計甫草、侯仲衡、陳子范諸君 ····· 250
　　酬侯仲衡桃源舊尹 ······················· 250

目 録

寄秦觀察補念蒞江州 …………………………… 250
曉發濠州 …………………………………………… 251
行經定遠贈徐豫章令君 ………………………… 251
龔扶萬郡守九日登宣稱北樓同史及超胡鹿游楊樹滋喬
　元聞諸年友 …………………………………… 251
寄酬施湖西都門懷飛濤入關之作 ……………… 251
酬莊澹庵太史贈畫 ……………………………… 252
送梅淵公偕計 …………………………………… 252
別龔使君 ………………………………………… 252
紀伯紫同龔芝麓尚書舟泊蕪城過訪 …………… 252
徐月鹿繕部奉使清江 …………………………… 253
贈呂錫馨祠部榷揚州 …………………………… 253
酬王都尉 ………………………………………… 253
送河防俞菓嘉少府 ……………………………… 253
和韻酬趙子淑歸自楚南見贈之作 ……………… 254
同曹顧庵、吳方漣卓火傳李浩源下雲郭宗鶴問集許師
　六園亭即席限韻二首 ………………………… 254
　其二 …………………………………………… 254
介宋射陵徵君 …………………………………… 254
送吳薗次駕部出守吳興 ………………………… 255
送黃隱君遊黃山 ………………………………… 255
送杜子漣兵備之昇州 …………………………… 255
贈南徐錢日庵太守 ……………………………… 255
別王玉叔推府 …………………………………… 256
秋江晚泊懷宇台、穉黃諸舊友 ………………… 256
喜吳岱觀自秦中歸 ……………………………… 256
送施愚山還宛陵即同來韻 ……………………… 256

弔姜貞毅如農 …… 257
過長洲吳瑤如郡守招飲漫賦 …… 257
　其二 …… 257
　其三 …… 257
　其四 …… 258
同魯文遠少府舟泛兼寓瑤如 …… 258
訪沈韓倬太史幽居 …… 258
過顧司勛園亭 …… 258
虎溪舟泛同孫樹百黃門羅振彝侍御 …… 259
尤悔庵招同顧庵菌次昭子既庭天石水哉亭小集
　賦得起句 …… 259
風雨送春效晚唐體 …… 259
　其二 …… 259
題吳菌次獨往亭 …… 260
看奕軒 …… 260
過顧茅倫隱居 …… 260
酬㽞城汪柱東將赴楚南 …… 260
寄答王儀曹阮亭 …… 261
別余澹心歸里 …… 261
過皂林 …… 261
送汪舟次檢討奉使冊封琉球 …… 261
　其二 …… 262
　其三 …… 262
　其四 …… 262
　其五 …… 262
　其六 …… 262
送汪苕斯提舉赴廣南 …… 263

目　録

贈天台葉脩卜以郴州牧終養 …………………………… 263

扶荔堂詩集選卷九 ………………………………………… 264
七言律詩　遊集
登岱 ………………………………………………………… 264
　其二 ……………………………………………………… 264
　其三 ……………………………………………………… 264
　其四 ……………………………………………………… 265
酬林果庵州牧有嶽遊之約 ………………………………… 265
歷下訪嵇綺園少尹 ………………………………………… 265
歷山旅舍逢葉萊蕪眉初兼訊令弟訒庵太史 …………… 265
飲項犀水憲副歷亭寓齋同何澄九觀察時際公參軍 …… 266
水心亭立春贈時參軍 ……………………………………… 266
遊趵突泉題呂仙夜光樓壁 ………………………………… 266
贈徐子星憲副 ……………………………………………… 267
寄史昌言調宰安陵 ………………………………………… 267
琅琊郡城送周元亮少參赴昇州 ………………………… 267
望春樓故址 ………………………………………………… 267
　其二 ……………………………………………………… 268
東萊郡守張受庵招同卜聖遊少府劉西山儀部登東海祠堂
　望海和王大愚學使韻 ………………………………… 268
登光嶽樓和施愚山學政使壁間韻 ……………………… 268
飲任城南池酬朱梅麓河憲 ………………………………… 268
送梅處士還吳 ……………………………………………… 269
　又 ………………………………………………………… 269
戎考功載立以御史奉差巡視長蘆按部至東兗有寄 …… 269
雪夜渡巢湖 ………………………………………………… 269

39

登慈雲閣 …………………………………………… 270
丙辰除夕客廬陽有懷李湘北學士 …………………… 270
  其二 ……………………………………………… 270
  其三 ……………………………………………… 270
喜逢吳鍊師見示還丹徑步奉酬此作 ………………… 271
燕子磯阻風 ……………………………………………… 271
泊楊子逢朱清田州倅偕赴白門兼感舊事 …………… 271
贈京口侯總戎 …………………………………………… 271
贈何巽子令暨陽 ………………………………………… 272
寄下蔡令常肅之 ………………………………………… 272
登龍光塔和王仲山先輩韻 ……………………………… 272
春夜吳令君伯成招飲署園限韻 ………………………… 272
偕歸元公、余澹心、方敦四諸君集顧修遠辟疆草堂
  即事 ……………………………………………… 273
齊繩武別駕運餉湖南歸 ………………………………… 273
介新都魏和公五十 ……………………………………… 273
十六夜虎溪對月酬林使君 ……………………………… 273
  其二 ……………………………………………… 274
越州張靜淵別駕招集登子秋水園分韻得南字 ……… 274
再用前韻 ………………………………………………… 274
孫沂水少府督修戰艦還郡 ……………………………… 274
送張靜淵佐郡之邕州 …………………………………… 275
彭雪厓舍人由夏丘令內召 ……………………………… 275
送邢上張諧石之京 ……………………………………… 275
送武源令強價人乞歸 …………………………………… 275
同年蔣大參亮天督糧浙中 ……………………………… 276
許浣月儀部奉使楚南新迎太夫人就養 ……………… 276

吴北海武選奉使権北新 …………………………… 276
送徐敬庵侍御内補之京 …………………………… 276
送顧季蔚侍御辟召之京 …………………………… 277
送嚴處士之吳興 …………………………………… 277
天竺山房訪很亭大師 ……………………………… 277
張典客麟圖奉使権南新 …………………………… 277
送徐徵君電發辟召之京 …………………………… 278
送沈其杓歸嵺城 …………………………………… 278
送嚴柱峰侍御之京 ………………………………… 278
介徐健庵宫贊 ……………………………………… 278
介徐蘗庵幕府 ……………………………………… 279
九日和舍弟令宜韻 ………………………………… 279
簡邵景恒 …………………………………………… 279
贈京兆羅參軍 ……………………………………… 279
辛酉三月初度日自酌 ……………………………… 280
　　其二 …………………………………………… 280
歸雲庵 ……………………………………………… 280
掛瓢堂懷孫太初處士 ……………………………… 280
登翠微閣訪神山和上步方虎韻 …………………… 281
題張秋帆令君來青閣 ……………………………… 281
九月八日試院顧與山郡守公宴即席 ……………… 281
九日再集顧且庵侍御僻園 ………………………… 281
讀董蒼水浮湘度嶺詩卷賦贈 ……………………… 282
介林鹿庵六十 ……………………………………… 282

扶荔堂詩集選卷十 ………………………………… 283
　五言排律　雜集
　　謁禹陵 …………………………………………… 283

41

上樞部龔芝麓尚書 ……………………………… 283
西苑入直呈胡少宰予袞先生 ……………………… 284
壽劉大司寇瀛洲 …………………………………… 285
張登子招同李仲木、蔣大鴻、錢武子、子璧、張洮侯書
　乘徐彥和丹六於南華山館泛舟禊飲時上巳後十日 …… 285
弔岳鄂王墓祠 ……………………………………… 286
金長真郡守重建歐陽公平山堂賦贈 ……………… 286
嚴少司農顥亭六袞和白侍郎代薗寄元微之百韻詩 …… 287
秋日村居 …………………………………………… 289

扶荔堂詩集選卷十一 ……………………………… 290
　五言絕句　雜集
待漏東省口號與張黃門 …………………………… 290
禁中秋夜 …………………………………………… 290
值雪 ………………………………………………… 290
寄答錦雯 …………………………………………… 291
弔侯朝宗 …………………………………………… 291
題畫與宋玉書 ……………………………………… 291
清暉閣夜同黃考功作 ……………………………… 291
蘇門山 ……………………………………………… 291
同王蓼航采菊 ……………………………………… 292
渡洹水 ……………………………………………… 292
村居 ………………………………………………… 292
　　二 ……………………………………………… 292
　　三 ……………………………………………… 292
　　四 ……………………………………………… 292
　　五 ……………………………………………… 292

目　錄

六 …………………………………………………… 293
七 …………………………………………………… 293
八 …………………………………………………… 293
九 …………………………………………………… 293
十 …………………………………………………… 293
古意 ………………………………………………… 293
　又 ………………………………………………… 293
題畫八首 …………………………………………… 294
　峨眉 ……………………………………………… 294
　棧道 ……………………………………………… 294
　武夷 ……………………………………………… 294
　赤壁 ……………………………………………… 294
　三峽 ……………………………………………… 294
　泖峰 ……………………………………………… 294
　石梁 ……………………………………………… 294
　燕子磯 …………………………………………… 294

六言絶句
　山居遣興 ………………………………………… 295
　　其二 …………………………………………… 295
　過海昌贈許酉山令君 …………………………… 295
　爲吴園次題照 …………………………………… 295
　　其二 …………………………………………… 295

扶荔堂詩集選卷十二 ……………………………… 296
　七言絶句　雜集
　　曉至南海子 …………………………………… 296
　　青樓曲 ………………………………………… 296

得徐世臣遊梁書却寄 …………………………………… 296
　　其二 ………………………………………………… 297
沈韓倬席上送曹持原之令西寧 ……………………………… 297
過半野園與程箕山寅長 ……………………………………… 297
　　其二 ………………………………………………… 297
　　其三 ………………………………………………… 298
　　其四 ………………………………………………… 298
送王邁人少參由始安遷懷州 ………………………………… 298
　　其二 ………………………………………………… 298
答寄朱近修 …………………………………………………… 299
聽舊宮人彈筝 ………………………………………………… 299
呂翁祠 ………………………………………………………… 299
望天壽山 ……………………………………………………… 299
　　其二 ………………………………………………… 299
聞笛 …………………………………………………………… 300
柯岸初席上聞歌 ……………………………………………… 300
從軍行三首 …………………………………………………… 300
　　其二 ………………………………………………… 300
　　其三 ………………………………………………… 300
塞上曲六首 …………………………………………………… 301
　　其二 ………………………………………………… 301
　　其三 ………………………………………………… 301
　　其四 ………………………………………………… 301
　　其五 ………………………………………………… 301
　　其六 ………………………………………………… 302
送趙敍卿省親歸吳中 ………………………………………… 302
爲櫟園題莊澹庵畫卷四首 …………………………………… 302

目　錄

  其二 …………………………………………… 302
  其三 …………………………………………… 302
  其四 …………………………………………… 303
爲顧伊人題桃源圖 ……………………………… 303
施愚山秋林獨易圖和原韻 ……………………… 303
  其二 …………………………………………… 303
橫江詞 …………………………………………… 303
  其二 …………………………………………… 304
明妃怨 …………………………………………… 304
  其二 …………………………………………… 304
  其三 …………………………………………… 304
送宋牧仲少府還江夏 …………………………… 304
與朱清田飲市樓 ………………………………… 305
爲臨汀陳伯驥題畫 ……………………………… 305
題徐徵君電發菊莊圖 …………………………… 305
爲周雪客題戴笠圖 ……………………………… 305
  其二 …………………………………………… 305
虎丘竹枝詞十二首 ……………………………… 306
  其二 …………………………………………… 306
  其三 …………………………………………… 306
  其四 …………………………………………… 306
  其五 …………………………………………… 306
  其六 …………………………………………… 306
  其七 …………………………………………… 307
  其八 …………………………………………… 307
  其九 …………………………………………… 307

其十 …………………………………………………… 307
　　其十一 ………………………………………………… 307
　　其十二 ………………………………………………… 307
　題尤悔庵小影 …………………………………………… 308
　　其二 …………………………………………………… 308
　題袁重其霜哺篇 ………………………………………… 308
　負母看花圖 ……………………………………………… 308
　和韻酬會侯武令舍弟素涵飲稚黃草堂見懷之作 ……… 308
　　其二 …………………………………………………… 309
　范文清自洪州歸 ………………………………………… 309
　贈笠溪漁者 ……………………………………………… 309
　鳳仙花 …………………………………………………… 309
　錦纏頭 …………………………………………………… 309
　夾竹桃 …………………………………………………… 310
　爲邵景桓題射獵圖卷子 ………………………………… 310
　　其二 …………………………………………………… 310
　擲果圖 …………………………………………………… 310
　題葉司訓洗馬圖小照 …………………………………… 310
　　其二 …………………………………………………… 311
　　其三 …………………………………………………… 311
　冬暮懷沈其杓 …………………………………………… 311

附《西陵十子詩選》詩二首 ………………………………… 313
　重登松濤關懷陳東來 …………………………………… 313
　蟬 ………………………………………………………… 313

下　册

扶荔詞

扶荔詞集序 …………………………………………… 梁清標　317
序 ………………………………………………………… 沈　荃　319
扶荔詞記 ……………………………………………… 宗元鼎　321

扶荔詞卷一 ……………………………………………………… 323
　小令
　　十六字令 …………………………………………………… 323
　　花裏 ………………………………………………………… 323
　　摘得新 ……………………………………………………… 324
　　搗練子 ……………………………………………………… 324
　　　又 ………………………………………………………… 324
　　望江南 ……………………………………………………… 324
　　　又 ………………………………………………………… 325
　　　又 ………………………………………………………… 325
　　　又 ………………………………………………………… 325
　　　又 ………………………………………………………… 325
　　　又 ………………………………………………………… 325
　　　又 ………………………………………………………… 326
　　　又 ………………………………………………………… 326
　　　又 ………………………………………………………… 326
　　　又 ………………………………………………………… 326

憶王孫 ··· 326
遐方怨 ··· 327
甘州子 ··· 327
　春睡 ··· 327
如夢令 ··· 327
　又 ··· 328
天仙子 ··· 328
歸自謠 ··· 328
望江怨 ··· 328
西溪子 ··· 329
長相思 ··· 329
　採花 ··· 329
烏夜啼 ··· 329
醉太平 ··· 330
減字鷓鴣天 ··· 330
長命女 ··· 330
生查子 ··· 330
　江上 ··· 331
　寫情 ··· 331
昭君怨 ··· 331
酒泉子 ··· 331
醉公子 ··· 332
點絳唇 ··· 332
浣溪沙 ··· 332
　又 ··· 332
　又 ··· 333
　又 ··· 333

目　錄

中興樂 …………………………………………… 333
眉萼 ……………………………………………… 334
訴衷情 …………………………………………… 334
採桑子 …………………………………………… 334
卜算子 …………………………………………… 334
減字木蘭花 ……………………………………… 335
　鏡裏 …………………………………………… 335
菩薩蠻 …………………………………………… 335
　又 ……………………………………………… 336
　又 ……………………………………………… 336
　又 ……………………………………………… 336
　又 ……………………………………………… 336
　又 ……………………………………………… 336
　又 ……………………………………………… 337
　又 ……………………………………………… 337
更漏促紅窗 ……………………………………… 337
　本意 …………………………………………… 337
怨桃花 …………………………………………… 338
清平樂 …………………………………………… 338
憶秦娥 …………………………………………… 338
　秋夜 …………………………………………… 339
喜遷鶯 …………………………………………… 339
畫堂春 …………………………………………… 339
金門歸去 ………………………………………… 339
秋蕊香 …………………………………………… 340
武陵春 …………………………………………… 340
　閨思和李清照韻 ……………………………… 340

桃源憶故人	341
眼兒媚	341
灘破浣溪沙	341
渤海道中	342
野祠	342
三字令	342
錦堂春	342
雨相思	343
歌席調劉晉度	343
番女八拍	343
本意	343
柳梢青	343
河瀆神	344
滴滴金	344
偷聲木蘭花	344
扶醉待郎歸	345
少年遊	345
燕歸梁	345
一痕眉碧	346
憶醉鄉	346
燕銜花	346
尋芳草	347
醉花陰	347
寒食	347
雙調荷葉杯	348
雨中花	348
春去	348

目 錄

浪淘沙 …………………………………………… 348
　秋宫怨 ………………………………………… 349
河傳 ……………………………………………… 349
蕊珠 ……………………………………………… 349
月魄 ……………………………………………… 350
南鄉子 …………………………………………… 350
　春晚 …………………………………………… 350
山鷓鴣 …………………………………………… 351
虞美人 …………………………………………… 351
　又 ……………………………………………… 351
　怨情 …………………………………………… 351
前調第二體 ……………………………………… 352
醉落魄 …………………………………………… 352
　去邸 …………………………………………… 352
踏莎行 …………………………………………… 353
小重山 …………………………………………… 353
惜分釵 …………………………………………… 353
　悵別 …………………………………………… 354
　待約 …………………………………………… 354

扶荔詞卷二 ……………………………………… 355
　中調
臨江仙 …………………………………………… 355
　寄 ……………………………………………… 355
　再爲愚山題就亭 ……………………………… 356
前調又一體 ……………………………………… 356
一剪梅 …………………………………………… 356

51

爲朱人遠題漢皋解珮圖小影 ……………………………… 357
蝶戀花 …………………………………………………… 357
　　送春 ………………………………………………… 357
　　初夏 ………………………………………………… 357
望遠行 …………………………………………………… 358
凰棲仙 …………………………………………………… 358
漁家傲 …………………………………………………… 358
蘇幕遮 …………………………………………………… 359
鳳銜杯 …………………………………………………… 359
醉春風 …………………………………………………… 359
　　幽期 ………………………………………………… 360
月上紗窗烏夜啼 ………………………………………… 360
品令 ……………………………………………………… 360
錦纏道 …………………………………………………… 361
行香子 …………………………………………………… 361
解佩令 …………………………………………………… 361
聲聲令 …………………………………………………… 362
謝池春 …………………………………………………… 362
連理一枝花 ……………………………………………… 362
兩同心 …………………………………………………… 363
梅花三弄 ………………………………………………… 363
江神子 …………………………………………………… 363
隔浦蓮 …………………………………………………… 364
解蹀躞 …………………………………………………… 364
傳言玉女 ………………………………………………… 364
千年調 …………………………………………………… 365
風入松 …………………………………………………… 365

目　録

婆羅門引 …………………………………… 365
玉女度千秋 ………………………………… 366
一叢花 ……………………………………… 366
過澗歇 ……………………………………… 366
蘆花雪 ……………………………………… 367
側犯 ………………………………………… 367
山亭柳 ……………………………………… 368
千秋歲引 …………………………………… 368
爪茉藜 ……………………………………… 368
柳初新 ……………………………………… 369
驀山溪 ……………………………………… 369
拂霓裳 ……………………………………… 369
銀燈映玉人 ………………………………… 370
安公子 ……………………………………… 370
皂羅特髻 …………………………………… 370
　題越州吳伯憩新詞，即用東坡起句 …… 371
洞仙歌 ……………………………………… 371
江城梅花引 ………………………………… 371
陽關引 ……………………………………… 371
西施愁春 …………………………………… 372

扶荔詞卷三 ………………………………… 373
長調
滿江紅 ……………………………………… 373
　題尤悔庵畫像，即用原韻 ……………… 373
尉遲杯 ……………………………………… 374
合歡 ………………………………………… 374

玉漏遲	374
夢揚州	375
水調歌頭	375
與吳瑤如郡守金昌亭對酌	376
別鄒訏士	376
高陽憶舊遊	376
漢宮春	377
聲聲慢	377
秋夜,和李清照韻	378
夏初臨	378
新雁度瑤臺	378
雙燕入珠簾	379
瑣窗寒	379
繞佛天香	380
念奴嬌	380
尤展成招飲草堂,同陳其年、彭雲客、宋既庭御之席上分賦	381
和漱玉詞原韻	381
石州慢	381
氐州第一	382
晝錦堂	382
瑞鶴仙	383
水龍吟	383
綺羅香	383
花心動	384
永遇樂	384
遇秦樓	385

目　録

御帶垂金縷 …………………………………… 386
風流子 ………………………………………… 386
霜葉飛 ………………………………………… 386
賀新涼 ………………………………………… 387
沁園春 ………………………………………… 387
　爲卓火傳甥題傳經堂，同曹顧庵學士作 …… 388
摸魚兒 ………………………………………… 388
法曲琵琶教念奴 ……………………………… 388
玉女搖仙珮 …………………………………… 389
寶鼎現 ………………………………………… 389
哨遍 …………………………………………… 390

扶荔詞別錄 ………………………………… 391
　小令
　赤棗子 ……………………………………… 391
　漁父 ………………………………………… 391
　生查子 ……………………………………… 392
　太平時 ……………………………………… 392
　巴渝辭 ……………………………………… 392
　　又 ………………………………………… 392
　三臺 ………………………………………… 392
　　又 ………………………………………… 393
　楊柳枝 ……………………………………… 393
　阿那曲 ……………………………………… 393
　南鄉子第一體 ……………………………… 393
　竹枝 ………………………………………… 393
　風流子 ……………………………………… 394

天仙子	394
望梅花	394
調笑令	394
胡蝶兒	395
醉公子	395
長相思	395
卜算子	395
減字木蘭花	396
謁金門	396
好事近	396
眉峰碧	396
玉聯環	397
山花子	397
三字令	397
步蟾宫	397
夜行船	398
南鄉子	398
又	398
歸國遥	399
霜天曉角	399
四犯令	399
滴滴金	399
西江月	400
又	400
瑞鷓鴣	400
木蘭花令	400

目　錄

附集外詞一首 …………………………………………… 401
　　千秋歲 …………………………………………… 401

附丁濚《秉翟詞》 ……………………………………… 403
　　山花子 …………………………………………… 403

梅東草堂詩集

序 …………………………………… 張　英　407
序 …………………………………… 盛　遠　409
序 …………………………………… 翁嵩年　411
序 …………………………………… 孫致彌　413
凡例 ……………………………………………… 415

梅東草堂詩集卷之一 ………………………………… 417
　　玉符楊夫子召飲，即席拈尾字作古體見示，恭和 … 417
　　月夜納涼 ………………………………………… 417
　　嚴廣文南歸 ……………………………………… 417
　　壽沈洪生尊堂年伯母范太夫人六十 …………… 418
　　送湯西涯遊粵西 ………………………………… 418
　　燈夕花爆行贈程潔聞年友 ……………………… 418
　　讀孫孝貞先生遺事暨賢母撫孤二首 …………… 418
　　無題和義山韻五首 ……………………………… 419
　　題稽留先生繼配儲太母傳後 …………………… 420
　　寧都魏夫人殉亡詞 ……………………………… 420
　　過拜魯駿翁年伯值病起 ………………………… 420
　　過泖河和丁天庵 ………………………………… 421

57

周鷹垂招飲 …………………………………………… 421
井院雙桐引 …………………………………………… 421
福山張參遊 …………………………………………… 421
上偏沅巡撫丁黍巖先生 ……………………………… 422
莊甿威述其令祖衛慈遼海扶櫬遺事 ………………… 422
題舍甥英粲負劍圖 …………………………………… 422
蓮社次韻 ……………………………………………… 423
吳門喜遇翁康飴歸自句容，以新詩見示，即次原韻 …… 423
《畫舫麗人行》贈沈南季年友 ………………………… 423
留別程潔聞 …………………………………………… 424
姑蘇寓施天若小樓 …………………………………… 424
同嚴十定隅遊虎丘和張彥暉韻 ……………………… 424
寄行人汪東川 ………………………………………… 424
家箅堆招飲嘉樹堂 …………………………………… 425
王阮亭民部召入翰林賜宴賦詩，因詔求博學宏詞，
　步李容齋學士韻 …………………………………… 425
別雲間周俊上 ………………………………………… 426
送洪昉思遊大梁 ……………………………………… 426
贈陸冰修隱君 ………………………………………… 426
送陶士拔之茸城郡守幕 ……………………………… 426
楊太師母夏太夫人五十壽 …………………………… 427
送周鷹垂北上 ………………………………………… 427
贈畹蘭校書 …………………………………………… 428
項霜佃、嚴定隅枉過 ………………………………… 428
送湯西崖歸里兼懷陳一玉 …………………………… 428
偕同年馬嚴沖、沈洪生諸太史侍飲山陰朱夫子 …… 429
奉別少司農李容齋夫子 ……………………………… 429

58

目　録

汪子寓昭下第南還 …………………………………… 429

呈巡鹽成愚崑先生 …………………………………… 430

雜感 …………………………………………………… 430

奉酬汪東川太史 ……………………………………… 431

美人倚梅圖 …………………………………………… 431

美人採蓮圖 …………………………………………… 431

喜遇張平山時有江右之行 …………………………… 432

戲柬汪東川翰林索飲 ………………………………… 432

寓竹浪僧舍，喜宜山、士拔、汝諧、鶴書、辭立枉過留飲，

　　得聲字 ……………………………………………… 432

和程汝諧韻 …………………………………………… 432

答沈穆如同學 ………………………………………… 433

卓次厚見訪 …………………………………………… 433

過寫山樓贈李雲連 …………………………………… 433

計希聲枉過小寓，留飲次韻 ………………………… 434

飲屠尹和齋，時有卓亮庵、子敬、次厚、秦天格、計希聲、

　　朱予新昆季即事 …………………………………… 434

寄井梧女子 …………………………………………… 435

橄欖 …………………………………………………… 435

菱角 …………………………………………………… 435

長夏客醉里，計希聲招同陳容庵、屠尹和、卓子敬、

　　次厚讌集 …………………………………………… 435

白石榴 ………………………………………………… 436

喜徐淮江連舉二子 …………………………………… 436

和項東井《醉蝶》 …………………………………… 436

和東井《剥豆》詩 …………………………………… 436

過廟後村訪介誐茆庵，時五月芒種 ………………… 437

59

工部宋聲求以閏三月望前二日招同人送春，予方束裝
　南歸未赴口占 …………………………………… 437
過梅溪訪睿石和尚 ……………………………… 438
抱月讀書圖 ……………………………………… 438
喜得陳叔毅《客居》詩却寄 ……………………… 438
飲文娥妝閣 ……………………………………… 438
答錢越江編修見贈原韻 ………………………… 438
贈同岑和尚 ……………………………………… 439
哭亡弟向中 ……………………………………… 439
舍弟懷九招陪年友陸文端、朱予詵昆仲 ……… 439
可是 ……………………………………………… 440
秦園 ……………………………………………… 440
哭翁舅父和倩 …………………………………… 440
七夕飲張太守署中 ……………………………… 441
題宜山居士小照 ………………………………… 441
和韓蒼霖《春日村居》次韻 ……………………… 441
周子瑾將軍出示濂溪先生像贊 ………………… 441
友人岸舟 ………………………………………… 442
北上懷白龍潭 …………………………………… 442
題虞東弟洗馬圖 ………………………………… 443
陳仁仲善書諸名帖，詩以贈之 ………………… 443
同宗姪千峰 ……………………………………… 443
訪一初上人不值留題壁上 ……………………… 443
題項東井畫 ……………………………………… 444
淡雲 ……………………………………………… 444
和沈南季太史瓣香閣題次韻 …………………… 444
六叔母節壽詩 …………………………………… 445

目　錄

姑蘇懷古 …………………………………………… 445
　響屧廊 …………………………………………… 445
　香水溪 …………………………………………… 445
　支公放鶴亭 ……………………………………… 446
　貞娘墓 …………………………………………… 446
　梁鴻塚 …………………………………………… 446
　銷夏灣 …………………………………………… 446
　短薄祠 …………………………………………… 446
　梅市 ……………………………………………… 446
　酒城 ……………………………………………… 446
　白公堤 …………………………………………… 447
賀湯庶常西厓 ……………………………………… 447
贈影娥校書 ………………………………………… 447
漕幕即事 …………………………………………… 447
和董養齋舟中牡丹原韻 …………………………… 448
次家掌坊見贈元韻 ………………………………… 449
汪宮贊扈駕還里覲省 ……………………………… 449
寫山主人立春日畫梅 ……………………………… 449
又元日畫松 ………………………………………… 450
題墨桃 ……………………………………………… 450

梅東草堂詩集卷之二 ………………………………… 451
庚午謁選得平涼府華亭縣，將之官，留別呈鄉會受知
　諸先生 …………………………………………… 451
憶母 ………………………………………………… 451
慰下第諸同學 ……………………………………… 451
謝石閭曹老夫子 …………………………………… 452

同鄉諸先達	452
在朝諸同學	452
公車諸友	453
年友	453
寄内	453
示兒	453
寄所思	454
梅東草堂	454
復齋家學士	454
上平涼郡尊同時掣選	455
留別宜山	455
送楊夫子出塞	455
三月過汴梁訪鄰翁王君鏡園亭	455
送王馭蒼進士歸武林，即用見贈原韻	456
將赴華亭邑治，道經大梁，喜遇俞存庵少參日夕招飲，兼送榮任郎襄	456
寄輓考功翁二母舅	457
送端臣、博臣入都應試	457
辛未夏以事繫官，寓蘇化工齋居奉贈	458
董瑞筠枉過旅舍談命	458
以事被譴，天桓家叔不忘爭難之義，感而賦此	458
送鹽官陳容庵父母還大梁	459
聞譴	459
送陸杜南赴北闈	459
上杭州蘇太守	460
蒲杯	461
別同里章念脩	461

目　録

贈別吉先大叔 …………………………………… 461
舟泊虎丘，奉和程梓園侍御半園詩原韻 ………… 462
虎丘與受谷姪話別 ……………………………… 463
爲周兼三新居作 ………………………………… 463
過淮與平原夫子話別 …………………………… 463
壬申七月十三津門旅舍生一子善長口占 ……… 464
舟次天津病作，喜遇同鄉景胎志以藥見投，稍痊奉謝 …… 464
初至留都訪友 …………………………………… 464
送友入關 ………………………………………… 464
偶作 ……………………………………………… 465
徐集臣送其尊公出關，以癸酉之三月南歸，賦別 ……… 465
慎五上人出塞探兄事竣還里 …………………… 466
趙文水禪悦圖 …………………………………… 466
即事次楊玉符夫子贈日者韻 …………………… 466
疊前韻奉酬楊夫子 ……………………………… 467
再疊前韻奉酬楊夫子 …………………………… 467
四疊和晴 ………………………………………… 467
五疊和雨 ………………………………………… 468
六疊答孫嘯父同學 ……………………………… 468
七疊再答嘯父 …………………………………… 468
八疊答嘯父 ……………………………………… 469
九疊呈楊夫子 …………………………………… 469
十疊有感 ………………………………………… 470
上金悚存巡撫，次浴鵠韻 ……………………… 470
答高 ……………………………………………… 471
移居次浴鵠韻 …………………………………… 471
疊前韻酬宗薛夫子 ……………………………… 472

再疊前韻訓鹿嚴、望雪兩前輩 …… 473
三疊前韻贈同居 …… 474
四疊贈友入新築斗壇 …… 475

梅東草堂詩集卷之三 …… 477
楊涵貞世兄還雲間 …… 477
題呂紀鵪鶉圖 …… 478
孝子楊可師負其尊公骸骨歸葬并乞八十老母還鄉 …… 479
題王叔明畫 …… 479
壽鐵母 …… 480
寄同門蔣文生 …… 480
七夕和高鹿嚴韻 …… 481
答孫嘯父次其原韻 …… 481
代題望雪道人彈琴圖 …… 481
送楊玉符夫子被召還都 …… 482
桃村詩 …… 483
中秋夜西司空以所臨蘭亭見贈，賦謝 …… 483
高蒼曉還萊陽 …… 483
送友入關 …… 484
戲東鹿侍御 …… 484
衛爾西中丞自黑龍江召還 …… 484
偕室人鄭氏出塞於今三年矣，作此慰之 …… 485
代贈中丞 …… 485
哭馬森公 …… 486
偕友訪孫氏園亭留飲，次文水韻五排 …… 486
望雪彈琴 …… 486
又次西渠韻 …… 487

北征 ······ 487
紀哀 ······ 489
次兒棟代運北征 ······ 492
諸同年會祭先慈,哀感賦謝 ······ 493
奉訪表妹丈陳勿齋侍御新居 ······ 494
入關值復齋學士初度留飲 ······ 495
桐城大宗伯六十壽 ······ 496
曹廉讓芝巖疊翠石索題 ······ 496
重陽後一日祝翁康飴初度 ······ 497
送王文在赴任酆都 ······ 498
文在有詩留別即次元韻奉答 ······ 499
挽馬子握 ······ 500
金悚存中丞七十賜環 ······ 500
查聲山庶常寫經圖 ······ 501
陳大年侍御五十 ······ 501
送馬義甫西曹回陪京官署 ······ 502

梅東草堂詩集卷之四 ······ 503
　寓聊城適同年彭恪庵罷歸林下走筆戲贈 ······ 503
　怪松 ······ 503
　奉訪任月生年伯暨次公渭飛留吟,兼懷瓮安令君 ······ 504
　同年韓公變自經十年矣,并尊堂嫂夫人三棺在堂,
　　詩以哭之 ······ 504
　鄧中翰騫之、思睿昆玉招飲 ······ 504
　再飲鄧中翰書屋 ······ 505
　謝鄧中翰惠米麵酒炭 ······ 505
　高鹿巖民部有詩見懷,即次元韻奉答乘興疊至八首 ······ 506

65

喜聞朝城令張松友行取之信	507
赴同年張松友之約再至朝署，喜晤漢乘、逸群	507
漢乘見惠佳什，即次其韻答之	508
徐譽招、吳恭若，中表兄弟也，同在武陽幕中即席口占	508
與逸群對弈	508
讀漢乘制藝兼有所感即次原韻	509
過張秋訪史敬修別駕兼懷柘城令弟	509
史別駕小照	510
兗郡遇同年孫子未檢討兼謝厚餉	510
東郡有感兼謝嶧陽方衍泗明府	510
寄費邑惠沛蒼年友	510
平原昂扶上明府初度	511
訪林邑戴仲升年友	511
懷同年張昆詒出宰臨朐	511
抵都得表弟翁逸仲凶問	512
表甥張纘思一日之內接其祖母暨令堂哀訃，倉卒出都，特寄薄奠，作此奉慰	512
飲思睿盆桂下	512
謝嶧亭以盆桂見貽	513
嶧亭惠鮮棗一檻	513
餘慶堂觀桂贈嶧亭	514
中秋遇雨	514
朱克典招看菊花	514
九月七日劉禹石孝廉初度	515
歷城遇同年李芳厓，時令齊河	515
寄夏津宋鶴岑明府	515

目　録

鄧思睿舍人座上聽郭有弼彈箏，送高二蒼曉歸里 ········ 516
偕嶧亭、思五、蒼曉飲振宜齋 ································ 516
平原夫子招遊即園，用少陵《何氏山林》韻 ·············· 516
重遊即園用少陵後五韻 ·· 518
和裕庵師叔問訊春漲次原韻 ·································· 518
送善長入學，賜以古研一、凍刻一，上鎸"詩書滋味長"五字，
　喜而足成近體四章以勉之 ································· 519
省齋世兄選拔明經，夫子有詩志喜，次韻奉賀 ·········· 519
和孫松坪庶常移寓即次元韻 ·································· 519
過劉孝廉手談兼送北上 ·· 520
美人浣臂次南季韻 ··· 520
美人吃烟疊前韻 ·· 521
王一致年伯招飲，即次胡茨村觀察壁間韻 ··············· 521
同年王尺二莊居 ·· 521
胡茨村觀察以隨園詩索和，即次元韻六章個個軒 ····· 521
宜有亭 ··· 522
層霞書屋 ·· 522
可亭 ·· 523
香雪齋 ··· 523
秋怡閣 ··· 524
胡茨村觀察招飲兼惠佳刻，即次《閒居》詩元韻 ········ 524
邢臺楊涉恭明府 ·· 525
朝城署中晤徐譽昭 ··· 526
聞平原夫子復還大中丞職志喜 ······························· 526
弔鄆城黃烈婦 ··· 527
代作 ·· 527
又代作 ··· 527

67

偕禹石、華亭、思五、克典飲朱合璧庶常齋頭 ………… 528
聊城度歲 ……………………………………………… 528
元旦即事 ……………………………………………… 529
挽傅孟采尊堂王夫人 ………………………………… 530
喜田青臣、丁厚庵自南來 …………………………… 531
留別平原夫子 ………………………………………… 531
夏塘與鄧嶧亭話別 …………………………………… 532

梅東草堂詩集卷之五 …………………………… 533
登太白樓 ……………………………………………… 533
觀分水處 ……………………………………………… 533
中秋舟次棗林 ………………………………………… 533
疊前韻答鶴書 ………………………………………… 534
阻風再疊前韻 ………………………………………… 534
中秋夜舟次憶善長兒 ………………………………… 534
旅舍微酣走筆寄善長兒 ……………………………… 534
將抵樆李陡思善兒 …………………………………… 535
生善慶兒得信寄示善長 ……………………………… 535
次淮浦訪陳傅巖巡道、談震方吏部，兼留為別 …… 535
聞特詔起郭華野都憲總制兩湖 ……………………… 535
重九次淮上懷嶧亭兄弟 ……………………………… 536
紀張運清制府扈駕四異績 …………………………… 536
聞詔總憲于振甲治河授以方畧 ……………………… 537
尚書湯潛庵令孫獲雋 ………………………………… 537
聞浙撫趙疏請鄉試廣額 ……………………………… 537
題張子風木圖 ………………………………………… 538
嶧亭昆玉約至吳門不果 ……………………………… 538

目　錄

將抵故里接嶧亭手書,不知寄者姓氏,悵然有作 ………… 538
高兩詩北行,寄劄奉訊嶧亭、思五近狀 ………………… 539
寧觀齊太史邀余與懷九舍弟訪瓣香居士病中次韻 ……… 539
送謝維賢廣文還山 ………………………………………… 539
憶同高二蒼曉會飲餘慶集雅堂中,別去半載,久無音問,
　漫賦 ……………………………………………………… 540
遇同年寧觀齊太史檇李,有詩見贈,次韻奉答 …………… 540
和同年宋櫟翁太史旅舍次韻 ……………………………… 540
午日南湖次觀齊韻 ………………………………………… 541
松陵顧樵水高士畫《瓣香閣圖》 …………………………… 541
喜還湖上讀月田十八弟與查客、雪樓倡和之作次韻 …… 541
風筝 ………………………………………………………… 542
途遇丁樞臣邀歸行素堂,酒後索書 ……………………… 542
過吳閶訪故人,出種園小照索題,奉贈 …………………… 542
李墨公葡萄 ………………………………………………… 543
石榴 ………………………………………………………… 544
仲夏奉謁楊玉符夫子留飲鴻藻堂,讀所著留都志兼無題
　諸詠,即次見懷原韻疊成四章 ………………………… 544
謝楊夫子賜葛 ……………………………………………… 545
奉答楊葆真世兄即次元韻 ………………………………… 545
題朱翠庭中翰載菊園 ……………………………………… 546
同年徐雨雯孝廉 …………………………………………… 546
贈雨雯令坦羅受兹 ………………………………………… 547
訪羅頤齋 …………………………………………………… 547
訪知外舅鄭君祥凶問 ……………………………………… 547
寄慰細君 …………………………………………………… 548
亡友徐子大令郎在濟寧州署爲孝廉張齊仲賫短札

69

問訊 548
奉訪濟寧州牧吳緒思 549
觸熱策蹇定陶訪同年趙文饒茂宰 549
又贈文饒 549
寄玄城舊令俞大文 550
七月七日渡河喜與嶧亭、思五相晤咫尺 550
再登太白樓 550
與許公子功占相遇聊城，出其尊大人侍御《繡衣衲子歌》及令姊丈陳椒峰舍人《壽言》一册見示，于其歸也詩以送之 551
送東長君石諸秀才秋試 551
下榻芙蓉館 551
東長應試適逢初度口占奉祝 552
嶧亭遇沈生諱吳詮試院道旁 552
中秋夜諸秀才試畢同飲花下 552
歷下喜遇高鹿巖農部令郎令姪秋試兼訊安遠茂宰、蒼曉國博 553
泥美人 553
春雨 554
春花 554
春草 554
春燕 555
春行 555
春山 555
春花 555
春岸 556
春農 556

目　録

范州馬龍章茂宰 …………………………………… 556
次安平遇袁州郡丞馬允文，招飲旅舍，出紅妝侑酒 ……… 556
青青 ……………………………………………… 557
金蘭 ……………………………………………… 557
雪夜再飲馬郡丞別業，觀盆梅戲贈諸公 …………… 557
疊青字再贈 ……………………………………… 558
答韓秀才東瞻，時在史倅署中次韻 ………………… 558
唐伯虎牧牛圖 …………………………………… 559
呈大中丞王吳廬先生上封事 ……………………… 559
奉訪朱太守留嘗家釀 ……………………………… 559
上元夜觀燈呈朱太守 ……………………………… 560
鄧思五招遊朱園觀海棠出紅裙佐觴四十韻 ………… 560
飲耿澤九書齊 …………………………………… 561
耿澤九見示和章，疊前韻奉謝 ……………………… 562
奉和耿二澤九見懷原韻 …………………………… 562
答朱庶常雪見贈詩原韻 …………………………… 563
過河間宿白衣庵 …………………………………… 563
次瀛署庭前開蓮花一朵有感 ……………………… 563
寄故人某 ………………………………………… 564
壬午立秋日偕夏重、厓會飲蘿軒邸舍分賦各二首，
　　即以立秋兩字爲韻 …………………………… 564
閏三月三日戲友人納姬 …………………………… 565
孫松坪太史主試三晉，挈予同遊偶紀，用王雲崗
　　移居韻 ……………………………………… 565
次太原張賓軒至自潼關，預祝其六十誕辰 ………… 566
除夕觀許有介墨蹟 ………………………………… 566
集雅堂觀海棠值主人誕日 ………………………… 567

71

题鄧嶧亭國博泛宅圖并序 ………………………………… 567
三月朔爲鄧思五初度招飲與吉瑞公談相 ………………… 568
留別鄧思五親家 ……………………………………………… 568
留別鄧東長 …………………………………………………… 569
送五女出閣途次遇雪偶占 …………………………………… 569

梅東草堂詩集卷之六 ……………………………………… 570
渡黃河二百里 ………………………………………………… 570
哭盛誠齋夫子十律 …………………………………………… 570
八月十七夜錢塘江上乘潮 …………………………………… 571
惶恐灘次康飴韻 ……………………………………………… 572
樟樹潭次滄巖夫子韻 ………………………………………… 572
詠花次滄巖夫子韻 …………………………………………… 572
  樹蘭 ……………………………………………………… 572
  鐵樹 ……………………………………………………… 572
  魚子蘭 …………………………………………………… 572
  素馨 ……………………………………………………… 572
  紅毬 ……………………………………………………… 573
  扶桑 ……………………………………………………… 573
  林麗 ……………………………………………………… 573
  劍蘭 ……………………………………………………… 573
  佛手 ……………………………………………………… 573
  密羅 ……………………………………………………… 573
  橄欖 ……………………………………………………… 573
  檳榔 ……………………………………………………… 573
  荔枝 ……………………………………………………… 573
  龍眼 ……………………………………………………… 574

目　錄

　　香樹 …………………………………………… 574
　　蒲葵 …………………………………………… 574
李次山牛背圖 …………………………………… 574
題馬怡庵粵遊草次滄巖夫子韻 ………………… 574
廣州用新城韻 …………………………………… 574
登閣和滄巖夫子韻 ……………………………… 575
閣上遠眺次馬怡庵進士 ………………………… 575
題奉常馬淡真先生褒忠錄後，次滄巖夫子韻 … 575
初食龍眼次滄巖夫子韻 ………………………… 576
羚羊峽次王新城韻 ……………………………… 576
七星巖石室次新城韻 …………………………… 576
樓上望七星巖次滄巖夫子韻 …………………… 577
讀坡公儋耳寄子由詩有感，即踵原韻 ………… 577
題滄巖夫子采芝圖即次原韻 …………………… 577
雷州除夕 ………………………………………… 578
元旦 ……………………………………………… 578
將渡瓊州次坡公韻贈康飴 ……………………… 578
偶作用子瞻韻 …………………………………… 578
對弈用子瞻止酒詩韻 …………………………… 579
和粟泉亭原韻 …………………………………… 579
弔萊公祠 ………………………………………… 579
觀李綱徙萬州事 ………………………………… 580
晤廣陵樊潛庵新令臨高 ………………………… 580
蘇長公遇潁濱于雷 ……………………………… 580
秦少游貶雷陽 …………………………………… 581
初春徐聞道中 …………………………………… 581
廉州道中 ………………………………………… 581

73

陸公泉小憩用長公韻 …………………………………………… 581
文公廟次滄巖夫子韻 …………………………………………… 582
謝海神廟詩次東坡韻 …………………………………………… 582
紀異 ……………………………………………………………… 582
颶母風 …………………………………………………………… 583
合江樓遠眺用坡公韻 …………………………………………… 583
　　又 …………………………………………………………… 584
　　又 …………………………………………………………… 584
午日大風雨，康飴學使并舟對疊，次原韻 …………………… 584
　　又 …………………………………………………………… 584
又滄巖夫子以病未與，次日補詩，再疊前韻奉和 …………… 585
奉祝中丞石綱庵先生百韻 ……………………………………… 585
吳次章參軍六十 ………………………………………………… 587
仲春月夜偕諸同人奉陪蘿軒學使重遊李氏山莊，
　　用少陵韻 …………………………………………………… 587
喜康飴初得孫女 ………………………………………………… 588
癸未、甲申隨侍滄巖夫子于蘿軒署中，適遇懸弧，一旦賦別，
　　率爾奉送 …………………………………………………… 588
蘿軒舉長孫 ……………………………………………………… 589
閱江樓眺望 ……………………………………………………… 589
登玉皇閣絕頂 …………………………………………………… 589
廣署朱德懷太守畫壁次韻 ……………………………………… 590
王介山招飲臨江別業 …………………………………………… 591
吳次章、西蟠喬梓招同蔡煥如參謀、馬怡庵進士、李次
　　山貢生、趙五瑞、吳來言同學，奉陪學使翁蘿軒、思敏
　　表弟、亮武、越岑、司直諸表姪、沈聖玉表甥，遊七星
　　巖之作 ……………………………………………………… 591

目　　録

賦得十月先開嶺上梅 …………………………………… 592
送思敏三表弟還里 ……………………………………… 592
越岑、子毅還里秋試 …………………………………… 592
司直赴浙省試 …………………………………………… 593
子毅爲滄巖夫子愛壻，于其歸也，寄訊諸遺孤 ………… 593
寄祝劉以德尊堂八十 …………………………………… 593
贈李若華孝廉次君山韻 ………………………………… 593
與老友徐麗天話羊城署中，次其元韻 ………………… 594
寄吴縣王孝先茂宰 ……………………………………… 594
胡子樹觀察招飲署中，仍用杜韻 ……………………… 594
春杪歸舟三至李園，主人留飲，用杜重過何氏韻 …… 596
謝石義山公子賜鞻 ……………………………………… 596
送采臣渡海還家 ………………………………………… 597
奉酬同學李亦符贈詩原韻 ……………………………… 597
題黄尊古畫 ……………………………………………… 598
老友藍公漪招同姚君山、黄我占、尊古、吴天祥、沈禹
　詵、聖育、趙五瑞、陸韶九、吴蒼白、陳霞起、僧唯哉奉
　陪蘿軒學使燕集，即席次君山風旛堂韻 ……………… 598
望海螺巖禮澹公塸 ……………………………………… 599
蘿軒學使校士之暇，王芥山携尊試館觀小蘇演劇，
　同人轟飲達曙，偶記 …………………………………… 599
企賢姪相遇粵城又一年矣，和其留別原韻 …………… 599
遇藍公漪即席賦贈 ……………………………………… 600
寄宜武表弟問候高堂，兼聞有買妾嶺南之語并嘲之 … 600
題郭公子行樂圖 ………………………………………… 600
臨别贈趙五瑞 …………………………………………… 601
粵東喜遇馬白生先生令孫振公昆玉，精於琢研 ……… 601

75

送李次山還梅里 …………………………………… 601
朝雲墓踵坡公悼亡原韻 …………………………… 602
朝雲墓有感次君山韻 ……………………………… 602
登白雀峰訪坡公故居，即用《夜過翟秀才》原韻 …… 603
次姚君山韻，述表弟翁蘿軒視學粵東嘉績 ………… 603
森嶠濤聲 …………………………………………… 604
人渡金盤 …………………………………………… 604
湄亭柳色 …………………………………………… 605
塔影標雪 …………………………………………… 605
月漾臨池 …………………………………………… 605
霞明赤石 …………………………………………… 605
梅環松夢 …………………………………………… 605
松溪漲雨 …………………………………………… 605
題藍采飲古木、春草、山鵲各一絕 ………………… 606
　　又 ………………………………………………… 606
吳天祥三教圖 ……………………………………… 606
蜘蛛 ………………………………………………… 607

梅東草堂詩集卷之七 ……………………………… 608
九月十三日恭祝啓翁王大中丞懸弧之辰 ………… 608
重九後二日爲康飴六十壽，望之不至，因賦 ……… 609
移居松風港次舊園主陸九年兄韻 ………………… 610
陳與石杜過，次其見贈原韻 ……………………… 610
園課 ………………………………………………… 610
　　濬池 ……………………………………………… 610
　　護竹 ……………………………………………… 610
　　刪花 ……………………………………………… 611

目　録

栽桑 …………………………………………… 611

插柳 …………………………………………… 611

鋤菜 …………………………………………… 611

結籬 …………………………………………… 611

刈草 …………………………………………… 611

削瓜 …………………………………………… 611

采菱 …………………………………………… 612

剥豆 …………………………………………… 612

煨芋 …………………………………………… 612

烹葵 …………………………………………… 612

植蘭 …………………………………………… 612

聽松 …………………………………………… 612

受風 …………………………………………… 613

觀雨 …………………………………………… 613

掃雪 …………………………………………… 613

邀月 …………………………………………… 613

步苔 …………………………………………… 613

攤書 …………………………………………… 613

煮茶 …………………………………………… 613

臨帖 …………………………………………… 614

鼓棹 …………………………………………… 614

對棋 …………………………………………… 614

擁爐 …………………………………………… 614

剪蠟 …………………………………………… 614

釣魚 …………………………………………… 614

斷蟹 …………………………………………… 615

籠鵝 …………………………………………… 615

放鴨	615
乞猫	615
爇香	615
獵蠅	615
徵螢	615
擇虱	616
式蛙	616
辟蠹	616
聞蟬	616
滌研	616
叉畫	616
援琴	617
焙藥	617
曝衣	617
蓄水	617
撚髭	617
養菊	617
撫掌	617
分蜂	618
訪侍御陸稼書先生故居	618
和陶書巖見贈原韻	618
和沈南季太史落花	618
中秋天雨，鍾文携尊松風令甥陸松潤有詩見贈，奉答	619
五月祝陳自會尊堂徐節母六十	619
陳鑒銘八十壽并正與石昆季	620
贈平湖某邑宰	620
讀姪倩盛虎文戲和某西席詩即次原韻	620

目　録

題姪倩盛虎文畫 …………………………………… 621

題俞潔存安溪歸隱圖 ……………………………… 621

戲題姪倩盛虎文山水册 …………………………… 621

題畫和韻 …………………………………………… 622

周陳候三緘齋對菊，和朱竹垞韻 ………………… 622

暮林歸鳥 …………………………………………… 622

爲地師鄭義遠作 …………………………………… 622

夜半聞雪和姪倩虎文韻 …………………………… 622

石阡陳太守投詩瓣香庵主，一見出迎，歡然道故，
　　次原韻 ………………………………………… 623

孫嘯父旅櫬歸自貴州 ……………………………… 623

沈南季太史五十徵菊花詩，以五律六首寄祝 …… 623

　　種菊 …………………………………………… 623

　　灌菊 …………………………………………… 624

　　訪菊 …………………………………………… 624

　　栽菊 …………………………………………… 624

　　對菊 …………………………………………… 624

　　采菊 …………………………………………… 624

贈彭學臺校士二十韻 ……………………………… 624

除夜與劉立山年姪對飲 …………………………… 625

戊子元旦贈劉立山 ………………………………… 625

寄訊東昌太守黃學山，兼候其尊人公祖 ………… 625

移尊墨慰軒同、堅仲、東溟、山樵舍弟懷九即事 …… 626

謝彭學臺兼慰其喪子 ……………………………… 626

南湖即事 …………………………………………… 626

李若予七十 ………………………………………… 627

再遊南湖遇風雨有作 ……………………………… 627

烏石山莊落成，畫山招同武曹、廷相、書巖納涼漫成 …… 627
孟參軍董葺鼇峰書院次吳象真進士韻 …………… 629
贈同年楊介庵督學八閩 ………………………… 629
登道山亭追挽范忠貞少保 ……………………… 630
詹茇士以所著易經提要兼山草賜教，奉謝 ……… 630
讀林又偶香草詩，并祝其尊公潫邨先生古稀華誕 …… 631

梅東草堂詩集卷之八 …………………………… 632
和厓山弔古 ……………………………………… 632
與曲江李梧岡明府相遇羊城 …………………… 632
喜遇幼鐵五兄 …………………………………… 632
題五兄小照 ……………………………………… 633
坐綠屏書屋，喜對圭峰、玉臺諸勝，次日盡登臨之興，
　次迂客弟韻 …………………………………… 633
蘇氏林亭次迂客韻 ……………………………… 633
和秋霽觀瀑次迂客韻 …………………………… 634
和雨後行菜次迂客韻 …………………………… 634
爲韓敬一觀察尊公作 …………………………… 634
代題永思錄九言古體 …………………………… 635
題姚二會小照 …………………………………… 635
范大中丞 ………………………………………… 636
梟司黃公 ………………………………………… 636
糧驛道陳公 ……………………………………… 636
鹽道賈公 ………………………………………… 637
答姚君山友兄八律 ……………………………… 637
海寧令靖節事 …………………………………… 638
番禺令姚齊州招飲 ……………………………… 638

目 録

江在湄前輩還桐城 ································· 639
江在湄先生粵遊有感，次其見贈原韻 ············· 639
周捷三都巡 ·· 639
贈毛充有世兄，追憶其尊公大千老師 ············· 640
又贈李駿詒 ·· 640
葉戴山同年 ·· 640
嘉又年姪 ··· 640
李又董葺宗祠 ····································· 641
李又令郎 ··· 641
新安金明府 ·· 641
年友鄧豹生爲其愛女立嗣始末 ··················· 642
訪新安溫上汲孝廉 ································ 642
寓官富司行臺 ····································· 642
謝李駿詒惠新鑿荔燒 ······························ 643
贈葉廣文御六 ····································· 643
周澹寧先生里居 ··································· 643
題珠江送遠圖 ····································· 643
史冑司宮端奉詔祭波羅江，事竣言旋，爲太夫人七十稱觴，
　賦此請正 ·· 644
贈胡厚存 ··· 645
姚令君夫人壽 ····································· 645
鄧然明世好 ·· 645
朱振子招飲并見六子，即席賦贈 ················· 645
束王芥山索飲 ····································· 646
重遊羊城贈李駿詒明府 ··························· 646
和友人遊西樵十二載 ······························ 646
樊崑來命其三子出見，賦此贈之 ················· 648

81

新寧齊明府畫燈 …………………………… 648

己丑元夕觀察丁學田尊堂劉太夫人八裘 ……… 648

二月望前一日壽糧儲陳荀少參 ……………… 649

新安金明府壽 ………………………………… 649

輓誥封夫人黃母王太君 ……………………… 649

朱母八十壽 …………………………………… 650

元旦壽丁學田觀察 …………………………… 650

梅東草堂詩集卷之九 ……………………… 651

留別 …………………………………………… 651

  大中丞范自牧先生 ……………………… 651

  宮端史胄司祭告還朝 …………………… 651

  懷桐城江在湄前輩 ……………………… 651

  樊學使崑來 ……………………………… 651

  廣州葉太守 ……………………………… 652

  番禺、新會兩邑侯 ……………………… 652

  憶新安尊公金長源先生 ………………… 652

  瓊山、臨高兩令君 ……………………… 652

  抵關 ……………………………………… 653

  飲保昌李澄園署中憶東莞 ……………… 653

  晤保昌兼懷錢子華大令 ………………… 653

  居停朱照廳 ……………………………… 653

  梧岡舊曲江 ……………………………… 653

  君山、葆羽兩世執 ……………………… 654

  二曾、漢英兩表弟 ……………………… 654

  懷子載兼柬繡翎 ………………………… 654

  澹寧及故人子 …………………………… 654

目　録

憶家………………………………………………… 654
寄善長兒…………………………………………… 655
將之楚……………………………………………… 655
思歸………………………………………………… 655
寄謝蔣子藴寫照…………………………………………… 655
同年張曲江………………………………………………… 656
世執李東筦奉召入都，喜并舟十八灘中，即次見贈
　原韻…………………………………………… 656
謁贛州楊人庵將軍………………………………………… 656
過南安吊陳香泉太守……………………………………… 657
答陳與勛武舉……………………………………………… 657
憫僕………………………………………………………… 657
寄南贛楊人庵將軍………………………………………… 657
南贛將軍公子又東………………………………………… 658
泊舟章門喜遇同年沈南季太史，招我同登滕閣觀日
　落處…………………………………………… 658
上郎撫軍…………………………………………………… 658
高焕然將軍招飲…………………………………………… 659
南昌太守王梅侣先生……………………………………… 659
承南兄贈詩即次原韻……………………………………… 660
聞同年張雪書掌坊奉命督學粵東，却寄 ………… 660
訪南康司馬蔣蘿村………………………………………… 660
太平別駕仇學周爲同年滄柱閣學令姪，奉督撫命買米江右，
　喜遇于此……………………………………… 661
袁鳳攬以詩見投，和韻答之………………………… 661
奉新莊令君………………………………………………… 661
謁故人董特瀛先生督學西江…………………………… 661

83

二 …………………………………………………………… 662
三 …………………………………………………………… 662
四 …………………………………………………………… 662
奉訪世執楊威遠先生 ……………………………………… 662
叠鳳攬韻贈兩蒼潘四哥 …………………………………… 663
又叠韻贈靖公同學兄 ……………………………………… 663
寄別楊人庵將軍 …………………………………………… 663
世執段百維先生初蒞西江驛鹽道 ………………………… 664
楊又東公子元娶王麓臺閣學令愛，今續配即其女姪，
　合巹之夕，爲賦却扇詩 ………………………………… 664
題董友燒丹圖 ……………………………………………… 665
友人毛虎臣于幕中納寵，詩以嘲之 ……………………… 665
讀李節母九十考終事不勝豔羨，特爲賦此 ……………… 665
題呂振宗散花圖 …………………………………………… 666
寄老友邵柯亭失官昌邑 …………………………………… 666
樂山乃殿先長君也，相遇灌城 …………………………… 666
題雪樵姪畫尹靖公燈上蘭竹 ……………………………… 667
答袁鳳覽採茶歌 …………………………………………… 667
贈九江府太守朱敬威 ……………………………………… 667
尹靖公連舉二子，詩以賀之 ……………………………… 668
題企賢姪乘槎圖 …………………………………………… 668
陳廷求以月夜聞笛詩見示，依韻答之 …………………… 669
嘲袁鳳覽腰痛 ……………………………………………… 669
企賢姪以點筆軒印譜索題 ………………………………… 669

扶荔堂詩稿

(清)丁 澎 撰

詩　　序

　　有文人之詩焉，不必其以詩傳也，而情深則律呂自諧；有詩人之文焉，不必其以文顯也，而意愜則神明自合。少陵雄視千古，足稱詩聖，然他所撰述至不能變其音節，此以詩爲文者也；昌黎起衰八代，蔚焉文宗，乃諸所吟詠輒未免過於高奇，此以文爲詩者也。若是乎，詩文分途未可同日語矣。

　　丁子飛濤，西陵之喬嶽也，下筆言語妙天下，謂非文章之士乎哉！其制舉業，英猋協乎曩制，淵理禪乎聖傳，每篇覽其秀句，能使花鳥深愁而烟雲動色，留連往復，莫不有詩意焉。所作諸體率皆本原風雅，彷彿三唐，有自我作古之思，有恨古人不見我之歎。非不綺靡，而朱弦疏越之趣自存；亦既清新，而風日流麗之致自在。意湖山靈秀之氣，萃于飛濤筆端，故有奇必吐，無語不韻，溢而爲詩，猶之其以文事儷美云爾。今世洊更離亂，山川風物觸景會心，其足助飛濤錦囊佳什者何限。至其下帷染翰，新篇盈篋，又將出而問世，渢渢乎皆可詠而歌也。然則謂飛濤爲今之文人可，謂爲古之詩人亦可矣。

　　　　　　　　　　　　順治甲午河陽年社弟陳爌公郎甫謹題

序　言

　　詩之爲道也多端，一言以蔽之曰約於正。入乎此則正，出乎此則邪，循乎是則正，反乎是則邪，無岐術也。昔孔子刪述六經，《易》以道數，《書》以道政，《禮》以道行，《春秋》以道王事，而《詩》多出里巷之口，若無與於得失者，何以列於經哉。以宣性情，以夷怨怒，至深也；以正夫婦，以協君臣，至宏也；以格郊廟，以諧神人，至和也。使以義理而言詩，豈復有詩哉？故詩有六義，曰風，曰雅，曰頌，之外一曰賦，一曰興，一曰比。或貞臣而託於棄婦，或瞻懷而企於禽卉。《柏舟》、《谷風》，比也，阮公之《詠懷》其遺也；《關雎》、《鵲巢》，興也，陳思之《高臺》、《轉蓬》，其遺也。夫賦比興者，統全什而爲言者也。今指發端爲比興，是不善說詩之過也。晉人多徑情述言，而三百之意寖衰；唐加比偶四聲，而古詩之則益微。然而歌《郊祀》、薦《房中》則猶未失乎雅頌也，潘陸之《河陽》、《赴雒》則猶未失乎賦也，唐初之七古則猶未失乎比興也。茲意不明，大曆以來詩亡七百有餘歲矣。獻吉氏出而修明之，信陽起而和之，歷下既沒，邪說橫流，詩亡又六十有餘歲矣。我雲間二三子出而修明之，西陵起而和之，一盛一衰，一晦一明，豈不繫乎人哉。

　　我友丁子飛濤，弁冕乎西陵者也，其詩温麗而含清，雄桀而盡倫，若文明之有黼黻而藻繢之有丹青，故述懷之思淵以平，贈別之思慨以慷，關塞之思勞以壯，征人思婦之思憂以悲。淵以平者近乎雅，慨以慷者近乎賦，勞以壯者近乎風，憂以悲者近乎興與比。丁子猶以爲未

5

足也,又溯古樂之亡軼者,清商鼓吹之音而補綴其闕失,葛天之歌,牛尾之掺,渢渢乎有餘音也,繹繹乎有餘理也。後有依詠者被以匏弦,協以鼗簫,通之七均八十一律之間,將使祖考饗,天神降,地祇出,年穀熟而風雨時。詩正而樂正,《清廟》、《閟宫》與六經并昭也,徒詩也歟哉。

順治甲午八月之望雲間弟張安茂蓼匪氏題於虎林之青鏤齋

序

嘗與吾黨精論風雅，每歎大道之深，而指歸之難定也。自漢魏盛唐以來，觀於斐然之家，其詞麗而不靡，其意典而不隘，其體廣而不亂，其音遠而不促，煌煌乎有定則矣。而作者故爲無定，于己則難割，任巧一也；於人則互訾，求異二也；才不足而勉以學，襲故三也；學不足而掩以才，詭新四也。

四者之病，無人焉以正之，宜其相是相非迄無典則，以爲不必深言日見其淺耳。然而閱覽百家，志扶衰弊，馳騁六義，道合風騷，有主持風會之責者，蓋實難之，以余觀西陵飛濤丁子誠無愧矣。人才之生不能盡合，流宕有餘，遂踰格律；矜束迴甚，又損逸思。得一人焉，以領袖群彥，斯才法咸準，天人均會，前七子之有李、何，後七子之有王、李是也。飛濤出，而兩浙名流如昌穀、子與輩斌斌乎一時馳譽，皆登作者之堂矣。飛濤季未過立，自樂府以下諸體靡不研精盡變，集成備美。樂府不難於形似，難於神似，其可被諸管弦譜之教坊者，或聲情淒苦，夜半秦箏；或音節悲涼，羈囚楚塞。千嶂迢迢，玉門未返，一枝裊裊，金縷長牽。苟非左徒之哀怨，大夫之忠悱，未足語也。飛濤於此中獨得良深，故蘇、李河梁之調，等於《卷耳》、《草蟲》之吟；燕、許應制之篇，視若《卷阿》、《於穆》之頌。五言古節短而旨長，七言古諷深而源遠，五言律體嚴而詞簡，七言律格厚而調高。絕者，音之餘也。有留連無已之意而貌不必矜，材不必盛，斯云當耳。若夫贈答之詩淵以穆而不傷於諛，離別之詩哀以切而不病於幽，冠裳之詩弘以麗而不涉於綺，山川之詩涼以曲而不過於寒。飛濤之斟古酌今也，實有苦心，匪天縱之徒恃矣。

　　士君子生今日，各因于才質所近以自隱，天門不可叩也，駕黿鼉以安之。隱于賈耶，波斯之舶渺焉；隱于卜耶，成都之市雜矣。丁子曰：天未欲絕風雅也，吾其泳焉游焉，以隱于吟嘯之間。東溟之濱，能舍此滄江漁父乎？余不敏，願以巴人之吟遲子于蒹葭秋水之外耳。

　　　　　　　　　　　　　　雲間盟弟彭賓五雉氏具草

叙

　　余治詩有年矣，以爲詩言志也，夫志豈有方哉？牽牛中指，悲懍蒼葭，陽鳥北飛，鳴弦渌水，以至神夔蹋怒而吼風，壯士拔劍而太息，皆此志也。而詹詹之士，孤管不儷于靈鼖，山林罔兼乎廊廟，隘矣。今乃得我同盟飛濤氏之詩焉。飛濤才同珠樹，學富瓊田，七州訂于景鸞，五經博于許慎，故其爲詩也：鮫人夜織，霞彩一機；少女風舒，繡錦萬谷。至于音追盛始，題儗黃初，譬則懸藜之璧，刻畫龍鸞；嶧陽之桐，操諧凰鶴。豈止春藥倚風，秋蘂灼日，拾上官之芳草，搴湘澤之杜蘅已哉。

　　余放舟桐江，緬赤亭之幽奇，遡妙庭之邃蹟，錦石青湍，碧山黃菜，蓋無往而不與飛濤之詩相觸也。用宣瓦礫，以冠琨瑤。

雲間社盟弟宋徵輿轅文撰

扶荔堂詩稿卷一

風雅體

鴻　飛

序曰：美賢人。失志在下，不以貧賤改節也。或曰亦招隱之詩。

鴻飛遵渚，戢羽豐草。胒五切。或飲或茹，晏晏于野。土奧切。
鴻飛遵沚，見繳則逝。嗟彼弋人，不我能施。尸是切。漸漸兔葵，翳于中谷。説岳切。
薄言穫胡初切。之，鮮可以食。鮮可以食兮，胡爲乎中谷兮？
葛生蒙茷，茂于中麓。錄直切。薄言桎之，鮮可以服。鼻墨切。鮮可以服兮，胡爲乎中麓兮？

《鴻飛》四章，二章章四句，二章章六句。

晨　風

序曰：諷交也。朋友信讒，中道怨刺，感而作此詩。君子曰：于《晨風》見斷金之義焉。

發發晨風，鬱彼北林。我懷如何，不如他人。有酒且湛，晏我友昆。

飛鵒在藪,交交其咮。莠言孔疚,誰適予咎。有酒且旨,晏我昆友。

中林有蘭,棘心叢之。明星有爛,浮雲雝之。君子有言,左右訟<small>叶平,墻容切。</small>之。

猗嗟季女,婉孌在澗。<small>叶平,經天切。</small>載笑載歌,亦樂以群。<small>逵員切。</small>君子有言,秉誓勿愆。

《晨風》四章,章六句。

孟 冬

<small>序曰:憫離也。丁子遠行役,思其父母而作也。</small>

孟冬十月,雨雪載颷。之子行役,莫寧爾室。

雨雪溥溥,<small>旁謨切。</small>日月其徂。之子行役,莫寧爾家。<small>攻平切。</small>

車軋軋矣,衣發發矣。僕夫況瘁,晨興是戒。<small>音棘。</small>父兮母兮,懷我孔悴。<small>子聿切。</small>

《孟冬》三章,二章章四句,一章章六句。

江 有 楓

<small>序曰:美桐江令張君無近也。令三載報政,邑以大治,桐民歌之。</small>

江有楓,<small>分房切。</small>零雨其滂。侯曰蒞止,于桐之陽。秣馬駫駫,建旐央央。室家靡寧,民以有慶。<small>虛半切。</small>

江有櫟,零雨其渥。侯既蒞止,于桐之域。勸農徵氂,歲終休役。<small>余玉切。</small>寧我婦子,民用允迪。<small>徒沃切。</small>

哀鴻在澤,唯侯集只。鳴鴉在野,唯侯戢只。降芾孔碩,惟侯縶只。式和且輯,惠此下邑。

桐之水,石流淙淙,嘉穀以豐。是訓是則,罔勿率循,咸曰惟我侯之清。千羋切。

桐之陌,上有檬木。音未。流彪瀰瀰。獻豵于堂,納穮于室,咸曰惟我侯之澤。直挖切。

帝曰賢哉,錫以玉瓚二卣,乃寵元功。姑黃切。有醑盈缶,有餕盈筐。頌侯于庭,以祝兕觿,惟壽考勿忘。兆民燕喜,我侯之光。

《江有楓》六章,三章章八句,二章章六句,一章章十句。

靈　　壇

序曰:祀典也。癸未秋八月,帝有事西郊,夕月禮成。臣方遊京師,得從輦蹕下,備觀大儀,爲之賦《靈壇》。

肅肅靈壇,祀事孔臧。言帝戾止,玉路蹌蹌,龍旂央央。柴燎以修,蕭脊之光。

壇曰夜明,帝省唯月,昭融不蝕。群臣頌言,曰我皇之敬德。帝既戾止,其儀翼翼。

質明出行,駕言于郊。西向而拜,玄冕視朝。司樂奏舞,雷鼓殷殷。八鸞和鈴,陶匏以陳。

其鬯唯何,鬱金玄秬。其璧唯何,青珪有邸。四方來享,來仰來則。獻牲與幣,亦五帝是式。

爰戒司徒,亞獻酌之。爰戒宗伯,終獻將之。駿奔在廟,唯天子醑之。百寮執事,咸嘏皇祉。

祀之夕,吉日維戌。慶雲縵縵,明星彗彗。太史告祥,皇天燕喜。錫爾嘉瑞,遹萬邦之慶。

《靈壇》六章,二章章七句,四章章八句。

五郊樂章

帝臨黃樞,環土豫奠。宅中制數,神昭乃憲。繼以句龍,喬光六合。我龍受之,萬靈咸若。三辰垂輝,四瀆以寧。裔裔后服,惟穆永清。右黃郊

青陽布和,參弧司悅。靈雨流潤,群華旉越。青旛循疇,蒙橐芽苗。崢嶸奮武,隱芬霆發。旭日蓬蓬,景雲歧歧。於皇東昊,惟春之熙。右青郊

朱夏鬱烈,火流飈詭。納葦燒薙,絕炎所靡。宛宛燭龍,雲威戒嚴。蕃蔚舒華,旱潦妄愆。焦金鍛石,吏格民廉。嘉祐我土,鴻化以宣。右赤郊

西顥凌競,白帝所徂。朝露下萎,舍穎榮敷。良苗翼翼,母畏蟊蠚。振旅表貔,刑威不忒。四裔悅服,兆民咸殖。神降之康,澤爾萬國。右白郊

玄冥職藏,冱寒凌陰。草木變衰,肅將帝心。蟄蟲伏息,玄律爲牖。懷淳反樸,萬民以壽。土鼓介歡,時迎物候。嘉穀茂登,用薦籩豆。右黑郊

扶荔堂詩稿卷二

擬古樂府

黃澤辭

黃之瀘，其馬蒼駒，皇人樂胥。黃之澔，其馬白馬，皇人錫椵。

白雲謠

白雲英英，陵谷逶迤。天路險渺，虎豹司之。俾汝長生，萬年爲期。

穆天子謠

東土未闢，實勞予治。撫輯諸夏，周道如砥。三年復來，顧從子逝。

南山歌 一作寧戚飯牛歌。

南山之下石斕斑，中有飛鳥離哉翻。短褐蔽骭不成袴，從晨飯牛薄日暮。唐虞世兮不復見,大臣梁肉且高宴。牛乎爾莫登,君之鼎俎,文繡不可爲衣,齊國望子久,吾將舍汝安適歸?

越人歌

新波之上兮,擁楫中流。舟乘青翰兮,知與王子同遊。修袂迴風兮眇愁予,會鐘鼓以晏好兮,將安所處。君有他心兮,竊自知,今此不樂兮私爲誰。

採葛婦歌

葛生林中採作絲,織成素絺將貽誰。臥薪若袒忘其疲,離故國兮安所施。機杼軋軋手自持,中夜彷徨妾治之,吾君辛苦莫爾遲。

易水歌

易水逝兮鳴[一]湯湯,髮衝冠兮入秦彊。大讎既雪兮還故鄉。[二]

【校記】

[一]"鳴",《西陵十子詩選》作"何"。
[二]《西陵十子詩選》載馳黃評曰:賦詩見志,飛濤其有陸沈之心耶。

大風歌

大風起兮吹塵埃,臨高臺兮望九垓。赤龍奮兮揚遠威,山河帶礪兮群雄來。

李夫人歌

仙乎人乎，披帷就焉。魂何惝怳其若遷。

其　二

今耶昔耶，望而甚遥。雲胡翳翳其來從。

秋風辭

秋風凛兮洪波揚，嚴霜摧慘兮木葉黄。瞻帝京兮望鬱林，山川亘兮勞予心。乘白雲兮浮靈池，鼓桂楫兮泛羽巵。橫汾陰兮建赤旗，控大荒兮賓四彝，百歲爲樂兮當何期。

烏孫公主歌 —作悲愁歌。

赤谷平莽兮望天門，我命乖離兮嫁烏孫。山多松楠兮食無殍，氈罽爲帳兮居無村。托身絶漠兮何敢言，原得故鄉兮歸我魂。

據地歌

欲逃於俗深山多，虎羆待詔金馬之門，飽食安步，曾不知是與非，索長安米甘如飴，何必藍田之芝、首山之薇。

漢鐃歌十八曲 內《上之回》、《遠如期》二首闕。

朱　鷺

朱鷺翔以棲，拉沓高飛，振振其羽。應節合武來義耶？烏近帝耶？鷺何食，荷之上，梁之下。梁下有懸鼓，將以擊之奏明主。

思　悲　翁

思悲翁，悲何已。君之臣明，美人子。美人傷我心，讒言罔極，憂不可治。狡兔已死，狗何逐？交君食梟子。梟母五，梟子六，取以爲羹餔。用脯翁，不能飯，心悲矣，謂之何。

艾　如　張

艾而張羅夷于田，刈蘭爲防置以斿，雀以高飛離哉翻。烏生八九子，銜哺來接我樠櫨間。尾畢逋，路訾耶。烏烏啞啞，唐思奪我室。山亦有羅和刺促，覆巢之下將安宿。

翁　離

擁離趾中可築堂，葺以荷蓋石爲梁。深谷逶迤，都荔遂芳。江有香草自以蘭，擁離趾中。

戰　城　南

戰城南，死城下，陰山晝冥騎雜沓。騎不利兮可奈何，爲我謂騎毋爲客。豪男兒會當格鬭死，安得積骨撐拄如山高。犀甲鎧鎧，兩輪錈錈。兵盡矢石下，枹鼓咽不鳴。何以室？左蒲類，右碣石。威靈既怒魄魄毅，願爲國殤死滅賊。思爲文吏，文吏安可爲？蕩蕩寇來，棄城暮歸。

巫 山 高

巫山高,高以峻。湘水深,深以美。我欲東歸,浮雲爲之蓋。出隨風,列之雨,美人侵以遇。言念故鄉,鬱鬱纍纍。遠望不能當歸,中心悲涼。不我集,妃呼豨。

上 陵

上陵何蔚蔚,下津清且羅。仙人從何來,言從泰山阿。玉女爲鼓瑟,宓妃爲清歌。桂樹夾道傍,卷施雜女蘿。沃渚之野鸞自舞,人食凰卵飲甘露。天子大駕車,乍開乍合。曾不知日月所置,銅盤之芝,一產九莖,枝葉何披紛。雲爲蓋,露爲英。宮童効異,披圖案牒上。帝博臨以睨靈,惟太始四載,望竹宮,佳人來。諸神翿坐拜,紛云六幕浮大海。

將 進 酒

將進酒,著玉觴。挾嘉夜,紛浩倡,帝以撫瑟臣鼓簧。乘雲駕龍,鬱何蓩蓩。西謁王母,飲以扶桑之瀣露漿,遍觀四海之池。來降,銅盤中,是耶謂何。竹葦受之。色如荼,美如飴,令我皇帝陛下壽無期。

君 馬 黃

君馬黃,臣馬赤,兩馬奔踶臣馬逸。元狩初二年,馬生渥洼中。霑赤汗,沫流赭。徘徊迤之以千里,欲與君乘遊閶闔,觀玉臺。建木之下日中無影。何以南,何以北,曾不知天馬來行,成之騑離哉。旌容容,騎沓沓,訾黃其何不來下。

19

芳　樹

芳樹日月風摧之，亂如君心，下臨蘭池幽以深。何來兩黃鳥，六而爲匹三而爲行。君有他心不可匡，遠道思歸泣下霑裳。築以梁，築以室，雄來蚩從雌，徘徊入我芳樹，將以烹之食妬人子。

有　所　思

有所思，乃在桂林東。何用贈遺君，雙環白玉璁。刻作比翼鳥，青絲繚繞之。恐君有他心，一一斟酌之。斟酌之，當風揚起芬。寄言此鳥，曷不銜來置君側。環是君所佩，絲是妾所治，君若相思莫摧。我環更發，我絲自托。與君相知，相思謂何令我思。蓬首雞鳴狗吠，妬人之口亦難爲收中吾。秋風肅肅愁殺人，東方須臾日當心。

雉　子　斑

雉子，之飛尚羊無高，曳水集于梁。一雌復一雄，但顧雉子爲王送行，安得高蚩止。胡以集，胡以棲。雄鳴求其雌，得托挈尾永爲匹妃。雉子，車大駕，魚以鳥。南山有鳥，形如轂，翼如鼓，見之者霸。合沓飛來與雉子爲伍。

聖　人　出

聖人出，天地合。聲遠姚，巡五嶽。駕六飛龍火爲候，君之臣明世曼壽。象載瑜，赤蛟綏。汾陰出寶鼎，景星光夜輝。漢興百年以大治，休嘉砰隱溢四海。美人哉，宜天子。

上　邪

上邪！我欲與君綢繆，君有他心天日高，知之若木折。恒星晝出,海枯石爛,地維裂,日月没,終不忍與君絶。

臨 高 臺

臨高臺,望遠海。下見石梁風以美,黄鵠翻然來。五里返顧,十里徘徊。佳人安終極。淋池之中,蘭爲笮,桂爲樴。闢弓射之洞左腋。皇帝壽萬年,臣二千石。

石 流

石流涼以漸,豐草要,女蘿施,流出沙錫,紛間之水清石見。蒲葦冥冥,與君相知。善何如將,風陽北逝,誰肯我與于揚?心邪!蘭生九畹目以萱。思我美人無敢言,心安薄留離蘭。

同 聲 歌

今夕良歡宴,得親君令顔。綢繆締新昏,情好雨勿諼。端視意已失,通訊魂屢遷。儀態謬承悦,陋質妾所慙。與君爲一心,明珠交翠鈿。與君爲結髮,倒鳳雙連鬟。咿喔鷄初鳴,同夢猶未旋。華燈入扃户,照見肌膚鮮。秉誓日當心,結願三重泉。芳香發蒻簟,膏沐弄餘姸。顛倒攬衣袂,三星猶在天。起立顧衾枕,并坐無猜嫌。人生此夜樂,白首還相憐。

古 䳌 蝶 行

䳌蝶一何翩,躧來遊東園。徘徊芳樹叢,且妍燕生三。兩雛銜哺來,接我上林深。苑間忽見彈丸相逐,急入紫宫中。一何奴軒謂當舍置汝。唶!我黄口不得食,願飼三月養子燕。還飛謝少年。

前緩聲歌

天上之馬必有日中之禽,遭時險厄憂不自禁。身非松柏桐,霜雪摧朽持作薪。因復思丹丘之木不如祖洲之泉,含華吸露仙人遊戲此間。長日續短日,令我服食至道延萬年。

王子喬

王子喬,參馭白鶴遊清霄。參馭白鶴遊清霄,尚復來,王子喬。紫霓爲冠青鹿車,長逍遥。上見滄浪之天,下歷崑崙山。望大瀛海,西接靈蘭。中有玉京紫闕,火齊碧盌琅玕。過謁西母乘螭黄,靈旗灼灼雲中翔。服我神藥餐玄霜,願偕俘丘降大荒。雲璈遞奏吹笙簧,採芝蓬萊獻柏梁,天高赤縣徒茫茫。遨翔衛帝室,聖祚萬歲永樂康。

鉅鹿公主歌

主家宮闕錦城裏,擊鼓鳴鞭出燕市。其一

文犀作枕五絲履,手抱箜篌屈玉指。其二

雒陽女兒麗且美,愛升色授在床笫。其三

淳于王歌　二首

種麥水中央,水淺麥自肥。郎便初識面,恩情無轉移。

月沒城西角,日出城東隅。晨光隨時換,與郎莫分離。

折楊柳枝歌 　四首

風吹楊柳枝,愁殺行客兒。歎息機上女,及瓜無嫁時。

種棗高五尺,女大如棗長。二十尚獨處,含羞未有郎。

阿母見女悲,問女復何憶。女言無所憶,轉向空床側。

嫁女慎莫啼,但聽女自語。女大獨憐壻,阿婆空惜女。

高陽樂人歌 　二首

高驅紫騮馬,上馬復捉鞭。調笑酒家女,囊中誇取錢。

手持雙叵羅,滿飲不論直。故來相勸酒,愛看好顏色。

扶荔堂詩稿卷三

擬古樂府

短歌行

對酒當歡，口燥脣乾。獨居高謙，呼客共餐。一解
歲月紛挐，氣結難舒。安得后羿，請翻日車。二解
奔星扶輪，河伯滌鐏。豈爲君故，馬嘶在門。三解
朔風蕭蕭，鴟鳩去巢。徘徊樹側，中心怛忉。四解
踽踽周道，車轂雲擾。逝者云何，唯憂用老。五解
炙牛烹鮮，四坐勿喧。彈箏命歌，肆志永年。六解
美人滿堂，明河爛光。北斗可挹，爲我舉觴。七解
有酒如澠，有肉如林。伯陽若在，沉湎至今。八解

相逢行

相逢渭城東，桃李豔城陬。何來少年子，并騎相行遊。但言君家好，挾客上高樓。堂上列樽酒，門前擊鳴騶。白玉爲君床，紅羅間錦綢。華燭粲夜光，清歌發齊謳。美人姍然來，列座彈箜篌。兄弟四五人，各各貴莫儔。長居騎都尉，此列富平侯。休沐暫歸來，觀者盈道

周。高軒蔽流蘇,黃金絡馬頭。緩步入庭中,倒擲珊瑚鉤。飛來雙黃鵠,音響何啾啾。歛翼浮清池,荇藻當中流。大女劉碧玉,中女盧莫愁。小女名蘭芝,顏色麗且柔。衆賓各安坐,爲樂方未休。

猛虎行 用陸士衡體。

渴必飲穎川水,饑必採首陽薇。深山有高士,舉世相爲儀。嘯傲振林木,矯若長松枝。偃仰泉石間,猛虎當路窺。枳棘生谷中,鸞鳳不來棲。群鳥皆悲號,故巢日以非。網羅苦相及,顧我東西飛。江海一何廣,浮雲無定期。世態若轉蓬,膠柱人笑之。智士守亮節,達者貴知希。呂望老漁父,伊生鼓刀兒。豈爲鐘鼎謀,屈身任所羈。區區少年子,杖策將安歸。

善哉行

今日大難,靈曜晝昏。黃霧四塞,浩浩襄陵。一解
譬彼濟川,徜徉中流。手無舟楫,風濤是訊。二解
大海有鯤,吐納孟諸。時爲蝘蜓,困彼網罟。三解
龍性可馴,詎同幷鰍。隱麟雌伏,逝者何求?四解
寒暑輾旋,坐載百憂。騰雲踏溟,壯哉斯遊。五解
汎汎乘桴,或浮或沉。我師莊生,任運頹心。六解

其二

管仲謀臣,不恥檻車。泱泱東海,霸氣所餘。一解
齊有魯連,視秦如蟻。卒逃海上,肆志安軀。二解
伍胥俠者,大言雪恥。公無渡河,伏恨而死。三解
平原結客,按劍相傾。躄者何爲,乃殺美人。四解

嗟彼慶卿,孰云勇沉。秦女奏曲,裂袖不聞。五解
樂毅反燕,奮不顧恩。忠臣去國,不潔其名。六解
賢矣介推,微祿不及。龍蛇之歌,我爲太息。七解

步出夏門行

驅車出郭門,出門多崎嶇。鷥鳥鳴林薄,玄豹蹲路衢。行行四五里,下見仙人居。仙人處何所,乃在泰山隅。桂樹生芝華,青龍夾門樞。道逢安期生,駕我青軿車。乘風縱青翠,曠覽適所如。丹霞啓玉扉,複道增城餘。五嶽俯仰間,星辰若懸珠。湘娥鳴雜佩,玉女撫笙竽。今日樂相樂,千載同令愉。

門有車馬客行

門有車馬客,跪問客何之。客言本鄉里,胡爲復見疑。褰裳驚相訊,各各爲我辭。干戈日南來,城郭非舊時。親戚半存亡,妻子告別離。廬井委塵莽,荒塚皆纍纍。昔爲吳越民,今作涼州兒。揮手從此別,去矣不可追。萬里各異適,再見難爲期。

碣石篇

滄海何廣,吐納日月。浮天無岸,巨壑槃礴。磊波若驚,碣嶺以竦。迴颷泱漭,乍明乍沒。東曆窮髮,神靈所處。西薄歸墟,龍螭是窟。幸甚至哉,歌以詠志。一解

右觀滄海

冬月隆寒,朔野草衰。天高露下,鴻雁鳴哀。蘆葦深冥,驚沙塞

路。河流汩汩,水堅可渡。怒馬晨嘶,北風蒼涼。戍士懷歸,徘徊故鄉。幸甚至哉,歌以詠志。二解

右冬十月

鄉土異適,太行崎嶇。羊腸路隘,行路悲歔。叢林紆鬱,猛獸在原。車不及停,馬不得前。志士失職,遭世坎坷。盤恒偃仰,行當奈何?幸甚至哉,歌以詠志。三解

右土不同

白黿雖智,困於余且。曳尾泥中,不如鮒鯢。神龍奮翼,雲氣杳靈。真人桀時,澤沛四海。岩嶤泰華,上與仙居。喬松可致,令我同期。幸甚至哉,歌以詠志。四解

右龜雖壽

桂之樹行

桂之樹,桂之樹,桂生一何披紛。蟠金枝而翠蓋,鸞鳳欲來征。上蔽丹霄,下極崑崙。桂之樹,嘗有仙人往來,淮南王得道術,日摩娑其下。忽見甘露如珠,服食上升。曷不來降銅盤之中,上詣伯梁飴至尊。翹翹高際于若木,粲粲復焜曜日星。

種葛篇

種葛空井旁,枝葉自纏綿。扶疏麗朝日,兔絲雜其間。與君結新知,顧盼生餘妍。獨居抱幽悰,纖手弄鳴弦。再彈孤鴻吟,含歔中道捐。昔作澤中蒲,今作濁水蓮。芬芳各爭媚,窈窕誰爲憐。心非木石荊,根株本相纏。同心復離居,秉誓從此愆。緩步游清池,鴛鴦何翩

翩。比翼自成行，芙蕖交映鮮。夙昔念同群，一朝思恩偏。不怨今永訣，但昔當盛年。

妾薄命

有鳥載鳴春陽，修袂褊襸洞房。華衾黼幛高張，薄視明星爛光。佳人極目意揚，屬客起舞行觴。素手錯雜金盤，鳳跗豹胎熊蹯。飛爵微醒發顏，輕歌響入雲端。吹氣馥郁蘭芬，高髻嵯峨若雲。解襦蓏澤微聞，舍睇修態橫陳。燭滅主人蹢躅，想彼楚妃洛姝。亦名秦女羅敷，踥坐歎息情輸。奉君金錯明珠，報以火齊碧蒲，覽持華色自娛。燈火宛轉象床，玉體交映明璫。晏好善爲樂方，攬衣視夜傍徨。緩步雜佩鏘鏘。迴波巧笑難持，極意爲歡此時。曜靈既促東馳，雞鳴肅肅晨颸，兩心秉誓當知。

秋蘭篇

秋蘭生空谷，其葉何青青。荏苒覆清池，卷葹雜杜蘅。美人手攬持，裁爲襯與衾，芳草豈不懷，昔與君同心。但恐歷繁霜，離披湘水濱。密葉日以疏，朱華日以零。春風有代謝，欲採難爲情。

子夜歌 十二首

十約九不來，前言定成詐。薔薇生屋頭，花開不得架。

儂如青銅鏡，外暗裏自明。歡如沒日瓮，得語向人傾。

與歡通夜語，是儂夙昔情。蟢子八角網，吐絲盡心生。

蜉蝣日中嬉,朝生暮隨死。但歡許相憐,儂當願如此。

歡去儂作嗔,歡來受儂侮。山獸會搏人,負薪行獨苦。

兩情易流連,相會苦不早。真珠語紫貝,我亮汝見寶。

思作比目魚,與歡同一身。鐵柱落深井,到底不成針。

郎行由豫情,豈爲他人誤。啄木瞰桑條,但防中心蠹。

夜半歡始來,儂心怯如鳥。林鳥門外啼,暗中那得曉。

歡言暫出門,一去無返期。梧桐共黃蘗,各自東西籬。

三日一織素,五日一織縑。雖幸理成匹,絲子費纏綿。

拔去浮游花,多種相思草。郎意那得堅,儂懷自顛倒。

團扇郎

團扇若明月,與儂蔽顏色。不忍輕棄捐,感郎千金意。

烏棲曲二首

鸚鵡杯中紅琥珀,寶勒香車洛陽陌。當壚女兒滌酒漿,不問客是誰家郎。

蘭枻朝泛蓮葉東,蓮花帶雨沾衣紅。笑折一枝送郎去,欲去還留隔花語。

襄陽蹋銅蹄

朝發雍州城,觱篥霜下吹。葡萄金叵羅,醉殺襄陽兒。乘船江上來,乘馬江上去。健兒錦纏頭,齊擁大堤女。女兒住江南,迎潮弄輕槳。送郎下楊州,日聽波聲響。

夜度娘

儂來月正白,半濕衣上露。認取牽牛星,乃識歸去路。

拔蒲

蒲生高一尺,下照池水深。葉落根自見,一半是儂心。

自君之出矣

自君之出矣,蘭膏強自煎。思君如流水,來去繞郎船。
自君之出矣,含悲不能止。思君若亂絲,展轉誰能理。

空城雀

誰言雀勞利,結巢大樹顛。夕宿蓬蒿,朝飲河泉。何來老烏,唐思奪我室。繞樹三匝,悲鳴不已。爲我謂烏良可危,嗜我人民。長觜飽滿,短嘴獲饑,曷不轉徙。食太倉粟。奈何毛羽摧頹困此爲。淒淒重淒淒,東宿復西飛。雀顧瞻空城中,徘徊欲下,回頭瞥見老烏,啞啞城上啼。

邯鄲才人嫁爲廝養卒婦

燕姬美顏色,本出趙王宮。蛾眉愁不掃,宛轉玉床東。別淚君恩斷,羞看舞袖紅。渾忘陪輦鳳,猶憶學盤龍。貴賤一朝易,凄涼千載同。舊時團扇影,還復畏秋風。

江 南 弄 八 曲

江 南 曲

珠簾映日朝幌低,桃花兩岸夾金堤,棲烏欲妝臺西,妝臺西,採桑渡。蕩子歸,芳草暮。

龍 笛 曲

文麟雙管衡陽竹,當筵發響揚綺縠,離鴻激楚聲相逐。聲相逐,蕩人心。楚妃歎,秦娥吟。

採 蓮 曲

木蘭輕橈泛素波,迎風蕩日嬌顏酡,修袂障面發清歌。發清歌,迴妙曲。擲蓮房,戲屬玉。

遊 女 曲

芙蓉爲珮雲作膚,低眉淺盼行躊躕,合歡繡帶雙明珠。雙明珠,不可挑。有所思,在漢皋。

趙瑟曲

象筵瓊柱金屈卮,二十五弦青桐絲,揚蛾拂指邯鄲兒。邯鄲兒,善留客。結同心,暗中擲。

秦箏曲

朱唇宛轉絲亂鳴,嬌歌一曲傾人城,不語不笑含春情。含春情,和鳳語。臨高臺,欲仙去。

陽春曲

雕欄曲砌紅薔薇,遊絲骨絮梁燕飛,紫騮驕逐春風歸。春風歸,妾掩面。惜容儀,淚如霰。

朝雲曲

楚宮縹緲巫山樹,雜珮姍然障輕霧,君王望斷陽臺路,陽臺路,湘水深。美人來,愁予心。

昔昔鹽

芳草綠階生,春閨空復情。翡翠帷前暖,茱萸鏡裏明。修眉却柳葉,香骨損桃笙。蘇蕙機中怨,羅敷陌上行。手倦鸞文錦,心傳鳳字箏。星光低繡戶,鳥語亂朱櫻。願逐檐前燕,還羞柳外鶯。玉牀愁未轉,銀□落無聲。豆蔻含猶結,鴛鴦浴自輕。搗衣隴水急,傳帛夜鴻驚。粉黛消妝閣,刀環望塞城。加餐思遠道,何日罷長征。

于闐採花

蔥嶺所春風,胡姬出素手。百種葡萄花,採作千日酒。

視刀環歌

密約昔已負,徒爲商與參。相看千萬里,那不斷人心。

扶荔堂詩稿卷四

古逸歌辭

　　自漢孝武立樂府以採歌謠，於是有歷代之風，感於哀樂，緣事而起，斌斌可述矣。迨干戈播徙，散失既多。故有名存義亡，聲辭不具，如郊祀、燕射、鼓吹、橫吹、相和、清商、舞曲、琴操、古歌、雜擬等類，錯見逸篇，頗有殘闕。僕於暇日，偶採遺音，自神農氏以迄，陳隋共得一十九首，不必義盡諧聲，詞盡合調，要不失作者之意而已。

豐年詠 神農氏命刑天作。

嘉穀既苗，惟勤我後，葦龠十一，鼓來咨來，茹以薦鼇，采暖跋芃，野令我民壽。

渡漳歌 伶倫使于夏作。

漳河淼淼銷玉鳴，筍竹徑寸黃鐘生。擊石拊磬赤水濱。著之控揭歌雲門，鳳凰應律登帝廷。

秣馬金闕歌比干知極諫必死，
乃作此歌，或云關龍逢作

秣予馬兮北里，瞻金闕兮嵯峨，知死無益兮讒言多。天高聽邈兮奈我何，彼昏憒憒將奈何。吁嗟彼昏將奈何。

昭人歌孔子聞昭人之歌而知狌狌。

南山有獸兮其尾綏綏，匪鼠而狐兮逆毛衰，將攫人兮胡不歸。

小海唱伍胥以諫投海，國人哀之。

海波怒耶，赤蛟舞耶，目瞋瞋者，胥耶！胥上聲

楚明光操昭王使大夫明光奉璧于趙，羊由甫知無反遺，
乃譖于王。及還，果怒之。因作曲以自明焉。

於戲乎，蒼天！白璧蒙塵兮石爲砥，何意強隣兮搆煩冤，孤鳥高飛瞻九原。遠道之人思不得還，痛此微臣遑惜乎罪言。

仙真人詩秦始皇三十六年，
使博士爲仙真人詩，遊行天下，令樂人歌之。

登高而望遠海，上見層臺嵯峨，芝車雲馬何般般。真人遊其中，入水不濡，入火不爇。手奉神藥顧。我盤桓北至蓬萊山，雲氣大上。玉妃引䌛殿來。受天之寶令，我皇帝陛下與天地相保。

交門歌漢武皇帝所作也。太始四年，幸不其，
祀神交門宮。若有嚮坐拜者，乃作交門之歌。

肅嘉壇，望竹宮。神之徠，雲濛濛。紛椒糈，薦夕牲。揚赤光，若有聲。上之回，歷獨鹿。燎蕭脊，降紫幄。皇哉沛，帝者祥。朝隴首，產齊房。發浩歌，翔羽舞。鼉鼓殷，軒以武。拜殿下，奉玉璽。宜爲君，赤龍子。

盛唐樅陽歌元封五年，帝西巡親射蛟龍江中，
獲之薄樅陽而出，乃作此歌。

帝言狩兮揚赤旗，陟禹跡兮望九嶷。濿山亘兮雲裔裔，駕余躓兮江之隈。歷濟汾兮寶鼎見，群臣頌言兮宜封禪。宜封禪兮載舞歌，威加南服兮沉璧于河。冬十月兮悲雨雪，蛟龍騰兮海波竭。海波竭兮川陵平，壯士奮怒兮馮夷爭。靈夔吼兮天弧鳴，連弩發兮巨麟獲。汎樓船兮潯陽北，控百蠻兮四海服。

赤鳳凰來歌戚夫人侍兒賈佩蘭言宮中祠靈女，
連臂踏地，歌《赤鳳凰來》。

赤鳳來兮聲啾啾，鳴玉笛兮橫兩頭，湘娥降兮眇靈修。神來虞降安留，望夫君兮天末，美嬋媛兮夷猶。

渡河操漢元狩三年，霍將軍既降渾邪，渡河而還作此歌。

護樓船兮西擊羌，橫中流兮龍旂揚，千羽耀兮弓矢藏。天威赫兮

臣何力,降王附兮撻楚張。凱歌作兮諸夏康,渾邪來兮四海王。

關中有賢女 鞞舞曲之一,漢章帝所造也。

有女本西秦,美目秀且揚。十五善窈窕,玉顏會幽芳。耳中金雀環,腰間繡襕襠。紫羅爲上襦,青絲爲下裳。邂逅桑中期,得配^[一]君子房。綢繆結新婚,恩愛兩不忘。何以表殷勤,金珠明月璫。何以答相於,跳脫雙鴛鴦。今夕良歡會,中夜起彷徨。草蟲鐙下鳴,幽蘭谷中香。流光照戶,開我東西廂。繫我珊瑚鉤,坐我白玉牀。幽情當誰訴,挾瑟上高堂。何用長相守,早嫁東家王。^[二]

【校記】

[一]"配",《西陵十子詩選》作"充"。

[二]《西陵十子詩選》載虎臣評曰:腴妍獨絶,當是伏羲衆神所造。

野鷹來 劉景升性好鷹,於襄陽築層臺,每登之輒歌此曲。

高臺入層雲,臺下多朔風。野鷹翩然來,奮翮霄漢中。矍視翔大漠,四望天濛濛。仰羨青雲姿,孰肯羈樊籠。嗟哉國運傾,沸鬱若轉蓬。權臣弄太阿,涕下長陵宮。荊襄峙南服,霸圖膺我躬。本初小豎子,公孫亦賤傭。茫茫大河漢,令我稱英雄。

羽觴行 青龍二年,魏明帝所製,以爲上壽曲。

羽觴飛上苑,綺筵開中堂。蒲桃泛靈醑,鬱金結蘭香。長跪奉君子,清歌發流商。起望層城宮,桂樹夾道傍。上有雙銅雀,一一鳴歸昌。奔星扶青輪,浮雲翳日光。爲撫湘娥瑟,更奏秦女簧。滿堂皆目成,獻酬各相當。玉鑾翼瑤海,飛斾駐扶桑。今日樂相樂,延年長壽康。

舞馬歌 宋大明中,河南獻雙馬,謝莊奉詔作此歌。

河出寶馬月之精,歕玉流珠耀明星。軼若飛電奔絕塵,藏之天廄真麒麟。吾王御極澤無垠,崑崙使者獻帝庭。龍之媒兮麟為形,夕超光夕朝籋雲,穆王八駿皆同群。

草生盤石下 趙文韶所歌。

草生盤石下,冉冉上階綠。秋風易以零,婀娜向深谷。美人何所懷,所思遠山曲。手攬青卷施,凝娥怨相屬。彈瑟為君歌,清音激絲竹。秋月皎夜光,繁霜映溪綠。含情復誰待,願托雙飛鵠。

臨春樂 陳後主製。

玉窗人靜花夜妍,珠簾繡幌含朝烟。蛾眉欲舒怨相似,鶯語初柔乍可憐。銀鐙尚明月皎皎,衣香還散鏡臺前。無那留歌舞,纖指弄鵾弦。

麼鳳舞 高陽王雍姬善為此曲。

傾城惜自黷,輕妝挽臂紗。裙欺石榴色,袖拂刺桐花。鶑鶯浴水怯,飛燕避風斜。本出平陽第,新從貴主家。

踏揺娘曲 河内人作。

船從打魚來,浪底見雙櫓。不爲郎所憐,那識儂心苦。

扶荔堂詩稿卷五

五言古詩

詠懷二十首

卑樓困林薄,抗志青雲端。負薪復行歌,短褐常不完。鳴琴起中夜,酌酒以自寬。流泉蔭嘉樹,白石清且寒。首陽厲高風,貧賤良獨難。

其二

長安多妖冶,窈窕豔名都。遊戲宛洛間,騁目縱所如。妙舞發揚阿,清商激齊謳。吹氣勝蘭苾,結好衷情輸。秉誓懷亮節,與我同衾襦。宓妃不可見,日暮行躊躇。

其三

十五學擊劍,溢氣橫九垓。江海一何渺,鴻鵠空徘徊。燕昭好奇駿,群馬皆龍媒。相者但舉肥,良骨埋草萊。一朝遇孫陽,顧盼令人哀。

其 四

出自城東門,驅車路如棧。送者自崖還,客行從此遠。攬衣念同遊,臨驂不能飯。朔風吹枯草,歧路當歲晚。願從黃鵠飛,故鄉何時返。

其 五

盛年美顏色,皎好若朝英。玄髮忽以蒼,令我心骨驚。舉手招王喬,翩然爲我迎。百年盡迅速,大樂不可成。安得生羽翰,振翼歸蓬瀛。

其 六

遍歷窮名山,澗谷幽以陰。高巖瞰大澤,嘗有欲往心。朱門臨廣術,軒冕日相尋。文穀被華榱,盤餐何滯淫。徘徊不能已,顧此三沉吟。鳴蟬託高枝,倦鳥投鬱林。聞音忽長歎,涕下雍門琴。

其 七

朝菌亡晦朔,蟪蛄昧春秋。微物復何知,修短合自謀。人生同朝露,況爾懷百憂。滿飲命群侶,秉燭恣遨遊。躡足崑崙巔,仰視天漢流。白日照大地,塵世何悠悠。

其 八

文梓裁寶瑟,製自組桑時。朱弦二十五,結以青桐絲。一鼓朱華落,再鼓白鶴飛。誰能爲此聲,無乃榮啓期。哀樂易爲感,賞音獨見希。陽春信寡合,歎息中情違。

其　　九

車驅太行高，駕言出孟津。羊腸九坂峻，欲往復逡巡。世路懷嶮巇，結交恥賤貧。翻覆在須臾，不如道路人。念我金石友，古有雷與陳。諷彼翟公言，愴然傷我神。

其　　十

嘉辰泛幽澗，池水清且羅。池中何所有，下見蒲與荷。蒲生曲渚濱，芳氣襲中阿。佳人手搴攬，感此朱顔酡。涼飇易成霰，零落委泥沙。盈盈一水間，欲採當如何。

其　十　一

高崗鬱千仞，嘉木翳蒙茸，中有一老子，雲是滄海翁。贈我青銅劍，一雌復一雄。藏之懷袖間，佩服無春冬。奮翻出天外，長作雙飛龍。

其　十　二

虞淵麗朝景，后羿翻日車。曜靈作兩輪，夸父爲前驅。素髮不重緇，紅顔在須臾。歌臺忽傾圮，銅山漸成墟。北邙風蕭蕭，狐兔悲我愚。年少不爲樂，白首徒欷歔。

其　十　三

夙昔遊帝鄉，冠蓋何累累。黃金耀前驥，許史相追隨。甲第連椒房，朱紫羅庭幃。炙手勢可熱，位高亦身危。菀枯有代謝，盛衰在一時。側身望東陵，無令後世嗤。

其十四

趙文喜劍術，曼胡麗纓冠。衛懿作禽荒，有鶴據華軒。賢士遭坎軻，被葛嘗苦寒。笑傲輕王侯，志氣干雲端。巖穴虛無人，鹿豕相追歡。泌水可樂饑，永歎詩人言。

其十五

凝霜變朝暾，浮光蔽日光。晨風起天末，蕭蕭吹白楊。金石易銷灼，素絲化作蒼。志士懷苦辛，履道若探湯。卞和抱楚璧，隕淚終陵陽。秦伯先下世，黃鳥哀三良。葵傾猶衛足，明保焉能忘。

其十六

北方有佳人，皎皎冰雪姿。閒房弄弱翰，綽約春陽時。所思道路遠，青鳥前致辭。惜無秦王鏡，肝膽爲誰施。恩情易垂翻，信誓難再期。君心不自保，賤妾安能持。

其十七

少小慕任俠，言從大梁市。探丸明星流，躍馬晨光駛。慶卿西入秦，送者髮上指。信陵計存趙，詎惜侯嬴死。悲風中夜來，慷慨誰能止。

其十八

朝登句曲山，夕采五神芝。服氣鍊丹砂，燁燁吐光儀。碧海浩無涯，渺與塵埃離。揮手謝人間，妻子從此違。神仙信足慕，永訣良可悲。鬱鬱望故鄉，不如早還歸。

其 十 九

海東有小鳥，云是望帝魂。長懷故國悲，哀鳴抑何繁。哀鳴徹中夜，激若訴煩冤。何爲振修翮，託身鷖與鵷。扶搖日月旁，上得排天門。吁嗟鳳衰歌，抑塞難具言。

其 二 十

驅牛效樊父，棄瓢追許由。貴賤亦何嘗，豈爲藿食謀。黃雀鳴野田，芳沚秀中洲。荷耡日中嬉，聊用攄百憂。徘徊潁水側，千載長優游。

覽 古 八 首

壯士忍怨毒，睚眦甚裂膚。春秋大復讐，此義安可誣。伍公雪父恥，奮身東入吳。解劍謝漁父，刺僚賴剚諸。當其乞食時，豈肯忘須臾。鞭尸禍云慘，倒行非遠途。秦庭七日哭，包胥亦丈夫。

其 二

項籍困垓下，楚歌四面來。拔山氣何雄，陷敵勢莫摧。鴻門殺沛公，霸業安有歸。帳中爲楚舞，怒馬復徘徊。英雄一朝盡，美人良足悲。天亡豈戰罪，慷慨難爲懷。諷彼鴻鵠歌，千古同盛衰。

其 三

大臣持高節，朋黨名不祥。望之爲小吏，不願見霍光。唯古社稷臣，所志在脊匡。鄭朋傾邪士，陰附誠不良。要結連宦豎，讒人復禱張。至今殺太傅，天子徒憂傷。經術貴達變，權高生怨望。杜陵一男子，執義何慷慨。

其　　四

　　種瓜長安城，枝葉一何繁。雖非首陽蕨，托根在高原。東陵一故侯，昔日據華軒。封爵傾關中，益户侔至尊。國破爲布衣，降身耕後園。通侯豈不戀，特愧非舊恩。説何讓置衛，安寵在一言。人生有代謝，貴賤若朝昏。所以南昌尉，冠挂東都門。

其　　五

　　漢季嗟董逃，權臣搆危亂。劇盜窺京師，中原乃塗炭。袁氏起山東，義聲討群叛。挾主公鄴都，豪傑并推贊。庶幾曹柯盟，勳名赫然爛。昧此失霸圖，稱兵恣驕悍。悖哉殺田豐，竟沮臨河歡。十罪復見訶，乃愧公孫瓚。

其　　六

　　生平重游俠，吾獨慕灌夫。奪壁報父讎，威名聳潁都。竇嬰方失勢，賓客益以疏。兩人相結交，力可排根株。醉罵武安侯，強項恥囁嚅。杯酒搆怨毒，朝廷興黨誅。作難貴戚間，殺身一何辜。公論持首鼠，鄙哉韓長孺。

其　　七

　　長卿故傲誕，卓女乃夜奔。陳思洎婉戀，作賦以感甄。亮節豈不懷，所傷在佳人。蒲生怨何切，琴心歌莫陳。刪詩廢鄭風，作易戒冶淫。恩情不可絶，轉展多悲辛。

其　　八

　　阮公善長嘯，哀響振林木。途窮豈足悲，聊以抒痛哭。嵇生好道術，養生誕奇服。箕踞大樹傍，高視邁儕俗。詠懷托高諷，狂疾謝世禄。曠然千載間,斯風不可復。邈哉竹林遊,餘子尚碌碌。

由富春渚抵桐廬道中

滄波渺難懷,放楫蕩幽渚。急湍抱縈潤,層涯秀芳柜。凝睇戀飛鳥,乘飈復延佇。漁父發榜歌,沈冥歎行旅。晨光晻丹澗,暮靄漲清湄。啼鼯偃松蓋,朕魚戲沙嶼。靈妃中夜來,紛然薦椒醑。密林鬱巑元,歸雲澹容與。淑景播餘暉,朱華淹歲序。聊跡廬遨遊,更詔桐君侶。遐覽未云週,塵囂謝輕舉。

經七里瀨暮宿東館下

朝暾麗疊巘,積霧翳空明。泉激衆岡響,坐見林壑清。綠荑被幽崖,丹霞覆新霓。泛雲截山麓,峰頂青如縈。昔賢懷芳風,高臺何崢嶸。頹唐俯擎石,潮落環洲平。飛鶩競浮蕩,猿狖群呼鳴。移目興俱佳,境越神與并。蒼烟渺孤漵,宿鳥依故荆。偃仰忽至暝,澹然忘世情。

留宿梯霞村居

經歲寡識面,過子田中廬。春澤週四壤,平疇映抉疏。息陰多佳植,臨淵羨游魚。稚子發野艇,振衣躡庭除。茅茨深蔽膝,但可聯床居。烹葵作豐膳,供客唯野蔬。濁酒命斟酌,論詩能啓余。桑下雞初鳴,板閣當夜虛。寒風颯然來,布褐被我裾。縱橫一水間,尚復窮其餘。未畢向平願,但荷兒寬糊。仰視薄星漢,携手賦歸歟。悠哉遠塵俗,聊返羲皇初。

題鳲吟

題鳲爾何苦,切切鳴高枝。繁音變朱火,清響發涼颷。感候協自然,豈云非其時。衆芳各枯菀,微禽安所知。春風布陽和,黃鳥戲蘭池。交交弄好音,能使百草狉。寄言與伯勞,春秋有盛衰。畢棲值晚節,遭時良可危。

秋螢引

朱華未傾汜,白露庭中晞。腐草何熠燿,化爲丹鳥飛。依檐亂流星,入暮點衾幃。秋風易頹碭,散漫忘所歸。蜉蝣惜輕羽,文蛾戀朝暉。凡物守卑智,爝火焉知微。養晦慎明哲,藏身晰時幾。含美不照身,希光徒見譏。

簡吳賜如

昭代盛作者,風雅追正始。金華實創興,名流崛然起。齊驅王與楊,更復推承旨。山川產靈秀,文章乃鍾此。百年際頹流,體氣殊靡靡。唯君振手腕,角出尤怒視。高步東南隅,中原任鞭弭。舉世習楚風,一變爲繁綺。西京與黃初,下視猶蒿矢。諷子明月篇,光華滿人耳。接武濟南生,居然傲二美。未逢覆瓿譏,直貴都門紙。俗儒好訾詞,僕也愿下里。鍾期久不作,弦絕誰爲理。後世定吾文,相需在知己。鬱陶不能宣,勗此代雙鯉。

擬玄暢樓八詠

南齊沈約爲東陽守留題于城南之郡樓，時號絶唱。余過婺中，及觀其所爲詩，頗嫌類賦，[一]因於暇日更爲古體，比儗其詞，未知可抵掌休文否也。[二]

秋月皓以澄，微涼徹高樹。丹梯映浮翳，虹梁曖清霧。遊子中夜起，攬袂獨微步。遥囑層城宮，時驚雁門戍。江海心悠悠，浮颷未云暮。星漢粲夜光，餘輝托寒兔。　　登樓望秋月

其　　二

佳晨饒麗景，芳草被蘭池。春風鬱然來，吹我瓊樹枝。鳴鳩拂羽翰，黃鳥音參差。遊絲骨虛網，皎月晻華榱。佳人抱幽素，顧步惜容儀。容儀何照灼，桃李紛相披。鳴弦奏淥水，清弄激餘悲。羅衣自婀娜，但恐繁霜吹。　　會圃臨春風

其　　三

卷施生中谷，綠葉何猗猗。芳叢被幽徑，柔條匝清池。零霜變炎節，繁馨當路萎。西園蟋蟀吟，北渚鴻雁飛。迢[三]遥千里餘，客子寒無衣。清砧動羅薄，軋軋鳴杼機。平原日已蕪，黃蒿漸成圍。覩此傷歲晚，王孫猶未歸。[四]　　秋至湣衰草

其　　四

空井雙梧桐，亭亭高百尺。枝葉麗危岑，扶疏蔭廣陌。涼飇颯然至，中夜感行客。新柯隨飄蓬，孤根結磐石。一朝回春陽，青葱共欣摘。謝彼繁華子，聊爲寸陰惜。冰雪摧枯凋，芳菲亦同擲。區區歲寒心，貞抱比松柏。　　寒來悲落桐

其　　五

瞰瞰孤飛鶴，刷羽雲中翔。吸液昆明池，歛影縣圃岡。迎風弄素姿，清唳駭秋霜。愁人傾耳聽，嚓嚦惕中腸。浮沉處天末，徘徊逐晨光。離群邈何依，江海不可量。令威踏遼東，王喬馭扶桑。願托雙飛翼，翻然還故鄉。　　夕行聞夜鶴

其　　六

迢迢車輪轉，晢晢晨星白。肅肅南飛鴻，棲棲遠行客。微禽感霜露，哀音起中澤。朱趾凌凌[五]噉，素羽排沙磧。衡楚失所歸，江湖豈云適。仰視薄霄漢，浮雲屢遷易。愴[六]懷弋人慕，悵望凌[七]風翮。　　晨征聽曉鴻

其　　七

伊余覽休明，束髮佩簪組。言陪柏梁宴，屬叨甘泉扈。金爐吐沉榆，朝雲爛華廡。薄暮懷辛苦[八]，皇塗息修羽。領郡界南服，馳驅飭靡鹽。忝茲千里役，信美東陽土。烟巒藹蔥蒨，沙洲泛容與。結情遺塵踪，臨流揖巢父。　　解珮去朝市

其　　八

宦遊豈云適，軒蓋日相尋。朝縻南尉秩，夕瞻丹桂岑。萬嶺茲淹棲，兩溪猶陸沉。蒼蘚被幽崖，桐華結層陰。玉壺鬱嵷嶐[九]，石乳紛瀰涔。聞猨發清嘯，攬[一〇]月揮素琴。鳥雀日以喧，滄江日以深。清風扇箕潁，賤子難爲音。[一一]　　被褐守山東

【校記】

[一]《西陵十子詩選》"類賦"後有"疑爲後人擬作"六字。

[二]《西陵十子詩選》載馳黃評曰：八詠疏麗，自是隱疾，本色中雜用賦調，梁陳及唐政多有此體，可無致疑于擬作也。至飛濤今作綿婉清逸，頗得法曹，宣城之高韻，吳興仰之宜，俱泪者矣。

[三]"逅"，《西陵十子詩選》作"遥"。

[四]《西陵十子詩選》載虎臣評曰：如玉趾輕裾引步阿儺。

[五]"凌"，《西陵十子詩選》作"朝"。

[六]"愴"，《西陵十子詩選》作"空"。

[七]"凌"，《西陵十子詩選》作"泠"。

[八]"辛苦"，《西陵十子詩選》作"苦辛"。

[九]"嵏巁"，《西陵十子詩選》作"巁嵏"。

[一〇]"攬"，《西陵十子詩選》作"覽"。

[一一]《西陵十子詩選》載馳黃評曰：八章鏦沈生華暢之餘，難其神理秀削乃爾。

寄內詩效爲顧彥先贈婦

嗟予耽遠游，長作千里別。披褐無冬春，俛仰換霜雪。山川亘人心，還顧浮雲没。眷念同懷子，征塗滯修轍。不惜衣帶緩，但悲芳華歇。努力愛容暉，素絲爲誰結。睆彼北晨星，寧間秦與越。

其　　二

送子白露晞，閉妾春陽侯。黃鳥舒好音，迎暉蕩清晝。京洛多妖麗，炫服善雅奏。廣鈿約修眉，丹葩耀蝶首。睇彼瓊玫質，更忘桃李陋。榮華會有期，良辰希再遘。隆愛君自知，新歡豈云謬。願保金石軀，微賤長獨守。

扶荔堂詩稿卷六

七言古詩

嚴陵釣臺歌

先生光武之故人,釣竿嫋嫋江水濱。雲臺事業若有神,棄如脱履甘沉淪。客星已晦帝座側,遂令明主空車輪。高卧山頭雪三尺,置身龍蛇處大澤,濯足滄波萬里流。昂首青天雙眼碧,狂奴故態彼爾爲,咄咄何勞苦相迫。沙鳴灘急日欲紅,此中誰者真英雄。前有子房後我公,功成身隱將無同。辟穀不返或仙去,只今唯有羊裘翁。羊裘翁,赤松子,一代風雲定,誰是傲主寧?教要領危俠遊幸不沙中生。君不見,漢家陵殿成飛灰,金銅仙人沉草萊。先生清風若常在,呼我嘯傲臨高臺。深山猿啼白日暮,浩然天地長悲哀。

松柏行酬張無近使君

南州才子青雲客,云與予交冬日柏。昨歲書來涕泫然,讀罷歎汝文章伯。十載相傾一相見,自憐吳市猶貧賤。滌器聊同長卿慢,落魄恥爲楊意薦。[一]禎朝文教盛婁東,君家兄弟膽力雄。寋諤群推范孟博,談經不讓戴侍中。海内風流一朝散,石頭城下西州歎。齊盟更主舊敦盤，介弟翩然振手腕。意氣籋來凌五侯，詞賦豈特雄東觀。君今作吏來吳越，桐柏秋濤撫清瑟。我却吳門變姓名[二]，南山石徑尋薇蕨。南山採蕨白石寒，桐江之水千尺灘。世人交道慎如此，感激一言行路難。爲君忼慨歌莫停，知己何人張季鷹。君不見，秋風起兮天欲冥，鵙鳩先鳴百草零，庭中之樹常青青。

【校記】

　　[一]"滌器聊同長卿慢，落魄耻爲楊意薦"，《西陵十子詩選》作"滌器聊爲司馬狂，凌雲羞史楊監薦"。

　　[二]"姓名"，《西陵十子詩選》作"名姓"。

送吴純祐自永寧歸吴中

　　雁蕩山頭雁北飛，龍湫江上秋雲稀。灑酒高歌一長别，山花亂落吹滿衣。猿啼暝暝日未曙，鼓楫東歸向何處。丹楓白鷺隨我行，明日江關送君去。

故　京　篇

　　金陵城高日欲摧，金陵宫闕連城隈。黄扉碧瓦迤邐出，複道離宫次第開。金莖露轉蛟冰合，玉珮風摇虬箭催。朱輪盡向平陽度，白馬新從都尉來。朱輪白馬連朝宇，曉殿千官詔從扈。長袖昭容拂御筵，負弩將軍開鹵簿。高帝東遊大出師，文皇北狩誇神武。北狩旌旗不記還，直表陪京作天府。甲士連營盡錦衣，美人千隊能歌舞。帳下鐃吹虎賁郎，殿前樂伎龜兹部。自此山海列鎮雄，六代繁華在眼中。上陽宫外看馳馬，朱雀門前約射熊。大堤拋去王孫彈，狹巷驄回御史驄。無冬無夏笙歌滿，歲歲年年樂事同。一朝世變成翻覆，太祖雲孫傳十六。百二秦關鼎沸中，南北兵連弧矢逐。萬騎秋高動地來，千家河滿吞聲哭。健康重鞏舊神京，長安大道分車轂。聖安天子廟謨明，兵戈未息歌太平。畫檻花飛芳樂苑，碧流春轉鳳凰城。回鶻新排胡旋女，琵琶重奏蜀山行。二十五弦教坊曲，三十六宮絲管鳴。教坊絲管喧如昨，君王夜宴霓裳作。陳宮結綺選才人，隋苑龍舸看殿脚。此時驃騎高築壇，此時公孫廣開閣。門前錦障鐵連錢，帳後葡萄銀鑿落。轅門擊鼓丞相嗔，殿中飲酒尚書樂。飲酒酣歌愁殺人，黃金臺下起黃塵。鑾輿夜出丹陽道，代馬風嘶楊子津。忍教黃鵠悲公主，更見戎旗泣貴嬪。嬪御如花歌踏臂，健兒裹甲沙場醉。臺城柳暗螢火光，景陽井蝕花鈿翠。蛛網梁塵屈戍屏，尚有斜封金敕字。二百餘年有盛衰，舞榭歌樓不曾記。白頭老監苦淚垂，但說弘光近時事。君不見，帝城猶是舊繁華，城上烏啼城下車。行人夜半吹羌笛，腸斷江南楊柳花。

大火珠歌 并序

大火珠者，海外東南諸國所產，其圓徑寸，光瑩徹人，舉以四照，山川草木禽魚不隱毫髮，置日景中火熒熒起也。余還自桐江，宿舟岸側，偶從漁人獲焉，因爲作歌以紀其事。

軒轅鑄鼎於荆山，神龍蜿蜒不可攀。忽遺炎精墮滄海，化爲照乘光爛斑。鮫人歘霧日欲黑，蕊宮金闕皆丹棘。編星散作青琅玕，照月亦耀琉璃色。光華不欲向人間。我聞產自扶餘國，扶餘老胡不愛寶，舉網乃爲漁人得。星芒的皪江水濱，漁父亦非尋常人。揮手贈我不再顧，藏諸桂櫝稱家珍。手中摩挲遍示客，世人莫賤比燕石。朝懸作鏡心膽開，夜視徹人毛髮割。寒光千丈[一]玉壺冰，照見乾坤五湖白。匣中風雨神若飛，常恐蛟龍夜相嚇。珠乎，珠乎，形如璧，氣如虹。羲和爲我駕六龍，祝融吐火光熊熊。赤水上有三珠樹，携爾直入扶

桑宫。[二]

【校記】

[一]"丈",《西陵十子詩選》作"尺"。

[二]《西陵十子詩選》載虎臣評曰:刻意太白而獨得其變化,骨彩亦經奇。

送陶康叔歸玲瓏巖

使君昔日蘭江縣,爲政風流古所羨。文章落筆邁揚班,意氣干雲目如電。世事翻覆若[一]轉蓬,兩度滄桑朝市[二]變。棄官臥隱南山南,手弄白日雙龍潭。蒼崖兀突作人立,猨猱當晝啼空嵐。我來避地昔經此,忽爾定交驚復喜。縉州群公[三]稱雅遊,肝膽相傾獨[四]吾子。訪子乃在玲瓏百尺之高巔,下有崩騰瀑布之飛泉。葛公丹窑五芝熟,初平羊[五]石還蹲牽。樵夫牧監不相識,嘯呼往往招群仙。君不見,君家元亮復何有,滿目青山一杯酒。義熙[六]不記渡江年,但向門前種楊柳。我亦滷跡屠釣人,期醉臥滄江濱。荒徑可尋張仲蔚,吳市更得梅子真,猗[七]嗟玉壺之洞好,問津水深砂石何粦粦。爲問偕隱者誰子,卜居願作東家鄰。[八]

【校記】

[一]"若",《西陵十子詩選》作"如"。

[二]"朝市",《西陵十子詩選》作"市朝"。

[三]"縉州群公",《西陵十子詩選》作"吳沈之輩"。

[四]"獨",《西陵十子詩選》作"有"。

[五]"羊",《西陵十子詩選》作"遺"。

[六]"義熙",《西陵十子詩選》作"甲子"。

[七]"猗",《西陵十子詩選》作"吁"。

[八]《西陵十子詩選》載馳黃評曰:如照見乾坤五湖白手弄白日雙龍潭,此

等語非青蓮不能道。

邊城樂

骨罕成圍獵火紅,健兒走馬坐當中。神廟年來少征戰,臂上空挽雕弧弓。暮向城東射漢月,蛟鬚作囊鶯頭韉。仰天直落雙飛鴻,撲面驚沙馬蹄滑。氍毹夜開紅錦堆,駱駝晝下黃金鉢。葡萄之醴酪爲漿,誰其侍者邯鄲倡。玉顏如花不知數,金盤翠袖來相將。臥看旄頭擊刁斗,醉時鼓筑黃沙場。三十餘年守邊戍,忽傳寇逼漁陽路。昨日大閱朔方兵,明朝復調涼州募。老兵意氣爲我豪,腰間倒摩金錯刀。黃河岸傾白骨朽,陰山雪凍青天高。坐上美人起歎息,爭戰頻年幾回克。手中漫撥箏琵琶,爲君彈作娑陀力。

金谷伎

鶯紋甲枕薦綠熊,烏絲百尺銀屏風。胡姬十五新巧笑,當年選入清涼宮。宮中歌吹月滿堂,纖手摘來金鳳凰。七寶盤龍捲阿錫,夜闌欲墮珊瑚床。中有傾城豔無比,千隊紅妝莫相擬。沉香步障倚身輕,小字真珠呼不起。起來宛轉明燈前,象環悉索爭留連。賓客滿筵粲玉齒,酒酣常使他人憐。蛾眉失愛傷秋草,寵冠蘭房人自老。舞袖年年向落花,秦箏背拂心如擣。梁家女兒髮覆眉,長笛短笛揚風吹。樓上鶯啼天欲曉,落盡東風知爲誰。

慷愾歌簡毛五馳黃

毛生聽我歌慷愾,世變浮雲豈長在。百年涸跡苦沉吟,風塵何必生吾輩。我欲著書日蹉跎,學劍不就空摩挲。皇天催人白髮速,仰視日月懸江河。倔佺無名伯陽夭，不如與客長悲歌。君但狂吟日轟飲，亦有美人珊瑚枕。吹簫擊筑彈鳴箏，春風吹花落如錦。浮名身後徒爾爲，抱瓮床頭日高寢。飲君酒，君莫催，聽我歌，君莫哀，人生富貴同蒿萊。滿貯鄜州醁，酌以文螺杯。妖姬挾瑟舞，賓客當筵開。但令爲樂須滿志，糟丘并作黃金臺。

七歌倣少陵體_{在縉州作。}

有客有客何爲者，昂藏七尺走荒野。騏驥每欲追長風，時去悲鳴櫪槽下。眼底英雄定誰是，銅鼓聲中幾回死。冰霜屢挫華色衰，何堪掩袂徒傷此。嗚呼！一歌兮歌始哀，羲和遠駕扶桑來。

其　二

父兮母兮天一方，白髮垂耳坐匡床。米鹽雜治衣與食，半生憔悴頷無光。有子終年與書讀，稍得揚眉仍罷逐。驅車未必捧檄喜，甘旨況乃羞微祿。嗚呼！二歌兮歌力微，晨風發發吹我衣。

其　三

山有鳳兮鳴啾啾，羽翮鍛盡翔九州。阿閣已毀梧桐死，不飲不啄江之湫。網羅何爲苦相及，藏身毋乃遜鵂鶹。嗚呼！三歌兮歌三闋，朱弦爲我三斷絕。

其　四

有弟有弟能好奇，擁書萬卷園不窺。文筆稍能傲顏謝，昨日寄我登樓詩。我言此詩勿復道，歸來與爾南山期。逸氣聊乘款段馬，下帷且輟囊中錐。嗚呼！四歌兮歌思遲，碧梧吹落東南枝。

其　　五

室有人兮服無綺，盎中斗粟奉親旨。大婦踉蹌戒中厨，小婦蓬頭汲冰水。念昔失意還故鄉，俛首入門拜中堂。同時戚屬苦凋謝，舊遊丘隴成滄桑。願言操作與偕隱，慰勞切切感我腸。嗚呼！五歌兮歌音迫，雞鳴喔咿天欲白。

其　　六

有酒有酒遍奉客，請君聽我歌咄嗟。荒城白晝見狐狸，頸骨相撐高一尺。我欲驅之仰天射，臂無強弓手無戟。山鬼居然向人笑，腐鼠何勞更相嚇。嗚呼！六歌兮歌正長，蒼天爲我無輝光。

其　　七

我友我友江水濱，雄視海内真絶倫。置身那羨雲臺事，詞賦直誇梁園賓。自遭離亂散如雨，半入蒿萊半成賈。山河已邈黄公壚，坐上小兒拍手舞。文章墜地何有哉，吾道千秋未荒土。嗚呼七歌兮歌已終，黄塵滿地生悲風。

秋暮自平望抵雪溪遥寄秀州懷莘皋、徐斗錫兼示舍弟弋雲[一]

九月風吹萬楊柳，吴姬壚頭勸君酒。酒醒日落花氣清，獨挽扁舟招我友。我友懷生才莫倫，軒軒玉舉如有神。徐郎年少特英妙，席門當路闃車輪。窮途漫作阮公嘯，草玄但戀揚[二]生貧[三]。念我來遊苦岑寂，書卷床頭酒盈甀。二子倡和雪堂詩，下視宗梁無勍敵。南湖巨浪高拍天[四]，玉缸之醴傾如泉。秦箏半罷月未没，曲終還奏鴛鴦篇。黄金散盡客無色，美人坐上空留連。吴興刺史漫相識，期我看花五湖北。拂袖朝携震澤雲，停舟晚帶潯陽色。秋風騷屑客思豪，典盡驪裘歸亦得。歸來爲訪茂陵姬，長卿鼓琴安可知。自古傾城信難遇，醉倒金罇歌莫[五]遲。春波橋邊酒正熟，屠氏園亭遍開菊。重聽吟娘唱柘枝，日高且抱鵾弦宿。君不見，城南鼓聲曉霧黃，烏啼葉墜[六]天茫茫。明年相逢更何事，與爾驚看頭上霜。[七]

【校記】

[一]《西陵十子詩選》題作"醉歌行自平望抵雪溪遥寄秀州懷莘皋、徐斗錫兼示舍弟弋雲"。

[二]"揚"，底本作"楊"，據《西陵十子詩選》改。

[三]"貧"，底本作"貪"，據《西陵十子詩選》改。

[四]"天"，《西陵十子詩選》作"船"。

[五]底本"莫"後衍"停"字，據《西陵十子詩選》刪。

[六]"墜"，《西陵十子詩選》作"墮"。

[七]《西陵十子詩選》載虎臣評曰：情詞惆悵，章法榮紆，抽思于温李，托緒于《九歌》。

長安少年行

長安少年子，游冶長安城。長安多俠徒，一顧生平傾。投壺陸博相騁逐，五侯七貴皆逢迎。黄金如山勢莫敵，要結權門連貴戚。鹿盧巨劍五花裘，躍馬彎弓如電擊。碎却石氏紅珊瑚，後出劉王碧青甓。咸陽大道臨倡樓，樓前歌舞繫鳴騶。如澠美醞玉缸倒，作鮯雙鯉金盤浮。酒酣怒罵衛驃騎，使氣長揖平津侯。威權灼天天可變，意氣豪奢良足羨。銅山作塲錦作堆，金谷鳴箏夜排宴。俠客千金贈寶刀，美人雙袖回歌扇。年少繁華萬態新，綺羅弦管嬌青春。却笑東家縫掖子，白首儒冠枉誤身。

傷呂姝行 并序

呂王孫家有歌兒陳姬者，慧而嬌好，頗工吟唱。渡江時王孫起家之官，客死閩越間。諸姬將次出嫁，里中有客獨悦之，卒爲間者所諜，終不得遂。後姬爲陽翟賈人妾，賈人甃且鄙，姬抱樂器而悲。好事者傷其遇，因爲新聲，以附樂府焉。

平橋楊柳風日斜，橋邊女兒嬌如花。門前流水繞溪綠，日日提籠行浣紗。主人華堂夜開宴，紅妝粉面燈前見。金谷彈筝喚綠珠，絳帷起舞看飛燕。低鬟淺笑向人憐，手中團扇光如練。年少豪華白日低，揚鞭走馬武陵溪。使君原上秋塵起，琵琶亭北風淒淒。珊瑚枕碎玉釵斷，月明清夜啼空閨。閨中女兒眉不掃，東家有客心如擣。曾識春風與畫圖，帶結同心夢顛倒。嬌小從教碧玉憐，琴心更托相如早。無奈狂風妬柳枝，妝樓玉箸暗相思。難將錦字傳青鳥，悔閉珠簾怨綠墀。綠墀青鳥今何夕，千金不惜蛾眉擲。白頭艇子打潮來，翻然嫁與襄陽客。襄陽估客劇可憐，白髮垂耳工數錢。春朝幾度妾腸斷，薄命徒令人棄捐。明燈熒熒夜雨急，爲誰倒拂鴛鴦弦。鴛鴦弦，聲切切，大弦嘈嘈小弦絶。君心不可匡，妾心不可滅。他生化作杜鵑飛，枝頭夜夜啼紅血。

楚州酒人歌爲陳悦二作

猗嗟酒人不世有，我作酒歌爲君壽。地下曾無黃公壚，天上難尋畢家甔。況是秦時避世人，曷不日飲中山酒。世間飲者徒紛然，餔糟歠醨稱聖賢。伯倫便欲埋短鍤，步兵悔不封酒泉。百年酩酊長不醒，紅顏至今還少年。君不見，銅雀臺，朱甍碧瓦高崔嵬。琉璃爲屏火珠帳，一朝化作西陵灰。又不見，金谷伎，玉貌如花笑桃李。美人樓頭粉黛新，旋見狐狸跳荒壘。勸君不飲何太癡，人生爲樂須及時。霜雪欲催頭上髮，莫教照入黃金卮。繁弦促柱苦晝短，更喚東山諸女兒。紅衣亂拂落花舞，開樽常對雙蛾眉。文園不醜臨邛市，山公特戀襄陽池。楚州酒人胡爲者，醉向陽城日驅馬。白眼瞠看世上人，奮爵橫飛卜長夜。下邳小兒不足語，淮陽少年供嫚罵。蒲萄光液傾滿觴，無多酌我我酒狂。一樽不換涼州史，十千那惜床頭囊。對酒歌，歌且歙。酒人酒人天下殊，鴟夷腹大懸如壺。玉缸新釀千萬酤，浪遊詩卷盈江湖。期我痛飲聊爲娛，猗嗟酒人真丈夫，同是高陽舊酒徒。

燕臺相馬歌贈王敬哉司成

燕昭臺下飛沙白，萬馬奔騰皆汗赤。徘徊踧踖千里姿，豈肯因人困傾輈。金鞍照耀桃花紅，追風電擊膽力雄。一朝得逢孫陽眄，跰蹡足使千群空。昨遊長安孟冬雪，苜蓿風高馬蹄熱。萬騎新從大宛來，越景超光雲錦列。幽州馬客徒草草，市向人間聽優劣。如今相者但舉肥，貴肉賤骨知者希。僕夫筴策神奇索，混跡蒼黃無是非。老驥空懷櫪下歎，神駿復與支公違。吁嗟乎！黃金之臺已千載，郭隗風流竟安在。駿骨長埋宿莽間，風雲況而無精彩。先生相士真絕倫，亦如相馬貴有神。天下之馬待御者，莫不昂首驅風塵。百間廣廄良足侈，頓令此臺千載還生新。僕也不材當下駟，弩力草間長棄置。鹽車屢困九坂危，驥足康莊從此始。

水　車　行

大河雪凍水作程，小車如船水上行。須臾馳逐不待轂，往來奔擊如雷鳴。車中之人意傾倒，戒語僕夫莫草草。春風東發日西出，眼見滄桑不自保。爲我謂公無渡河，河流汩汩奈我何。我今欲渡慎風波，

華陽道人畫像歌

　　華陽道人丹霞客，奕奕神清振雙翮。自稱天上謫仙人，長往山中煮白石。黃冠鶴氅清桂囊，年當三十鬚眉蒼。劍術當師玄女訣，袖中風雨生光鋩。此劍雌雄梁青兕，斗間龍氣徘徊起。異授昔傳倉海君，鑄作云從薛冶子。方今海內無風塵，先生但隱崑崙津。丹竈鍊成不死藥，桃花長住千年春。覽公狀貌特魁梧，炯炯瞳神猛虎步。却笑子房類婦人，空羨張蒼白如瓠。吁嗟！華陽道士真鳳雛，步光之劍芙蓉襦。武原王曜爲此圖，羽衣修舉仙骨殊。遼東白鶴不可呼，畫然長嘯歸五湖。

扶荔堂詩稿卷七

五言律詩

早　春

朝倚南樓望，春光覆野林。梅傳人日淚，雪暗故園心。感慨黃金盡，蹉跎白髮深，漁樵吾意得，把酒暫沉吟。

雨中簡虎臣

積雨清明後，春來識面希。藥苗新霽潤，村樹晚烟微。詩廢緣多病，寒添未換衣。湖西花發盡，莫待掩雙扉。

同錦雯弋雲飲裴氏閣子[一]

裴氏堪真隱，蕭然一草亭。山舍春霧白，星帶野蕪青。避世寧同俗，當杯敢獨醒。誰憐揚子意，寂莫守玄經。[二]

【校記】

［一］《西陵十子詩選》載馳黃評曰：指不牽詞藻，不沒思風流，溫潤吐納不

窮，可謂五言之妙，諸短律之正宗也。

［二］《西陵十子詩選》馳黃評曰：抒寫奇出處能不削其腴潤。

雪中黃庭表過別兼寓周子儗王周臣諸子

去住君何意，相逢惜別難。停杯懷阮籍，積雪臥袁安。況值歲時晚，更驚關路寒。同游梁宛客，賦就好誰看。

宿富春城

兩岸猿啼急，千峰換客舟。空餘望鄉思，更上縣城樓。落照丹楓意，歸雲白雁秋。還家今夜夢，吹入大江流。

經桐君山望東吳先塚

高崗烟樹渺，暮色斷豐[一]林。霸氣歸雲護，荒臺蔓草深。寒星衝宿霧，仙嶺落秋陰。忽憶殷堪歎，山川正鬱森。[二]

【校記】

［一］"豐"，《西陵十子詩選》作"長"。

［二］《西陵十子詩選》載馳黃評曰：觀結句飛濤壯思不淺。

過嚴陵

聞説嚴陵勝，臺空萬木稠。客星堪入座，江上獨披裘。峰勢連雲出，灘聲帶日流。先生但高卧，漢鼎自千秋。[一]

【校記】

［一］《西陵十子詩選》載虎晨曰：景物情事無不渾合；又曰結語奇聳。

登釣臺側尋謝皋羽墓

相尋高士墓，灑酒意何深。晞髮蒼松偃，埋憂白日陰。唯君存慷慨[一]，而我亦浮沉。日暮悲風起，蕭蕭江樹林。

【校記】

［一］"慷慨"，《西陵十子詩選》作"慨慷"。

雙 溪 客 舍

雨度逢寒食，離家值此時。縫衣忽憶婦，剪燭漫催詩。山雨當窗落，江雲入夢遲。春花已爛熳，相對益淒其。

閨　　思

八月度蕭關，春歸戍未還。金風傷遠道，玉筯損愁顏。疏井桐花落，空梁燕子閒。思君如昨日，夜夜視刀環。

送吳錦雯之桐鄉

日暮孤舟發，青楓兩岸深。風霜摧客面，燈火亂鄉心。價重長鄉賦，囊須陸賈金。天涯盡知己，此去莫沉吟。

送葉薊綖還金華

涉江方十月,君去採芙蓉。日落沙中樹[一],雲銜天外峰。竹林遊未倦,桃葉想爲容。鼓枻歸何疾,同舟可再逢。[二]

【校記】

[一]"沙中樹",《西陵十子詩選》作"江南道"。
[二]《西陵十子詩選》載馳黃評曰:薊綖博學善文,爲婺郡之冠,今遽奄忽,而遺文未傳錄,飛濤此詩繾綣交誼,情見乎詞,追懷昔遊,邈若河漢,爲之愴然。又曰同舟可再逢,亦近詩讖。

立秋日庭前梧桐忽墜一葉

雙桐空井上,搖落不勝悲。但有飄蓬意,西風任爾吹。草虫鳴自苦[一],候雁信難期。愁絶家鄉還[二],那堪賦別離。

【校記】

[一]"苦",《西陵十子詩選》中作"若"。
[二]"還",《西陵十子詩選》中作"遠"。

擬豔詩五首

流雨香塵濕,微風翠帶長。誰言碧玉女,不嫁汝南王。枕上雙鸂鶒,釵頭五鳳凰。洞房春自永,何必向[一]昭陽。

其　二

美人爲楚舞,勸君雙叵羅。高樓三十六,處處有笙歌。象撥調絲密,金壺刻漏多。烏啼知未曙,花發夜如何。

其　　三

雙闕雲中出,長安甲第遥。大兄霍驃騎,中婦董嬌嬈。繡幰傳青鳥,金丸落皂雕。歸來幾回醉,樓上伴吹簫。

其　　四

燕子新巢屋,梨花晝掩門。墮釵方挂玉,滅燭且留髡。帳底芙蓉穩,燈前翡翠溫。重重金屈戍,無地不消魂。[二]

其　　五

秦女吹簫夜,襄王夢雨時。人間何極樂,天上有佳期。桂殿珠簾迥,星鑾玉佩[三]移。彩雲容易散,同輦莫相疑。[四]

【校記】
[一]"向",《西陵十子詩選》作"駐"。
[二]《西陵十子詩選》載虎臣評曰:非曾置身臨春結綺中不解辨此語。
[三]"佩",《西陵十子詩選》中作"珮"。
[四]《西陵十子詩選》載虎臣評曰:此等詩空寫易俚,雕繪易滯,能綴藻思於虛境,故發言自高。

初寒和吴賜如

水國涼風動,初寒側側成。庭柯辭故葉,溪雨變秋聲。不寐鄉心薄,虛堂旅夢清。晚碪何處急,倍覺客衣輕。

贈虎丘慧上人

我愛支公興,名山好遠尋。禪心澹落日,梵響薄空林。種竹堪爲侣，裁詩衹獨吟。虎溪明月在，坐待[一]一開襟。

【校記】

[一]"坐待"，《西陵十子詩選》作"相對"。

送馬西垣趙長公還萊州

征馬歸何疾，秋風首重回。雁邊萊子國，天際越王臺。白髮悲歌壯，黃河日夜哀。山川憑眺盡，相對幾徘徊。

簡燕又病中

多愁爲客日，劇病轉相親。酒熟催寒雨，花開憶故人。慙無枚叔賦，戀有馬卿貧。蕭颯驚雙鬢，春風幾度新。

得曹石霞漳南消息

故人消息斷，遙隔大江濱。吾黨存知己，天涯憶逐臣。干戈湖北盡，瘴厲日南新。望絕長平路，風吹馬首塵。

寄唐豫公越中

舊里堪棲息[一]，荒林遍野蒿。東山遺興在，北雁託書勞。苦霧三秋樹，歸心八月濤。江關頻送客，極目戍樓高。

其二

聞公闢三徑，避世此相宜。倚户栽楊柳，看花倒接䍦[二]。但尋高士傳,不顧尚書期。何日山陰棹,重來訪戴途。

【校記】
[一]"舊里堪棲息",《西陵十子詩選》作"放跡真何地"。
[二]"䍥",底本作"羅",據《西陵十子詩選》改。

席上與劉生

劉生真俠者,慷慨世間無。擊筑歌偏壯,開襟氣不除。論交須爾輩,縱酒乃吾徒。直欲傾權勢,生平慕灌夫。

春暮泛碧浪湖

春水碧無際,望山空翠微。落帆葭菼沒,急雨鷓鴣飛。久客虛寒食,浮生傍息機。停舟不覺暝,隨興問漁磯。

三月十七夜泊舟對月

一片孤村月,寒光到客艖。深林聞吠犬,疏樹帶驚鴉。澹蕩星河轉,清輝兔影斜。堪憐此溪女,玉臂浣晴沙。

送楚黃萬允康歸寓吳門

欲別歸何地,風烟滿洞庭。帆開衝曉霧,雁落帶寒星。客盡天涯淚,秋深木末亭。留君不可住,回首越山青。

其二

把酒離亭暮,臨歧意若何。別來春雁盡,歸去落楓多。關塞勞征馬，乾坤任放歌。灞陵原欲老，慎莫歎蹉跎。

九日登武原南城偕朱方庵、查王望、黄崙玉吴仲木諸子飲徐氏園亭

城高薄暮望，野靄入林斜。對酒惜殘日，看山逢落花。秋深雲岫樹，潮擁海門沙。散髮長松子，毋勞笑孟嘉。

酬徐晉公

十日過君飲，狂呼不厭頻。烹魚供客飯，佐酒拾山榛。世態看人熱，交情見爾真。床頭餘宿釀，罋盡莫言貧。

婺州城晚眺

晚眺巖城道，蒼茫返照中。大江流不盡，落日幾回同。客難東方朔，吾尋龐德公。聊爲披褐賤，留滯向山東。

西峰寺

廢寺連城闕，孤峰散夕暉。人烟寒積霧，鬼火夜成圍。大澤當龍蟄，荒天任馬肥。高皇曾駐蹕，瞻拜欲沾衣。時江中風雨，忽蟄一龍。

緑埤怨

畫閣春還早，苔痕玉砌分。山礬明寶鏡，石竹掩羅裙。妾夢河邊草，君看隴上雲。高樓人獨倚，莫遣浪從軍。

綵書怨

倦起不成妝，徘徊下玉牀。相思獨萬里，別淚總千行。豔曲傳楊柳，金徽訴鳳皇。開緘重復理，何日到遼陽。

宿旃林精舍有懷世臣

古寺敞雲層，登臨興可乘。曉鐘清旅夢，疏雨澹孤燈。世亂悲鴻雁，途窮念有朋。太常齊禁日，空羨酒如澠。

送王言遠赴廣州

班馬嘶長坂，馳驅敢告勞。鄉心滯歸雁，春草惜征袍。路入湟溪險，無迴峽嶺高。臨流弔吳隱，終不讓清操。

其二

番州南越界，腸斷宦遊人。此地無霜雪，梅花及早春。猿聲庾嶺樹，馬首博羅塵。傳道江南信，偏增白髮新。

酬關六鈐見贈

海内論才俊，風流盡屬君。繩[一]床深夜雨，草閣駐晴雲。劉尹能知我，嵇生自不群。逃名任吾黨，莫歎北山文。

【校記】

[一]"繩"，《西陵十子詩選》作"聯"。

秋夜飲張森嶽憲副吳興公署園亭分賦

官閣望崔嵬,臨池石磴開。暮鴉催鼓柝,新月待銜杯。修竹梁王館,孤松庾信臺。遙瞻天漢遠,疑共泛槎回。

其二

高館張清宴,華燈縱夕遊。吏稀啼鳥靜,客散晚鐘幽。樹帶潯陽雨,雲分震澤秋。閒來乘釣意,相得在滄洲。

其三

秋暮水潺湲,雲深日掩關。青山逢客澹,黃菊戀官閒。署內題醉有李西涯官閒好讀書之句。歌發蓮塘曲,琴鳴松樹間。襄陽幾回醉,騎馬習池還。

其四

幽巘遙相接,天空樹色冥。星臨野水白,虹挂暮山青。積翠侵書幔,飛花奄畫屏。謝公遺興在,絲竹滿園亭。

聽泉橋

泉聲幽澗落,日暮靜空林。得似彈琴峽,深知流水心。游魚窺淺瀨,高樹散秋陰。坐久觀垂釣,悠然忘古今。

憶錦雯時阻越中

渡江纔十日,飛檄轉相驚。勢拙依劉表,人傳殺禰衡。干戈滿眼淚，鴻雁故人情。愁絕孤城裏，何年解甲兵。

范少伯廟

鴟夷五湖去，祠廟尚餘春。霸業垂黃土，閒情趁白蘋。虛廊松火暗，古殿石苔新。游女空環佩，焚椒私賽神。

見　蝴[一]

愛爾飄揚意，依人冉冉飛。高低惜芳草，浩蕩弄春輝。有夢長爲客，無家尚憶歸。故園風物變，楊柳未應稀。[二]

【校記】

[一]"蝴"，《西陵十子詩選》作"蝶"。

[二]《西陵十子詩選》載馳黃評曰：飛濤《桐葉》、《見蝶》諸作，皆中唐詠物妙境，然此格大曆而後作者往往擅場以輕虛，遠能不着摹畫之迹。唐初未離六朝，喜于隸事。盛唐諸公不奈意匠，往往潦倒。若工部繁弦與急管若傷用意，至于"舉家聞若欷"，直同兒戲耳。又曰：古人詠物，影略使事，後變而類賦。古人贈酬偶或切姓，後變而族譜。古人登覽，俯仰山川，各有寄託，後變而地志。古人述贊，稍傳品秩，後寖爲職官。考大率肇端元晚葉，漫衍于隆萬，下流之弊，今日斯極。性情不居，風骨都没。竟陵而後，儇急纖刻，固成鬼道。然駢闐連比，亦病浮蕪，相者舉肥，目爲精彩。是知懲郊島之饑寒，而不戒劉畫之痂駱，高得西崑體劣，爲至寶丹。斯道何時能復還大雅耶？

同熊伯舉金冶公席上送馬耿民之京

薊門千里暮，送客一樽開。燕市悲歌侶，梁園授簡才。飛鴻衝霧落，征馬帶星回。知爲求良駿，先登郭隗臺。

寓樓同吳賜如朱方庵作　三首

湖流望不極,此地有滄浪。巨漲開秋色,荒城抱夕陽。沙鷗輕浮水,山桂晚沾霜。久客逢搖落,音書滯故鄉。

其　二

莫倚高樓望,蕭條黯客心。草虫鳴砌冷,池月散秋陰。野眺雲孤出,鄉思雁獨深。好彈流水調,比舍有知音。

其　三

憶別何年歲,同君上此樓。愁消黃菊酒,夢繞白蘋洲。異國添新淚,同時戀舊遊。仲宣休作賦,惆悵倍荊州。

扶荔堂詩稿卷八

五言律詩

隴　頭

遠戍交河北，驚心此地艱。馬嘶行復止，客去幾時還。箭挽嚴霜勁，刀懸古月彎。長驅九坂道，西向玉門關。

紫騮馬

年少三河客，揚鞭陌上行。錦韉垂寶勒，金靮繫珠纓。蹀躞長楡塞，徘徊高柳城。邊庭繞苜蓿，爭數漢家營。

關山月

月出橫秋塞，關山萬里明。霜高飛雁帛，風急斷龍城。吹角寒星動，驚沙陣馬鳴。倡樓刀尺冷，幾處響砧聲。

銅雀伎

高臺歌舞散，日暮思難禁。別淚空金屋，新愁向玉琴。香分羅袖冷，帳掩洞房深。望斷西陵樹，誰憐此夜心。

訪蔣瀫山寓園

君爲尋山隱，長爲澤畔吟。冥鴻天外盡，芳草夢中深。變姓歸柴里，彈琴向竹林。藤蘿荒徑滿，遲我共登臨。

雪夜飲許堯文水部署中邀同繆子長、章素文、顧震雉、宋既庭、王其長、黃庭表諸君

梁園今夕宴，詞客共銜杯。野樹全含霧，山樓欲放梅。濕雲寒不落，疏蕊凍仍開。官閣詩成後，應推水部才。

贈顧修遠

舊遊淪散後，吾子獨聲名。人物推應劭，風流比顧榮。別來思采葛，忽遇喜班荊。前路多相識，軒車到處迎。

送陸咸一歸山陽

南去淮陰路，春風敞客裘。草深韓信宅，花滿仲宣樓。落雁驚殘日，歸雲起暮愁。還家重理釣，寄跡在滄洲。

王胥庭太史招飲偕趙五弦、曹子顧、王印周、金冶公即度二首

得似蘭亭勝，風流昔可携。庭前芳樹静，門外紫騮嘶。刻燭星河轉，開樽月影低。十年懷思久，今喜一攀嵇。

其　　二

帝里才華地，千秋客興同。論詩推大曆，著史續扶風。遠塞寒沙白，新醅臘酒紅。南來倦遊意，極目夜飛鴻。

晚　出　潞　河

離京三月暮，萬里此歸心。殘日穿高柳，荒城帶夕陰。天低鴻影没，沙積馬啼深。何處鄉關淚，聞笳半不禁。

青　　縣

天際發孤舟，灘深水激流。夕陽橫古驛，烟樹入新愁。細草眠黄犢，晴沙趁白鷗。浮家隨去住，津吏莫相求。

滄　　州

停舟暮潮落，海氣日邊生。樹出中條嶺，雲連參户城。夜鴻懸客淚，春雪换歸程。滿目滄江晚，深知漁父情。

故　城　對　月

曆亭初見月，風定野烟城。白草愁中換，青燈夢裏寒。棲鳥驚樹杪，落木走沙灘。多少征人淚，閨中只獨看。

歸　舟　十　首

游子不得意，出門思舊林。途窮餘白眼，客散少黃金。獨酌此杯酒，漫勞行路心。悠悠滄海志，寄入櫂歌深。

其　二

悵望南山側，蕭然此敝廬。寧辭監河粟，且秘茂陵書。苦月侵衣濕，春蒿帶雨鋤。故鄉猶似昨，松菊近如何。

其　三

嗟咄勞吾父，歸哉意獨難。探囊深旅病，短褐禦春寒。衰鬢逢年盡，家書隔歲看。早知生計拙，愁殺滯長安。

其　四

睠念北堂上，庭間日掩扉。已虛毛義檄，未弊老萊衣。孤月懸清杵，新霜長白薇。巢間雙乳燕，故得戀春暉。

其　五

谷口堪棲息，吾尋鄭子真。曝書聊免俗，貰酒暫依鄰。野鶩翻隨浪，檐鳥鳴向人。春來苦憶弟，草色幾回新。

其　　六

秋浦胡夫子，風流宿草餘。椒糈野老哭，車馬舊遊疏。宦薄留殘碣，家貧鬻廢書。生徒淪落盡，愧築墓旁廬。

其　　七

龐公妻子在，歸作鹿門遊。獨臥深潭月，長披五月裘。灌園偕隱志，滌酒慰貧愁。舊識仙源近，胡麻逐水流。

其　　八

垂老身仍賤，多愁歲倍寬。絺袍逢世拙，白髮畏人看。雨急孤燈靜，江深夏月寒。何用閒把釣，得傍子陵灘。

其　　九

淪落同遊者，悽然感客星。鳥喧栽柳宅，蒿没草玄亭。流水弦應絕，凌霜蕙草零。墓門空灑酒，松柏欝青青。

其　　十

堪笑予疏放，擔囊底自勞。浮生半畝外，瀕死一身遙。抱瓮同殷叟，棲山謝孝標。江湖真浩蕩，到處有漁樵。

江寧懷長裕弟貶楚中　二首

客舍一爲別，暮雲千里心。移家隨去住，謫宦總浮沉。樹出巴山遠，帆歸湘水深。蕭條關路渺，夜夜聽猿吟。

其 二

欲別兩行淚,吹爲薊地塵。何期一樽酒,相對金陵春。江鳥啼不歇,野花含更新。烟波望無際,南去倍愁人。

送江右康小范雲間陸集生北還

失意憐遊子,弊裘今始還。看雲徐孺驛,送雁陸機山。無奈于時拙,其如把釣間。孤舟葭菼外,坐聽水潺湲。

喜錢柏園姚喆符兄弟見過

別久論交密,高談日欲斜。遣憂惟白墮,却病少丹砂。南浦初飛雁,東籬正看[一]花。狂吟吾輩事,且醉莫愁家。

【校記】

[一]"看",《西陵十子詩選》作"着"。

送陶康叔還晉陵

聞道蘭陰宰,江東老布衣。一麾曾出守,千里劇言歸。憫亂彌年甚,挂冠與世違。回頭楚山近,驅馬疾如飛。

懷宋玉叔司勛　　二首

并騎遊燕日,看君視草時。退朝鳴珮緩,赴闕澣衣遲。花落星低幕,鳥飛月繞枝。嵇康真懶僻,應籍故人知。

其　　二

鳴玉趨東省，長陪鵷鷺行。含香知近闕，題柱羨爲郎。抗直退毛玠，聲名過謝莊。華林叨侍從，詞賦獨輝光。

懷天台蔡子虛令君　　二首

出宰當巖邑，閒庭逸興奢。俯披天姥日，坐擁赤城霞。候鷹衝潮度，疏藤挂壁斜。仙源知可問，臨水覓桃花。

其　　二

客到探幽巘，相携對舉觴。風生瑤草白，潮接翠微涼。爲令求勾漏，看雲跨石梁。但逢陶處士，仙隱亦何妨。

雲間宋子建見寄新詞有懷

宋玉多愁日，春風偏倚欄。瑤琴理清弄，白雪少人彈。密草低螢火，新桐覆井榦。美人江水外，悽惻鳳樓寒。

送張蓼匪學憲按部越中　　二首

昔作淮南客，今登古越臺。觀星知劍氣，問俗得龍媒。桂樹堪招隱，柯亭易擬材。名賢修禊日，重泛永和杯。

其　　二

越地稱文物，乘春擁旆過。剡溪留作賦，蘭渚雜鳴珂。士仰龍門峻，書探禹穴多。成溪桃李盡，誰復卧巖阿。

宛中施尚白比部奉使西粵，間關戎馬備極行役之苦，歸作紀行詩，見示率成四首

出使君偏遠，雙旌驛路懸。海陽通漢節，灘水下戈船。策馬荊榛塞，看山雨雪連。鄉關幾萬里，愁見日南天。

其二

五嶺羊腸道，巉岏不易行。雁橫交趾界，雲凍伏波城。蠻洞新開邑，降王夜築營。兵戈天地滿，不敢問春耕。

其三

阻亂東江驛，間關傍馬歸。避人看使節，帶月枕戎衣。鬼火衝林暗，猿聲隔岸微。鄉心何處泊，應寄塞鴻飛。

其四

秋深離絕域，馬首苦沉吟。王粲辭江表，張衡望桂林。落雲三楚夢，歸雁五湖心。嶺外無霜雪，那將短鬢侵。

袁丹叔比部出守衢州同魏子存張錫爾江上贈行

擁麾臨上郡，臥治得袁宏。樹出雲邊嶺，天迴江外城。懸魚知獨儉，種柘見餘清。佩犢占民俗，爭傳渤海名。

送史筆公水部還京兼訊同年張雪莳侍御

節氏趨朝日，乘槎天際行。關河驚早雁，木葉下秋城。梁苑殷歸

思，燕山入望情。但勞將石去，還取問君平。

武康吳瑤如、楊憲宜兩令君招同舍弟弋雲長裕劇飲五日，賦此留別　二首

故人期我去，無事訟庭閒。酌以樽中酒，兼之郭外山。流泉穿石裏，啼鳥出松間。此地饒歌舞，相將未肯還。

其　二

前溪一水際，我愛似滄浪。嫩竹迎霜澹，繁花入瓮香。洞深藏鹿草，澗淺落魚梁。白眼頻呼酒，無嫌阮籍狂。

越中徐伯調、張登子、何伯興、姜綺季、祁奕遠、奕喜諸君同集姜真源侍御宅

夜晏開簾幕，庭除草色青。藤蘿挂落日，烏鵲噪明星。秫酒邀彭澤，藜床卧管寧。永和多勝跡，遮莫比蘭亭。

夏暑山居　二首

披襟巖石下，孤坐俯清泉。僻徑易忘暑，幽居就草玄。鳥聲穿樹澀，月影帶橋圓。獨有深潭靜，遙遙聞叩舷。

其　二

暑深長晝卧，高枕北山巖。嘲客藉程曉，納涼懷傅咸。墻陰虛薜荔，蟬噪靜松杉。結夏無餘事，尋幽探石函。

生春二首戲爲元白韻。

何處生春早，春生返照中。苔痕微着雨，樹色亂搖風。待燕巢新結，流鶯語漸融。相思人日後，倚徧合歡叢。

春　　深

何處春深好，春深思婦家。當門折楊柳，逢使問梅花。夢斷橋西路，看迴隴上車。芳菲留不處，雙燕入簾斜。

題睿子五兄王夫人吟紅集兼祝初度

係山陰王遂東先生女，居青藤書屋，吟詠最工，爲閨閣絶唱，設悅之戊在七月八日。

花覆青藤屋，蕭疏林下風。微雲翻翠鳥，新月骨雕櫳。詠絮才驚豔，聞琴調獨工。雙星銀漢裏，長照玉簾東。

扶荔堂詩稿卷九

七言律詩

興慶池侍宴應制擬唐三首。

龍池瑞靄近蓬萊,鸞踷旌旂夾岸開。霄漢分流通灞滻,星河倒影入樓臺。游魚潛逐笙歌沸,黃鵠高翻碧浪回。獨愧揚雲能獻賦,臨汾帝王自雄才。

幸太平公主南莊應制

主家臺館接丹霄,沁水園林輦路遙。織女織機雲作馭,仙人銀漢鵲爲橋。歌迷下蔡梁間落,舞出平陽掌上嬌。莫羨鈞天聆廣樂,樓中早有鳳凰簫。

和賈舍人早朝大明宮

曉禁鶯音隔絳河,鳳城雙闕望嵯峨。班開羽仗趨青瑣,袖拂天香散玉珂。風靜疏鐘花外轉,日高仙露掌中多。同參華省叨陪乘,欲和終慙白雪歌。

春日懷葉聖野 近著有《北哀賦》。

朝雨城西送客杯，正逢人日見花開。春衣坐勸新豐酒，曉笛寒催驛路梅。地迥龍蛇蟠震澤，日斜麋鹿下蘇臺。北來萬里浮雲色，極目深知庾信哀。

聞陸景宣還里喜而却寄

悵望孤城積暮陰，城邊鼓角亂鄉心。停驂漫作南征賦，對酒當歌東武吟。桂發三秋巖日落，雁飛千里塞雲深。拂衣歸臥滄洲穩，叩楫蘆中莫浪尋。[一]

【校記】

[一]《西陵十子詩選》載虎臣評曰：作山林語能無清儉之色。

送張無近之桐溪令

出領河陽厭直廬，風輕班馬自躊躇。會高東閣賢良策，久定蘭臺令史書。無近西銘先生弟，嘗爲裒輯遺書。千嶂猿啼秋雨急，三江楓落暮雲疏。戴顒應有登臨興，愧我南山獨荷鋤。

其　　二

嚴城花滿訟庭幽，黄葉江亭駐馬遊。秋稻嘗生彭澤興，丹砂好爲稚川留。當軒樹色開樽酒，入夜潮聲出郡樓。何日扁舟嚴子瀨，重來携手訪披裘。

送唐瞿庵儀部歸蜀

木落秋高霜滿林,錦城南望氣蕭森。十年戎馬青裘敝,一臥滄江白髮深。夢到巴陵寒雨發,天迴湘浦暮猿吟。莫嫌據地蒿廬下,未是君門且陸沉。

贈顧偉南山居

憐君自採北山薇,高臥滄洲一釣磯。杉柏蕭蕭猿獨苦,海天漠漠雁還飛。管寧豈羨遼陽美,蔣詡徒傷三徑非。莫負滿庭秋草色,須歸裁作薜蘿衣。

客　舍

客舍浮雲萬里來,春江風雨獨登臺。每逢寒食長多病,況是梨花無數開。鄉國有書頻涕淚,干戈滿眼卧蒿萊。故園楊柳那堪折,畫角城頭日暮哀。

酬顧震雉北歸見寄兼懷弋雲弟

聞君五月渡河西,愛弟聯舟手共攜。遠道浮雲天漠漠,當門芳草日萋萋。漳流阮瑀悲銅雀,與弋雲同賦銅雀臺詩最工。海外[一]王褒斷碧雞,兼傷闇公也。回首燕關政愁絕,江南況有鷓鴣啼。[二]

【校記】

[一]"外",《西陵十子詩選》作"路"。

［二］《西陵十子詩選》載馳黃評曰：最有腴致。凡五出地理字面而不覺複，其姿制勝也。

送薛子壽赴建陽

春明馳馬戲長楊，射策名高鴛鷺行。家世共傳周柱史，賦才直并魯靈光。豈堪雨雪遲南服，正領除書向朔方。應誚揚雄頭尚白，十年華省薄爲郎。

其　　二

幔亭春酒暫相邀，城堞參差極望遙。越界山川雲外出，閩天瘴癘日邊銷。潮生梅福浮丹渚，草滿江淹夢筆橋。君但南征莫留滯，長沙謫宦總蕭條。

雪堂宴集同楊季平、史仲冶、李天助、陸子玄、朱近修、梵伊上人分韻

鼓枻尋春興未闌，五湖明月此同看。城邊啼鳥楊花白，客裏開樽蕙草殘。玉麈影分衹樹色，少微星動劍光寒。江南何處堪回首，相見徒悲蜀道難。

送虎溪慧上人遊天台

仙嚴千丈聳丹霄，碧樹薩蔥跨石橋。梵落諸天青嶂合，江深孤棹白雲遙。鶴歸華頂常疑雪，錫度龍湫欲帶潮。借問興公能作賦，餘霞還起赤城標。［一］

【校記】

［一］《西陵十子詩選》載虎臣評曰：華頂一聯，何減興公赤霞之句。

送韓仲戩職方之京

黃河如練繞雙旌，丹闕嵯峨攬轡行。畫省昔曾高視草，儒臣今欲起談兵。樓臺曙色觀滄海，楊柳春陰滿薊城。莫道中原多躍馬，浮雲關外日縱橫。

清明遣興

草堂微雨送殘春，更值清明節候新。溪畔桃花初媚眼，江邊黃鳥未歸人。娛親愧我躭高枕，竊祿無心笑獨貧。莫傲子真居谷口，還欣吳隱作東鄰。謂錦雯也。

別離曲

蕭瑟離亭木葉飛，灞橋南望草霏霏。風吹隴水日初沒，馬到桑乾雁亦稀。幾度孤城迷曉角，誰家八月搗秋衣。去時楊柳纔堪折，落盡梅花猶未歸。[一]

【校記】

［一］《西陵十子詩選》載虎臣評曰：風調流逸，宛如太白、龍標絕句。馳黃評曰：酌梁陳之芳旨，以跳滋近律，故情紆而氣古。

答吳賜如同年華川見懷之作

霜天飛落雁飛殘,此日懷君道路難。繡嶺雲開雙澗落,石樓峰插九秋寒。山中許邁同樵采,海畔任公老釣竿。念我歸田殊未晚,滄江風急雨漫漫。

旅舍答陸子玄還雲間

三年夢想見容輝,一代才華擅陸機。作客爭悲新戰壘,投綸長傍舊漁磯。迎風堤柳垂垂發,近水沙鷗泛泛飛。歸去莫嫌驢馬疾,山城五月尚春衣。

有懷弋雲弟北邸

天涯爲客總多愁,攬轡那堪萬里遊。白社予終期海嶽,青雲爾暫挾驊騮。燕山落照看歸雁,馬首春風換敝裘。好向長安獨留滯,垂楊吹遍古揚州。

送李天助歸維揚

詩名南國有輝光,得是先朝李慶陽。別後兼葭暗瓜步,書來雨雪滿河梁。揮琴漫操飛鴻引,緩轡爭看君馬黃。知愛行遊棄軒冕,芰荷好用茸爲裳。

歸舟寄關六鈐兼懷岱觀子餐諸子

丹崖危磴抱江流，木葉蕭疏送客愁。此日秋風偏憶鱠，故鄉明月共登樓。潮聲天接孤帆近，海色雲高萬樹浮。歸去不須頻悵望，携家還作鹿門遊。

贈山陰顧小阮令君

越王臺畔水潺湲，花縣春風節使旛。名在竹林同散騎，賦成文麀并公孫。潮迴禹穴千山湧，日落西陵萬馬屯。此地聞君能緩帶，幾從修禊訪雲門。

寄訊宇台甸華諸子

故人搖落枕荒丘，意氣看君獨倚樓。江上春秋傷越絕，樽前風雨試吳鈎。青蠅作客誰堪弔，白璧逢人豈易投。兼感雲間之變也。兄弟天涯多難日，何時重訪昔同遊。

陸椒頌同年久寓湖上將歸賦別

多愁公子似秦川，歲晚登樓倍可憐。慷慨自吟豪士賦，蕭條欲擬苦寒篇。干戈北向音書隔，裘馬東歸雨雪連。醉倚離亭歌莫住，明朝分首各淒然。

送劉自怡之楚向從尊人別駕滯吳中

穆陵南去遍蒿萊，楚樹蒼茫極望開。十月風霜催客盡[一]，三湘鴻雁入秋來。黃蘆灘上寒流急，苦竹叢中畫角哀。薄宦天涯歸未得，烽烟滿地莫登臺。

其　　二

萬里荒原覽故都，十年詞客散江湖。離家王粲仍歸楚，變姓梁鴻早適吳。雨過溢城烟樹合，天連巫峽暮帆孤。臨流徒有懷沙恨，哀弔終煩賈大夫。

【校記】

［一］"盡"，《西陵十子詩選》作"去"。

送吳蒼浮之粵西

百粵城高接楚濆，馳驅雨雪賦從軍。伏波重見開秦地，司馬應傳論蜀文。博陸蠻烟連戍火，鬱林春樹落江雲。莫嗟客路君偏遠，此日南征好策勳。

過嚴既方留贈

疏林古寺暫停舟，夕照菰城萬樹秋。身隱爭如嚴處士，書成絕似董膠州。開樽風雨雙蓬鬢，臥病江湖一敝裘。客裏逢君正搖落，白蘋洲畔晚悠悠。

南湖雨汛兼送子玄天助西歸賦得蕭字

別路順風拂柳條,鳴榔湖畔雨蕭蕭。雲深遠樹遲歸棹,草沒寒沙擁[一]暮潮。江上青樽淹日月,山中白石伴漁樵。與君舊是淮南客,叢薄深林不可招。

【校記】

[一]"擁",《西陵十子詩選》作"起"。

贈龔芝麓太常時遊湖上賦別

吳城烟樹此停驂,緩轡南遊客思雄。藻鑒真如王太尉,典儀不讓叔孫通。軒車十月迴江岸,詞賦千秋見國工。暫解惠文朝野羨,應知臺閣舊時[一]風。

其　　二

乘興觀濤畫舫來,清謌瑶瑟夜相催。後宫争誦王褒賦,吳地驚傳謝朓才。蘆荻雲深尋鼓枻,江湖日落好銜杯。梁園賓客當時盛,無限秋風到吹臺。

【校記】

[一]"時",《西陵十子詩選》作"生"。

送楊燨友北歸

萬里燕關極望中,王孫歸路舊乘驄。銅盤露泣仙人掌,石馬風嘶禾黍宮。薊北寒沙吹積雪，黃河落日斷飛鴻。君行好上誇胡賦，直借時清一薦雄。

送溫陵林鐵崖憲副之韶州

百粵關河列戟明，朔雲飛嶺照霓旌。迴戈會靖蠻烟直，布檄能傳瘴海清。白草戍連虞帝廟，黃沙秋滿趙佗城。朅來坐擁滇源石，不用樓船解鎮兵。

贈及門祝匡廬計偕北上

同時孝秀滿公車，射策春明苑柳斜。自昔能文推盛覽，還從載酒識侯芭。綈袍莫擁燕山雪，寶勒應嘶杜曲花。前席如君年最少，好將詞賦動京華。

諸將 乙酉南渡時作。

屯營畫戟列崔巍，虎幄談兵劉武威。苜蓿遙連青海戍，烽烟重困白登圍。風驚牛渚驕銅騎，日射沙場卧鐵衣。血戰城南身獨死，陣雲還傍孝陵飛。

其二

仗劍東平舊俠遊，安西都護冠軍侯。紅妝醉擁鄴城月，白馬橫連瀚海秋。露布日煩軍府急，金繒徒擊廟堂憂。懸知太尉能清嘯，好整樓船下石頭。

其　　三

跋扈雄藩控帝京，沿江火隊照孤城。旌旗直捲黃□□，符璽先歸白馬營。犯闕竊傳袁紹檄，勤王空老趙奢兵。劍南蜀北無消息，誰道襄陽戰後平。

其　　四

援兵入衛壯軍容，百萬良家號選鋒。漢將威名原驃騎，黃河形勢壓盧龍。笳鳴絕塞乘秋發，雕落雙弧立馬逢。駐看六師齊解甲，甘泉一夜幾回鋒。

其　　五

漁陽老將久臨邊，乘傳重聞漢使還。一去關河空城壘，再行雨雪滿祁連。降城豈受王恢誘，持節誰同郭吉遷。碎首秦庭悲諫議，千秋淚灑玉門烟。

留別蘭江章無逸先輩

蘭陰山北露霭霭，坐對華溪老鶡冠。嶺樹雲生孤島沒，江城木落万家寒。片帆自喜滄洲近，濁酒行歌道路難。石上携琴愁獨嘯，只今流水幾人彈。

江　　上

有客乘船江上歸，江頭日日弄朝暉。天涯兄弟知誰在，海內音書到自稀。沙島白魚隨浪沒，野羅黃雀傍人飛。嚴陵灘下秋風早，回首鄉關淚滿衣。

許孝酌寄諸豔體并徵閨媛詩作此奉答

露冷梧楸映玉除,茂陵消渴近何如。蛾眉豈妒張京兆,鳳紙曾裁薛較書。懷裏明珠看窈窕,搔頭金薄答相於。憑將六憶寬圍帶,幸慰加餐雙鯉魚。[一]

其二

迷迭烟銷蕙帳開,佳人錦瑟夜相催。漫將鸚武傳金縷,好把珊瑚記玉臺。蜀國弦調求鳳曲,漢宮人比賦紈才。憐予寂寞芝田駕,風雨何曾有夢來。

其三

白雪辭傳響屧廊,清閨風暖鬱金香。詩成鮑照嘗誇妹,意感王珉好贈郎。但使同聲操綠綺,何須蠲忿覓青棠。當年鄂渚曾留詠,遙憶玄霜獨渺茫。

【校記】

[一]《西陵十子詩選》載馳黃評曰:情語不滯,更能于設色。

少年

挾彈鳴鞭向洛陽,鬖鬖白晳羽林郎。歸來匹馬長楸道,散盡千金陸博場。帳後美人能楚舞,坐中豪客解秦裝。五陵意氣知誰似,出袖純鈎尚雪霜。

贈陸儇胡是大行鯤庭子

憐予晞髮卧高岑，年少如君善陸沉。詩補白華同束晳，書成丹筆望劉歆。吟工郢曲陽春和，笑解吴鈎白日侵。招隱空林猿夜嘯，關山愁絶暮雲深。

唐豫公遷寓城西有贈

城邊樓閣俯長空，爽氣西山極望中。白髮悲秋千樹落，青樽銜日五湖同。客來仲蔚開蒿徑，賦就淮南老桂叢。獨是避喧人境外，蕭蕭風雨滿墻東。

扶荔堂詩稿卷十

七言律詩

江口別余澹心

送客江城楓葉哀，憶君遥在鳳凰臺。忽同黄鵠長爲别，況對青山再舉杯。廢苑草深麋鹿卧，寝園露冷雁鴻來。灞亭柳色年年緑，無那秋風兩鬢催。

毛卓人之姚江寄訊胥永公令君

别路秋深雁到疏，故人爲令近何如。知逢潘岳堪留飲，却道嵇康懶著書。野艇衝潮飛鳥没，江城積雨落楓初。客星亭畔勞相憶，爲我遥憑處士廬。

吴興沈隱侯祠

隱侯遺廟空城裏，野老逢時薦白蘋。六代詞華留禪草，千秋樽俎見騷人。東田漫詠郊居賦，北郭堪依處士鄰。有孫太初墓。惆悵持觴重[一]酹地，蕭條松栝幾回新。[二]

【校記】

［一］"重"，《西陵十子詩選》作"空"。

［二］《西陵十子詩選》載馳黃評曰：有感有刺，俛仰都書。

登飛英塔

參差塔影護招提，倚徙層樓萬象低。震澤浮雲連睥睨，盤江春霧變虹霓。烟生極浦諸峰合，日落荒城獨鳥啼。我欲乘風訪仙嶠，五湖飄渺接丹梯。

送別偉南兼得燕又書

柳暗嚴城曙色催，飛鴻遙自故鄉來。三年逐客浮雲斷，一日思君杜若開。易水風寒吹被褐，梁園雪霽對銜杯。祇憐帶甲江南滿，賦罷重登庾信臺。［一］

【校記】

［一］《西陵十子詩選》載虎臣評曰：句有遠思，故自吐納風流。馳黃評曰：三四妍逸，錢郎所難。

贈胡其章給諫

十載含香奉禁闈，明光起草鳳凰飛。金門楊柳低青瑣，玉檻芙蓉護紫微。但解近臣能抗疏，敢忘明主獨霄［一］衣。天顏咫尺長安遠，此後西垣諫草稀。［二］

【校記】

［一］"霄"，《西陵十子詩選》作"垂"。

[二]《西陵十子詩選》載虎臣評曰：慷慨之作，難其流麗。

贈蘭陰季滄葦令君

羨君雨雪擁襜帷，草色連堤匹馬遲。嶺上梅花何水部，樓中明月庾元規。懷人作賦堪同調，乘興移舟未有期。酒熟蘭陵頻握手，白雲巖畔正流澌。

贈曹秋嶽侍御還吳中

曉禁鳴珂紫陌長，朝回驅馬暫還鄉。埋輪擬著都亭望，題柱重高畫省郎。盡日燕臺收駿骨，同時楚國奏明光。自從陪乘多清晏，作賦應教獻柏梁。

其 二

名高鄴苑舊登壇，望擊蒼生且挂冠。十載黨鈎憂李固，一朝經術重倪寬。鵷班曉仗星辰動，梧掖春陰劍珮寒。回首西臺餘諫草，暮雲深處憶長安。

酬杜九高秋日贈懷時赴桐廬公署

携手河橋楓葉丹，尺書迢遞慰加餐。三江歸雁霜華落，一夕秋風蔓草寒。梁苑青樽邀月滿，郢中白雪和歌難。荒臺寂莫羊裘卧，好傍桐溪拂鈎竿。

冬至前二日逢黃州萬允康、淄川王浮來過訪兼訊姜如須臥疾之作

仲冬寒至雨相催，寂寞離亭客正來。別後鄉心逢臘盡，凍餘梅蕊待君開。天低泰華孤峰出，書到衡陽落雁哀。却憶故人能起疾，應知枚叔自多才。

庚寅除夕

何事蕭然寄此身，憑將遲暮玩芳辰。故園酒熟宜逢臘，明月花開未報春。雨雪漫勞驚旅鬢，歲華曾爲感騷人。爲三閭初度之歲。灞陵舊宅仍無恙，柏葉辛盤相對新。

辛卯人日偕景宣、虎臣、錦雯、宇台、馳黃舍弟弋雲素涵同作

經春雪霽散庭空，搖落偏傷物序同。豈有望鄉懷庾信，還從採藥訪韓終。玉缸傾酒寒浮綠，金縷裁人綵競紅。落雁花前莫驚訊，亂離兄弟各墻東。

人日重作用宇台韻

纔過除日復人日，此日江南似嶺南。止客欲沽桑落酒，出門忽見桃花潭。曾無車騎揖任昉，徒有著述思桓譚。三十蹉跎不稱意，看山雪後空晴嵐。

送陸宣珂水部還京

季珮承明供奉年，還勞簪筆頌甘泉。東方仙氣金門裏，南國詩名水部前。葭菼秋陰連極浦，芙蓉晚露散晴川。如君入洛思偏壯，昨日浮雲賦早傳。

送汪徵五赴宜州

縹緲孤城積霧封，天門晴插碧芙蓉。宜陽落照停驄馬，江樹秋風挂白龍。憲府旌旗遙海日，籌邊笳鼓戍樓烽。桂林愁絕張衡思，迢疊關山何處逢。

送何芝函侍御將歸西蜀

錦城南去望逶迤，一卧東山自起遲。秉鉞昔迎桓興馬，解圍從識謝安棋。秦關雁陣連烽火，蜀道蠶叢隔羽旗。爲問洪崖堪挹袖，相携肯負白雪期。

京邸別宋玉叔歸詣江寧

宿雨離亭送客愁，無邊芳草逐歸舟。憐君方解鄒陽獄，愧我仍披季子裘。擊筑興餘燕市月，移家心傍秣陵秋。此行南去休回首，日斷長河天際流。

五日過任城登太白酒樓作

賀監城頭暮色催，仙人樓上對銜杯。雲移萬樹窗中出，天接孤帆檻外來。醉擁繡袍虛獻賦，愁看滄海獨登臺。與君共弔懷沙客，蒲葉榴花倍可哀。

舟抵東郡喜遇方敦四宋右之疇三兄弟

樽前兄弟共離舟，此去驪歌不可留。是自馬卿愁作客，非關王粲倦登樓。片帆暮捲秦亭樹，細雨寒分瓠子流。滿路秋風歸興切，尊鱸深愧昔人遊。

宿京口登甘露寺

山寺憑高散晚暉，疏林閣道轉崔巍。城頭鼓角星辰動，江外帆檣烏鴉飛。萬里暮潮天際落，六朝春樹望中微。干戈滿地頻舟楫，巖畔何如早拂衣。

秋興 八首

鍾山烟樹俯城隈，木葉蕭森晚更催。滄海北懸雙闕迥，黃河東繞二陵來。松楸露滴啼山鳥，麋鹿秋深臥石苔。愁極鄉關倍詞賦，寄言庾信莫贈哀。

其　二

禁城風急響高梧，旅客驚心歲序徂。御苑松枝巢翠鳥，野塘蓮葉泛金凫。銅仙寂寞秋霜冷，翁仲淒涼夜月孤。獨是漁樵隨去住，到來天地有江湖。

其　　三

積雨南山鎖翠微，陰陰山色倍清暉。巖前白桂寒能放，樹裏黃鸝晚自飛。長統園林堪對老，灞陵妻子足相依。莫將衰鬢供軒冕，日暮行歌但採薇。

其　　四

碧殿淒清霜葉飄，江邊白草莽蕭蕭。調丹玉鼎虛朝暮，承露金莖向寂寥。鵲噪鑪烟通霧氣，鸛鳴沙雨挾江潮。華陽亦是神仙地，環佩空聞徹九霄。

其　　五

園陵露白晚蒼涼，倚閣峰陰對夕陽。萬里風烟長作客，三秋鴻雁各霑裳。沙驚玉塞歸戎馬，草沒銅馳憶故鄉。何處關山最愁絕，滿城哀角動飛霜。

其　　六

長安苑囿昔逶迤，歌舞頻年淑景移。露靜藤蘿依北渚，月明烏鵲繞南枝。陳宮廢井秋雲覆，伍相荒祠蔓草垂。追憶孝陵全盛日，蕭條風木夜深悲。

其　　七

芙蓉夾道起層樓，池水湖陂瀲灔秋。畫棟雕甍餘宿霭，鳳簫龍舸記宸遊。銀河倒接秦川影，碧海虛懸漢月流。爲問九嶷天子駕，回鑾不見使人愁。

其 八

天闕秋高暗落楓，先皇此地作離宮。翠華想象空山裏，玉殿虛無返照中。泛海魚龍歸舊壑，還家雞犬認新豐。可憐六代多興主，淒惻繁花覆野紅。

寓李氏別業簡白仲調兄弟

臨江虛閣抱巖阿，檻外微風振晚柯。遠樹鳥啼山翠落，深林蟬噪夕陽多。青樽有約休嘲客，白眼逢人且嘯歌。醉後詩成誰汝知，不妨開徑待羊何。

送尤展成還長洲

野戍烟飛柳向城，醉看晴日擁危旌。江邊沙嶼歸帆影，天際蒹葭落雁聲。幾度秋風悲宋玉，那堪多病老虞卿。薊門萬里鳴笳發，却憶涼州賦北征。所著北征草。

送林衡者還莆陽

策樟東尋瘴海濱，一身漂泊老垂綸。看雲嶺外江鴻落，驅馬平原岸草新。天柱晝懸千丈雪，武夷晴發九溪春。結廬欲傍壺公隱，知爾能遊五嶽人。

雲間許介夫董得仲見訪賦贈

尋山蠟屐日相從，五月蒲觴酒倍濃。滿徑蓬蒿同蔣詡，登堂雞黍愧茅容。二子偕同祝予母。遊仙舊識華陽館，採藥時攀少女峰。回首故園棲隱地，細林泉石有雲封。五六指董奉、許穆事。

秋日寄懷宋轅文比部視學閩中

驛亭朝雨送君時，南望閩天按轡遲。上客自高金馬賦，中原重起白雲司。嘉靖七子多屬刑曹。花飛晴雪開梁苑，桂發秋風到楚辭。羨有雄文傳海嶠，好憑瑤札慰相思。

送陳公朗太史奉使還河陽

朝辭丹闕錦城遊，海上星槎節使舟。賦就西都推左思，書成東觀籍楊彪。雲開少室三花見，日落澠池二水流。封禪只今須彩筆，周南車轍莫淹留。

贈郭疇生同年時爲東甌司諭

玉巖山側暫棲遲，避世閒庭賦紫芝。未并驊騮爭北冀，堪同鷃雀借南枝。憂時涕淚人皆誚，傲吏風塵我更疑。莫歎鄭虔餐不足，盤中苜蓿總淒其。

題吳子山齋

吳子齋居衹樹林，林花飛霰見禪心。傍檐鳥雀啼寒日，繞屋藤蘿挂夕陰[一]。寂莫揚雄誰載酒，羈愁叔夜獨鳴琴。秋江露白芙蓉老，鼓櫂聊爲澤畔吟。

【校記】

［一］"陰"，底本作"陽"，據《西陵十子詩選》改。

哭陸驤武　四首

徵君才藻自翩翩，夙夕譚詩樽酒前。抱瑟朱門數行淚，和歌白雪幾人傳。長將揮麈思玄度，未有遺書託仲宣。躍馬中原成往事，王孫芳草好誰憐。

其　二

侯雁南翔悵失群，朔風吹雪到江濆。釣竿長挂扶桑樹，賦草空凌越嶠雲。湖海未歸慙有我，山河已邈獨憐君。閉門倘使求封禪，誰道相如善屬文。

其　三

征馬蕭蕭動客悲，當門蕙草漸成帷。千秋詞賦能華國，此日賓朋挽素綏。白髮尚留徐庶母，青山空見蔡邕碑。嶺頭無數梅花落，忍向山陽暮笛吹。

其　四

五載音書嶺外看，故人無恙慰加餐。不將衰鬢傷時暮，耐可窮途保歲寒。風雨延津沉寶劍，蕭條蒿里誤儒冠。何須更傍要離塚，世許清操戴伯鸞。

周宿來家扶萬兩比部奉使閩楚還京喜值邸舍

薊城雙闕望嵯峨，八月星槎正渡河。羸馬漫勞悲雨雪，馳驅何意阻干戈。洞庭葉下啼猿急，天柱秋高落雁多。十載爲郎長執戟，空令華髮感蹉跎。

集衛澹石水部南權署園 前宰商城與楚接壤。

使君亭館鳳城西，錦石芙蓉傍檻低。梁苑曾分青玉案，襄陽昔醉白銅鞮。開樽樹色浮江影，拂幔松聲雜鳥啼。聞道謝公多勝賞，明朝蠟屐好同携。

送同年姜真源侍御還朝

鳴騶分路擁雙旌，節使長安露冕迎。殿陛秋高看隼擊，都亭人盡避驄行。霜飛劍氣搖秦樹，日落戈鋋指薊城。抗疏朝班虛左席，懸知庾峻舊威名。

上巳讌集蔣亭彥篆鴻兄弟於野堂即席分韻

草堂春酒逐芳辰，聯袂行歌曲澗濱。逸少蘭亭逢禊飲，蔣生蒿徑善留賓。桃花泛泛時沾露，黃鳥飛飛欲趁人。此日華林多勝侶，好吟流水和陽春。

如意詞　二首

生身金屋倚輕紗，臉際芙蕖泡露華。曾向綠珠稱弟子，誰言碧玉本倡家。香消暮雨花含麝，夢怯春寒鬢墮鴉。斜抱水弦隨意撥，梧陰深院合琵琶。

其　　二

罥罳春暖列鴛鴦，璧月微明照夜光。四角茱萸垂黼帳，雙心菀蒻蔽銀床。須教化鳥隨韓重，縱使爲雲伴楚襄。此夕定情還結願，日沉滄海總難忘。

晚春旅舍答素涵弟見懷兼訊景明方稷

春來苦憶惠連詩，昨日登樓慰夢思。木槿花開人病後，白楊風動雁歸時。鳥依沙磧寒相傍，月到金樽醉莫辭。惆悵昔遊懷二仲，應知徑草碧成絲。

報國禪院過訪姚山期隱居

禪扉深隱碧雲間，蘿徑蕭疏客到閒。自分尚平終五嶽，真如慧遠住廬山。秋陰古殿聞猿淚，暮雨空林抱犢還。樽酒談詩商往事，不嫌長臥掩松關。

登秦駐山絕頂望海

秦王駐蹕俯高峰，絕巘遙含紫霧重。縹緲丹梯通日月，巑岏蒼磴削芙蓉。千松雨積巢鳴鸛，萬壑秋深挂毒龍。莫道蓬州不可接，乘槎時有白雲封。

扶荔堂詩稿卷十一

五言排律

吳駿公太史同周子俶、馬丹卿、王周臣諸子讌集張無近令君湖上寓樓分賦

　　高閣臨幽渚，春風動綺筵。鶺傳上巳日，客聚永和年。白鳥翻花徑，青松覆石泉。名賢非渺爾，禊會豈徒然。賦就梁園月，歌調蜀國弦。長卿寧病肺，許邁實樓玄。落日沙中樹，浮雲鏡裏天。草深鷗泛泛，魚戲葉田田。和曲陽春後，論交樽酒前。彈棋安石墅，揚袂鄂君船。雁陣秦雲隔，漁歌越水連。江湖長寄傲，不用羨遊仙。

遊蘭陰大雲寺貫休佛像真跡

　　山寺鬱嵯峨，山城繞殿過。開簾低北斗，捲幔入天河。梵響飛泉落，禪心聽鳥和。石經傳寶志，古壁現維摩。江樹懸秋雨，沙鷗趁晚波。僧閒常洗鉢，客到愛捫蘿。自得滄洲興，翻爲白石歌。浮生如可證，長此臥漁簔。

懷黃觀只獄中

已辨鄒陽獄,聊爲莊舄吟。傳言數驚訊,故國一相尋。客去黃金散,憂來白髮侵。南冠同受縶,北闕少知音。海內求張儉,關中想季心。短歌時慷慨,長夜獨幽陰。倦鳥依高壘,鳴蟬托密林。華亭虛唳鶴,中散罷彈琴。但信天閽遠,須知人意深。同時寥落盡,橫涕欲沾襟。

張祖望孫宙合見過不值

花發柴桑里,秋深正及晨。高軒慙過客,小築畏迎人。叢桂淮南謝,征鴻塞兆頻。吳鉤看夜色,郢曲和陽春。劇病唯耽酒,浮名益損神。上林龍臥穩,古壁鳳題新。未識孫登嘯,難邀仲蔚輪。青天過鳥雀,白日到松筠。詩思愁偏壯,交情晚更親。兵戈煩歲月,雨雪念艱辛。紛擾當今日,蕭條寄此身。草中閒荷鍤,江上老垂綸。密爾除蒿徑,陶然漉葛巾。何時重握手,偕與問迷津。

偃松篇題長安報國寺

古寺招提勝,千秋見偃松。喬枝連絳闕,積藹護金墉。地敞金牛伏,天分翠蓋重。雨深鳴鸛鶴,風急走蛟龍。素節仙人餌,青葱少女峰。氣凝星漢動,脂潤月華濃。玉鼎春長住,金莖晝可逢。秦皇徒汗漫,終不羨登封。

無題次韓渥韻

軒車臨綺陌，步障起芳塵。珠箔纔生月，銅簽早報晨。香猶憐物舊，人豈愛縑新。密誓情逾重，私書語未真。金蟲低墮髻，玉筯損微顰。豔曲歌桃葉，文窗掩桂輪。無言傳去鳥，有恨託修鱗。結勝花宜壽，藏鬮采試春。靈芸方入魏，徐淑早歸秦。梔子縈衣帶，胡麻隔路津。水弦調鳳柱，綃帳錯鮫珍。麝月熏猶薄，檀霞浥未勻。珊瑚持贈客，鸚武解留人。十五能閑禮，羞爲宋玉隣。

其二 倒押前韻。

蓬山遥在望，珠館接爲隣。碧瓦翻青鳥，雲屏映玉人。調絲歌轉迫，薰履狄初勻。麼鳳纏紅粟，盤龍間紫珍。匏瓜終失偶，烏鵲久迷津。織素文稱蜀，摶箏曲本秦。開妝成獨笑，淺靨白勝春。玉杵春靈藥，金盤剖細鱗。溫郎嘗把鏡，潘令欲迴輪。歡洽疑還夢，啼多似轉嚬。延年歌不足，周昉畫難真。餌藥蠶絲結，藏花鳳子心。棲鳥驚促夜，秉燭達良晨。唱盡無愁曲，虹梁暗落塵。

壽陸母裘太孺人兼贈景宣梯霞左械諸子 時立春後一日。

獻壽高堂晏，稱觴令母賢。采蘩歌世職，詠絮紀彤編。日映椒花麗，春暉彩服鮮。鳳毛披五色，麟脯擘千年。隔幔傳韋逞，牽車佐鮑宣。留賓陶母髮，供菽莨陽田。辭檄千鍾薄，丸熊乙夜連。林風誇謝範，女誡繼班傳。種柰金庭館，調脂碧藕泉。白榆長歷歷，黃葛自縣縣。綵縷迎新歲，春霄迥曲筵。北堂群拜母，共和羽觴篇。

扶荔堂詩稿卷十二

五言絶句[一]

【校記】

[一]《西陵十子詩選》載馳黄評曰：飛濤五七言絶能融液樂府三唐而取其雋。虎臣評曰：秀媚之中往往奇出。

登建業城

雙闕連幽霧，孤城接暮潮。六朝餘恨在，松柏日蕭蕭。

懷王玠右兄弟

帶雨荷鋤急，臨流抱犢還。知君棲隱處，應傍陸機山。

渤海道中

馬首燕山暮，横吹塞上歌。愁雲飛不盡，白日滿滹沱。

宿　清　河

望里孤城出，鄉心入暮寒。歷亭雲未落，回首見長安。

燕中雜詩[一]　　八首

賜第長安陌，雙槐夾道斜。門前金敕字，知是徹侯家。

其　　二
使君呵殿來，駿馬玉輨轤。言從許史第，不避執金吾。

其　　三
教坊諸女兒，摘箏手如玉。生未識宮門，彈盡宮中曲。

其　　四
幽州行馬客，虬鬚鐵鎧襠。揚鞭一躍去，不顧千金裝。

其　　五
翩翩俠少年，相見各駐馬。長揖不通名，高呼酒樓下。

其　　六
黃袷羽書飛，雲中獵騎歸。漁陽甌脫地，昨夜解重圍。

其　　七
遥遥阪[二]上車，驅出郭門早。爲[三]問鳴珂客，從遊洛陽道。[四]

其　　八

易水千年色,悲歌意氣新。非無壯士怒,誰是入秦人。

【校記】

[一]《西陵十子詩選》題作"癸未燕中雜詩"。

[二]"阪",《西陵十子詩選》作"坂"。

[三]"爲",《西陵十子詩選》作"借"。

[四]《西陵十子詩選》載馳黃評曰:筆墨神至不復較格,然諸詩自無一頹格語。

江南採菱曲六首

江邊諸女郎,迎風蕩輕槳。採之欲貽誰,爭看各盈掌。

其　　二

葉上露如珠,相戲弄清渴。濺却紅藕裙,伴羞理裙帶。

其　　三

菱葉水上浮,芙蓉水中沈。持作揚州鏡,許底照儂心。

其　　四

采菱復采菱,刺多恐傷手。盼殺馬上郎,顛倒摘蓮藕。

其　　五

羅襪凌橫[一]波,步步香風逐。鴛鴦不知冷,伴儂水上宿。[二]

其　六

白榜出長蕩，素腕揚輕羅。弄潮各歸去，齊唱采菱歌。

【校記】

［一］"橫"，《西陵十子詩選》作"素"。
［二］《西陵十子詩選》載虎臣評曰：語意新巧而不傷質。

潤州登北固望江

晚眺千峰秀，江流抱磴開。白雲天際出，疑有泛槎來。

發　揚　子

朝發江水上，暮宿江水頭。送盡南來客，江聲日夜流。

竹亭尋慧上人不值書壁

我來尋遠公，知向天台路。山空聞磬聲，月落虎溪樹。

墻　頭　花

江上船歸晚，墻頭花正新。春風自開落，愁殺路旁人。

閨　意[一]

月出生微涼，團團上高樹。未照妾羅幃，先到黃花戍。

【校記】

［一］《西陵十子詩選》題作"閨思"。

登八詠樓

孤月澄如練,千山翠欲浮。當年樓上客,此際不勝愁。

登昇元閣有懷方爾止

飛閣懸江樹,蒼蒼入暮雲。昔遊人散盡,何地可遲君。

明妃曲

淚盡燕支幕,蛾眉到處疑。誰憐青塚月,猶作漢宮悲。

長信怨

鳳管迎風度,朝陽薦舞衣。却嫌梁上燕,偏傍玉階飛。

爲宋玉書題畫　二首

秋山望無際,飛泉激空響。唯有江上雲,漁舟日來□。

其二

疏林烟火静,月出覆茅屋。坐卧桃花潭,風水數竿竹。

張森嶽守憲吳興署園雜詠

浣花亭

碧沼環芳砌，紅欄葉盡舒。亭邊花獨笑，翻信吏情疏。

高　臺

高臺望城闕，萬木俯長空。無限青山色，朝朝對謝公。

湧月軒

清暉娛幽人，潭影上階白。金波向夜浮，長照梁園客。

池　上

樹靜雲影散，花落鳥啼疾。坐愛北風涼，當軒撫瑤瑟。

撿經堂

虛堂風露清，覽卷興未極。拂幔下庭除，亂落琅玕色。

扶荔堂詩稿卷十三

七言絶句

長 安 立 春

薊北風高衣滿塵，辛盤柏葉坐逢春。酒杯添有他鄉淚，裘馬誰憐失路人。

客中寄懷陸景宣時在東甌　二首

一片征帆挂夕陽，江流雲樹共蒼蒼。遥知兄弟天涯盡，鴻雁何勞到故鄉。

其　二

君仍留滯阻龍湫，予復飄零向睦州。爲問謝公樓上月，清光還似故園秋。

楊柳枝辭[一]　八首

二月春城樹挂絲，大堤遊女踏歌遲。可憐漢水東流去，争唱新翻楊柳枝。

其　二

紫陌風吹落絮殘,渭橋南畔拂雕鞍。閨中莫使輕攀折,留與征人馬上看。

其　三

桃葉初黃杏葉齊,水流東去燕飛西。春風總是關情思,故遣垂楊繫馬蹄。

其　四

密樹鶯啼宛轉橋,春來先發最長條。隋堤獨有花如霰,曾與宮娃鬭細腰。

其　五

城頭驛路各依依,漠漠隨風隊隊飛。此日高樓正垂手,異鄉孤客莫沾衣。

其　六

灞圻烟光暗斷魂,飄零歸路怨王孫。[二]天涯到處生芳草,唯見楊花落故園。

其　七

嫩葉微風散碧絲,高枝晴日囀黃鸝。同心綰就將誰贈,[三]閒向青樓撲酒旗。

其　　八

古渡棲鴉噪晚烟，紅亭緑[四]酒駐歸鞭。江南萬樹垂垂發[五]，送盡春光不記年。

【校記】

[一]《西陵十子詩選》載虎臣評曰：楊柳四闋，中晚之逸響。

[二]"灞圻烟光暗斷魂，飄零歸路怨王孫"，《西陵十子詩選》作"徙倚紅樓正斷魂，迢遥歸路怨王孫。"

[三]"將誰贈"，《西陵十子詩選》作"誰相問"。

[四]"緑"，《西陵十子詩選》作"騰"。

[五]"發"，《西陵十子詩選》作"緑"。

宿雙溪驛留別華川諸子　　二首

露下風清幾雁群，楚江歸棹暫時分。芙容峰外千家樹，明日相看是白雲。

其　　二

離亭把酒漫盈樽，我自携家向鹿門。莫歎天邊歸路少，穆陵南去更消魂。

酬　陳　際　叔

延津千尺淬芙容，雪色純鈎匣裏逢。欲把贈君還却顧，恐隨風雨作蛟龍。

戲答張伯還

長安三日尚微霜，回首仙源未渺茫。千樹桃花應有意，不知何地住劉郎。

惆悵辭　八首

妝就蟬鬢帶露濃，還疑臉際着芙蓉。蚤知鄂諸人難見，不向高唐夢裏逢。

其二

蘭房香燼鳳膏明，悍撥新調玉樹箏。宛轉歌中猶有恨，合歡帳底不勝情。

其三

無限春風傷妾懷，但隨離夢繞天涯。相思未必還相死，早已為君斷玉釵。

其四

梁掩蛛絲暗落塵，羅衣幾見淚痕新。裁成白紵空相憶，折得黃花不贈人。

其五

朱門流水莫愁家，何處青驄向狹邪。深閉珠簾春欲晚，墻頭開盡碧桃花。

其　　六

洗妝樓上捲流蘇，翠黛香微減玉膚。一自寶釵分散後，更無人與握珊瑚。

其　　七

昨夜花開香滿枝，今朝不復見花時。總教妾有如花色，落盡東風那得知。

其　　八

夙昔相親似海深，總然棄擲到於今。不如還妾雙挑脱，悔却遺君玳瑁簪。

送姚象懸之柳州　　二首

黃沙飛雪暗孤城，驛路蒼茫送爾行。此去南樓能對酒，潯陽江外幾峰晴。

其　　二

龍城柳色接雲低，一片征帆駐柳溪。聞道江南花似霰，風吹不到夜郎西。[一]

【校記】

[一]《西陵十子詩選》載虎臣評曰：全從青蓮化出，然語類而意自别。

龔芝麓太常坐上題韓幹畫馬圖　　二首

韓侯畫馬昔稱雄，玉勒驕回御苑中。何日將軍掃西極，黃榆萬樹起秋風。

其二

欲躍揚鞭控復回，驚看此種是龍媒。空餘駿骨千金價，問道諸侯誰愛才。

仙源山感[一]舊爲傳長質賦

流水桃花幾度春，昔年此地誤劉晨。仙源舊路終難覓，種得胡麻不見人。

【校記】

［一］"感"，《西陵十子詩選》作"憶"。

哭亡友姜吏部如湏　五首

吳城烟樹各蒼茫，草閣蕭條抱夕陽。我自臨風懷謝朓，千秋辭賦欲凌霜。

其二

十載辭官駐碧峰，吳門燕市各相逢。知君袖有雙神劍，躍入延津化白龍。

其三

梁園舊客半沉淪，白雪清歌起後塵。漫有雄文傳海嶠，更留書籍與何人。

其　　四

樽酒逢君悵別情，陽春欲和信難成。論交海內誰知己，淚盡譚詩王子衡。如須歷指當代作者，獨謬許予詩，故益深西州之慟。

其　　五

變姓南遊強自寬，越來溪畔暫投竿。直須死傍要離墓，白日青楓江上寒。

長幹雜謠　四首

生長金陵白石村，爭如桃葉復桃根。渡江不用迎人槳，自有兒家龍子幡。

其　　二

與歡相約石城西，夜半分明唱大堤。偏是樓頭烏柏鳥，惱儂只近五更啼。

其　　三

日落江邊出浣紗，杏腮檀口各爭誇。此來一樣嫣紅色，笑指階前姊妹花。

其　　四

長干江北水東流，客自巴陵向汴州。借問門前白艇子，郎船只在磧西頭。

送吳鑑在錢幼光還皖城　二首

昇元虛閣夜聞鐘，回首南山積霧重。最是皖江烽火地，登高愁上石樓峰。

其　　二

江亭攜酒悵離群，白雁丹楓此送君。無限故鄉遊子意，秋風吹作蔣陵雲。

沈去矜見寄新辭

新翻禁曲繞虹梁，一拍琵琶淚數行。寄語何戡莫輕唱，月明重與換霓裳。

送沈冠東之長安

木葉蕭蕭送客哀，揚鞭欲躍重徘徊。知君此去多霜雪，何地逢春再舉杯。

弘光宮辭　十二首

朝曦光射御牀高，內殿傳宣賜錦袍。宴罷早朝齊未散，君王重赴醉蒲桃。

其　　二

平陽歌舞未曾休，回鶻新排萬歲樓。特愛教坊諸樂伎，大家親賜與纏頭。

其　　三

續命朱絲五色裁，龍舟競渡五湖迴。一行簫鼓樓前過，阿監傳呼採藥來。

其　　四

吳姬織手擘鵾弦，國色傾城倍可憐。三十六簧齊奏曲，箇中誰識李龜年。

其　　五

御書中使閤門馳，黃袷斜函屬太師。今日臺官有封事，莫教先給近臣知。

其　　六

九薇華燭吐清光，碧瓮銀鉼列御牀。大官捧進紅虬脯，敕與宮人次第嘗。

其　　七

金彈拋回馮子都，隊前騣褭繫珊瑚。揚鞭不顧官家喚，笑指宮娃解鹿廬。

其　　八

金屋沉沉晝不開，玉階銅砌鎖苺苔。長門豈有陳皇後，莫遣相如進賦來。

其　　九

新成芳樂貯潘妃，傾盡江南繡錦圍。聞說君王憐窈窕，紫宮雙燕却爭飛。

其　　十

十四新承雨露私，雙蛾微汗透臙脂。六宮更置司花女，不用羊車引竹枝。

其　十一

別院排當第一斑，魚龍百戲雜中間。臂環金粟都宣賜，獨付琵琶教阿蠻。

其　十二

日挂扶桑虬箭催，鑾輿擁上集靈臺。吾皇自有千秋樂，不勸長庚酒一杯。

聽鄭文范搊箏　二首

蒲桃酒暖撥鳴箏，散作明妃出塞聲。夜半忽聞歌此調，羅衣淚滿不勝情。

其　　二

檀槽銀蠟夜驚催，一曲離歌酒一杯。漫道春風不相憶，棠梨花發我重來。

少年行

探丸馳道入咸陽，使酒高呼陸博塲。昨夜報仇身未死，佩刀猶帶月如霜。

古意 二首

五陵裘馬各天涯，閉妾深閨三見花。用盡黃金買歌笑，倡樓雖好不如家。

其二

桑落灣頭桑樹稀，天津渡口鸕鷀飛。別郎河畔花開日，蓮葉如錢猶未歸。

贈何爾胤書記時同錦雯遊蕪湖 五首

賓客叢臺散綺筵，何生書記尚翩翩。休言抱瑟揮雙淚，不向王門已十年。[一]

其二

蕭蕭白髮老長安，一醉春風墮鶡冠。舊日少年多躍馬，憐君能作布衣看。

其三

牛渚磯邊賞詠亭，同遊辭客但飄零。綈袍剩[二]有春山色，來映峨眉楊柳青。

其　　四

得傍窮交晚更親，羞將衰鬢客風塵。相逢莫道無知己，白眼看君有幾人。[三]

其　　五

十里溪山唱鷓鴣，一時春興滿江湖。金陵有妓能留醉，可憶文君舊酒壚。[四]

【校記】

[一]《西陵十子詩選》載馳黃評曰：感慨温厚。
[二]"剩"，《西陵十子詩選》作"勝"。
[三]《西陵十子詩選》載馳黃評曰：作慰語，反愈見感愴，善翻古意。
[四]《西陵十子詩選》載馳黃評曰：爾胤性篤交義，贈詩盈卷，而悲涼惋切，無逾此數章者。又爾胤向得文君，中更遭仳離之變，其平生抱恨獨此，故有未向，亦善爲遣哀已。

爲馳黃悼妾[一]　　七首

茱萸鏡掩畫屛空，香暈檀霞涴粉融。追憶曲欄閒凭立，釵頭斜壓海榴紅。

其　　二

犢車宛轉障烟鬟，洛水尋春未有還。盼得盧郎情更切，何時金盌出人間。

其　　三

鄂水巫山恨有無，芙蓉爲佩玉爲膚。崔娘可是關人意，檢點春風

129

與畫圖。

其　　四

紅冰淚盡鏤金衣,玳瑁梁空燕子稀。留得枕前雙薤膝,教人腸斷華山畿。

其　　五

好向[二]長堤擊玉駒,茂陵消息豈重諧。窗前不擲相思子,祇爲恩深白燕釵。

其　　六

雙金條脱縮輕紗,應是前身萼綠華。不爲[三]姬人怨服散,露盤空搗寄生花。

其　　七

蕙帳低垂虹[四]影紅,綵[五]繩斜晥玉簾東。蘅蕪燒盡人難見,疑在銀河黯淡中。[六]

【校記】

[一]《西陵十子詩選》題作"爲馳黃悼亡姬"。

[二]"向",《西陵十子詩選》作"去"。

[三]"不爲",《西陵十子詩選》作"漫説"。

[四]"虹",《西陵十子詩選》作"燭"。

[五]"綵",《西陵十子詩選》作"採"。

[六]《西陵十子詩選》載虎臣評曰:步幄珊珊,此更以翻用見佳。

扶荔堂詩集選

（清）丁 澎 撰

序

　　古之爲文者，不具體、不備製、不衷益篇帙，爲所能爲，而自可以傳於人。故漢後名人遺集，自《藝文》所載，以暨洪芻、路子諸本，雖互有參錯，然多不過十卷，少亦數卷而止耳。宋則必具體、必備製。而由明迄今，且必更多其篇帙以衒煩富，繩編布捆，不可底極。然而古以寡而易傳，今以多而反不必傳，則又何與？予少時即知臨安有丁藥園先生，能以制舉義雄視海内，號曰登樓。一時爲制舉家，無不争相矩步，以爲楷模。而先生則復以詩古文爲登樓之宗。猶憶登賢書時，值先生以容臺諸郎主文大河南者，間拔予於升論之次，呼予前而告予以爲詩爲古文之道，予至今猶能記之。而惜乎愛才過甚，偶不檢於例，遂致一蹶而不之振也。乃先生以拾塵受過，驅絶婁粟末之鄉。目眺松河，口吟《橘頌》，猶且流連風物。輯諸所爲詩别爲一集，予嘗讀而悲之。暨乎聖天子洞鑒幽抑，爲之賜環，遂得以黄冠歸故鄉，閉門撰述。於是著等身之書，而諸體備具，衷然卷帙。則向使先生爲郎，含雞無恙，徒徘徊二十四舍之間，即或遷諸大秩，周列華膴，亦安能至此！然則窮達之難齊，而得與失之未有定也。夫玄黄繡黼，不溢筐筥，必致之理也；高文典册，難以襲致，自然之勢也。故長卿爲文，動極閎博，而其後以空居自謝；即蔡邕、劉向諸儒，淹通載籍，而究其所著，不過封事奏對，與所傳雜文數章而止。何則？高倡者難爲繼也。故初盛之時，以簡貴自行。而羅劉溫李，盈縑累幅，其多寡之數亦可驗矣。乃先生詩本黄初，律宗神景，賦擬卿雲，辭追景宋，而至其雜文,各見之於班馬韓歐之間。則繹使編摘未成,卷帙未就,即鳳毛龍介,偶見人間,尤足以踞選樓而傲文苑,而況乎渢渢洋洋,攄五庫九總,而統以成其三十六種之勝。雖欲不多傳而不可得也。今聖天子博求名碩,將取高文爲華國之資,既已璧帛到門,四輩敦趨,而先生以高致謝去。顧經世華文,不問顯晦,他日開明堂而議封禪,諸儒撰引,各有異同,安知不復以長卿之頌、蔡邕之論爲程書也哉。

朝霞受業李天馥拜譔

//

扶荔堂詩集選卷一

五言古　雜集

仿古詩十九首

行行萬里餘，言從雁門道。白日蔽塵埃，嚴霜吹勁草。生別在須臾，車驅一何早。送君出重闉，四望天浩浩。凝水結衣袂，晨餐無宿飽。中夜起徘徊，豈若故鄉好。含涕還入房，雞鳴日初杲。遊子不念歸，紅顏獨愁老。

　　朱止谿曰："歎行役也。風格峻絕，關鎖極嚴。中寓一段波瀾，虛實盡致。漢代舊譜，鴛鴦得此，金針暗度矣。"

其　二

初日照高樓，樓上顏如玉。卷葹垂新芳，當窗萋以綠。弱腕揚輕羅，臨妝自結束。所思在遠方，盥手餘膏沐。黃鳥翻然飛，安弦理清曲。良人行不歸，音響何能續。

　　朱止谿曰："敘室思也。怨情雅遠，直逼西京，不屬子建黃初風色。"
　　施愚山曰："風味悠長，《卷耳》、《草蟲》之遺韻。"

其　　三

長安盛車騎，彫甍交廣陌。宛宛路傍葵，舊是王侯宅。津要勢灼天，時移若轉軛。百歲不崇朝，一去無遺跡。所以蓬蒿子，多爲寸陰惜。烹葵日飲酒，欷歔亦何益。

　　朱止谿曰："弔古諷時之作，炙手場中具此冷眼，真英雄也。"

　　毛稺黄曰："宛宛路傍葵，烹葵日飲酒，此古詩中章法處。"

其　　四

明星何歷歷，流水何滔滔。仰視歲序移，凝陰十月交。今日良歡晏，烹臑列嘉肴。麗質揚清歌，哀響紛弦匏。主人起行觴，客且爲我豪。對此胡勿樂，人生若逝飇。良夜不須臾，晨光易以朝。遺我藥一丸，無乃王子喬。服食顏美好，柔骨終野蒿。黄金高插天，不如守故巢。

　　朱止谿曰："詩歎久役憂生之情，與日俱往也。曉人不當如是耶？呼人醉夢爲醒。"

其　　五

孤桐高百尺，托根嶧山岑。枝幹凋青霜，裁爲緑綺琴。中閨坐愁思，纖指發清音。按軫移宮羽，含意殊未伸。一彈楚女歎，再彈別鶴吟。柱促一何悲，聽者淚盈襟。流光照羅幃，明星爛錦衾。空房易成響，浩蕩繁春心。

　　朱止谿曰："懷人也。太音希聲，一唱三歎，此善讀漢詩者，自不類煩聲促節諸調。"

　　李湘北曰："宛而不萎，豈繁欽怨歌所能比。"

其　　六

灼灼芙蓉花,宛宛生江渚。漙漙露未晞,離離袂輕舉。裛之有餘芬,采之不盈筥。當風寧巾帶,惆悵心自許。願託長相思,含睇眇愁予。

　　朱止谿曰:"自傷忠愛而不見於君焉。君子身分高,不輕許人,正妙於自寫照。古詩贈子以自愛,如是如是。"

　　朱轅文曰:"嫋嫋餘音,含情無限。"

其　　七

彼美繁華子,羅綺何翩翩。挾彈策鳴驪,遊戲宛洛間。要結意氣傾,投分在一言。風波忽相失,棄我如草菅。寒秋白露下,客子衣常單。慷慨亦何爲,貧賤良獨難。黃鵠刷勁羽,彷徨誰見憐。

　　朱止谿曰:"刺邁交也。正人身分,卓爾故在。"

　　宋荔裳曰:"交情溫厚,怨而不怒,確是漢音,黃初而後鮮不奪臂拍張矣。"

其　　八

草生磐石下,結根在高原。松柏有同心,女蘿知纏綿。與君締新婚,惠好同車軒。固匪桑中期,青鳥逝不還。穠華灼桃李,春風一何繁。鵙鳩吟高枝,蕙草日以殘。良辰坐銷歇,攬鏡私自憐。君子念行役,賤妾何尤怨。安得託比翼,雙飛入雲端。

　　朱止谿曰:"忠愛之言也,君臣初終之義備矣。起手風興,較古詩'冉冉孤生竹,結根泰山阿',更翻出一層興義矣。"

其　　九

青樓臨綺陌,阿閣雙重扉。園中桃李花,蝴蝶參差飛。佳人撫清瑟，弦促令人悲。悽音感百卉，微風動羅幃。坐歡凝脩蛾，未知所思誰。容華不自惜，零落隨春暉。

  朱止谿曰："傷不遇也，正於撫琴不彈處見之。"

  梁蒼巖曰："不知所思誰，質古。太白'不知心恨誰'，情直而露。於此辨漢唐之分。"

其　十

耿耿牛女星，漫漫隔天路。依依渺河漢，迢迢不能渡。中夜遙相望，所思在南浦。馳情一水間，因風自洄溯。相見會有期，何惜朝與暮。

  朱止谿曰："懷舊思也。所思在南浦，千古交情，正于初別時較濃，動人百思耳。"

其　十　一

晏歲日苦短，人生信無涯。出郭步念之，下見塚纍纍。長臥奄豐草，未識身是誰。蟾兔墜東井，羲御倐已馳。諒無磐石固，曷不乘清時。去日杳成昔，來日何能知。骨朽隨物化，令名永不移。睠彼羡門子，一去無返期。

  朱止谿曰："詩歎逝者，立身貴早也，益知仙游之妄。"

  彭雪厓曰："去日二語令人骨驚。"

其　十　二

東城鬱嵯峨，上與浮雲接。白日結層陰，悽悽孟冬月。繁霜殞秋草，悲風一何冽。極意當歡娛，胡為日愁慼。燕趙有名姝，皎皎如冰雪。羅帶隨風飄，芳香暗相襲。皓齒揚清謳，激楚音淒切。流盼蕩人心，含情逾修潔。引領寄綢繆，搴裳渺難越。願為瓊樹枝，以慰長饑渴。

　　朱止谿曰:"思不忘故也,苦進前而不御,却非風騷變聲。"

其　十　三

步出北邙山,松柏翳浮雲。野蔓抱根株,蕀蕀延墓門。石馬嘶晨風,狐兔將其群。不知何年代,中有千歲人。貴賤無賢愚,淹忽昧朝昏。行者不見知,唅沓向此鬘。人生同逆旅,地下常久存。

　　朱止谿曰:"達生之言,何曠爾。晉士大夫酒中裸袒挽歌以爲樂,漢風其衰矣。"

　　王夙夜曰:"意旨本於莊生,而措詞特警悚。"

其　十　四

親故日以疏,行路日以戚。短日續長夜,暮歲相追迫。華屋成丘墟,荆榛蔽城郭。悲風吹白楊,天地各改色。獨行寡儔侶,豺虎更相索。願言返故廬,躑躅將安適。

　　朱止谿曰:"行路難曲也,憂而不困,志士取正焉。"

　　陸冰修曰:"蓋諷汩沒世途,往而不返者。危言悚聽,老大徒傷,讀此得無猛省。"

其　十　五

前堂列歌舞,極宴羅盤餐。有酒旨且柔,葡萄錯其間。衆賓各言醉,但坐且勿喧。朝槿不再榮,蜉蝣無夕妍。爲樂須及時,皎髮被其顛。安得翻日車,令君長少年。

　　朱止谿曰:"古人進德修業,并欲及時也,不當與歎老悲憂作一例看。"

其　十　六

冬暮玄霜至,日月逝何促。遠道寒無衣,當夜理杼柚。錦衾爛流光,展側餘芬郁。良人處天末,夢寐遥相矚。瑟瑟羅牀幃,彷彿聞膏沐。嬿婉多新歡,容輝宛如夙。朱弦久欲絶,膠漆誰能續。携手不須臾,渺渺成獨宿。願言比翼歸,長托雙黃鵠。

朱止谿曰:"逐臣棄友之懷,以冀君之一悟也。屈子、班姬心焉寫之。"

其　十　七

孟秋白露降,流星何粼粼。河鼓遥無梁,牽牛不負靷。相望天一涯,因何託芳訊。昔與君別離,贈我青銅鏡。鏤以雙鴛鴦,文采互相映。光景入我懷,含睇獨愁迸。一心不自明,安能悦容鬢。抱此當告誰,沉吟嗟薄命。

朱止谿曰:"詩刺惑也。託之青鏡能鑑人心,故惑也。不欲自明,此貞臣之志。"

其　十　八

鴻雁自南來,遺我機中書。開緘何所有,伴以合歡襦。含情觀中帶,雙環結明珠。明珠四角垂,環乃當中居。短長適稱體,馨香懷有餘。珍重意良厚,被服永勿渝。秋風忽見御,臨發還躊躇。

朱止谿曰:"以後二章賜環詩也。其歸如幸,復如疑上臣高懷如溯。"

弟澹汝曰:"諷結語,知其却玄纁而甘泉石。當時早有定見矣,鴻飛冥冥,惝怳遇之。"

其　十　九

明月照我牀,皎皎弄清霭。微風響庭柯,彷徨不能寐。雨雲懷遠方,春華視衣帶。同心會有時,纏綿自珍愛。珠玉墜泥中,詎忍長捐棄。

朱止谿曰:"古詩昔人謂源出國風,因列之正聲。鳳洲先生稱其無階級可尋,非也。余嘗以六義範之,稱正聲,良是。今出藥園子詩以正之,知士衡擬仿,晉風其日頯乎。"

錄別八首

鶗鴂變哀音,枯條結繁霜。不惜衆芳萎,所悲道路長。晨興整衣帶,明星入我堂。馬行戀生芻,客行思故鄉。出門誰與懷,況復踐沙場。羲馭不可停,海水不可量。或當有還期,擊鬢徒憂傷。

王阮亭曰:"蘇李贈答詩高蒼悲壯,於淒宛中仍不失英雄本色,當時擬爲錄別,神氣奄索便已去而萬里。此八首借古題以抒己蘊,音節激昂,格調豪宕,擬古而不泥於古,直駕河梁而上之矣。"

其 二

今日樽酒別,日歸復何時。同裯勸餐飯,氣抑難致辭。絜理不及裝,僕夫駕言遲。送者自崖還,萬里從此馳。修途且局笮,令名安所施。微軀固自保,筋力日以衰。老至睠鄉里,饑渴焉能知。

其 三

榆關眇天末,海盡山亦窮。天地各異色,慄烈無春冬。徘徊顧大野,流水咽不鳴。我馬行且疑,浮雲縱復橫。涼風凋枯桑,榮瘁若轉蓬。烈士發浩倡,慷慨難爲容。

徐健庵曰:"起手聳突,全作勁挺,孤蒼矯然卓立。"

其 四

灼灼池中荷,下有雙鴛鴦。蕡葹在空谷,移植乃不芳。與子同衾影,何爲天一方。悲來無意緒,刺促戒嚴裝。匹帛手自縫,有時倒衣裳。白首以之期,中道忽已央。容輝詎堪惜,亮節固所臧。休言生別離，泉下莫相忘。

> 魏環極曰："古詩努力愛春華，此云'容華詎堪惜'，以擬子卿別婦之作，更婉而貞矣。"

其　　五

嗟余遠行客，胡爲向邊庭。白日澹無光，鴻雁相悲鳴。上坂朓長河，颯杳蒲草冥。念此同心友，形影共一身。舉玦示還期，躑躅側耳聽。斟酌聊自寬，信誓難具伸。抗手辭親故，感愴行路人。

> 曾青藜曰："白草黃沙，黑雲愁霧，望之迷離滿紙。"

其　　六

黃鵠四海飛，脫翩委中路。朔風東北來，言從灤陽戍。人生非麋鹿，安能日相聚。挍淚別所歡，徑行不再顧。陌路易以新，衣褐易以故。安得交瓊枝，鬱陶誰與訴。

其　　七

雙闕何嵯峨，俯對西山岑。九重交綺疏，冠蓋日相尋。長跪再拜辭，涕下橫衣襟。何來兩悍騎，要我宿莽林。愁我絕域老，貽我千黃金。持此意良厚，安知去國心。携手上河梁，翻作游子吟。悲風颯然去，千載誰知音。

其　　八

朝出城東門，征車何般般。送客黯無色，強辭慰我顏。相憐復自痛，不久當回還。十里各分手，弔影身獨單。水涸白石見，去馬知天寒。安居不云樂，行役良苦艱。寄語同袍子，努力須盛年。

> 沈繹堂曰："都尉送子以賤軀，黯澹而悲，相憐復自痛，直是刺骨語。"

朱止谿曰："子陵去國，班姬辭宮，當日情事不堪回首。想其風興樸直，怨而不悱，竟與蘇李錄別詩伯仲。"

丙申歲三月初抵長安作

十載棲蓬門，閒居戀幽壑。束髮耽詩書，少賤恥落拓。遊說從遠方，索處無負郭。氣傾孟公交，義重侯生諾。掛杖五嶽間，窮年抱疏屩。懷玉干明時，披褐靡終托。冠蓋耀名都，駿馬馳京洛。遐矚燕昭丘，風雲恣歎薄。[一]龜組匪稱身，無材亦縻爵。穠華灼舊蹊，東田杳如昨。鼎食非夙[二]謀，終焉守葵藿。

李鄴園曰："託諷寄旨，難其穩秀。"

【校記】

[一]"風雲恣歎薄"，《信美軒詩選》作"雲霄恣雕搏"。

[二]"夙"，《信美軒詩選》作"昔"。

曉出南苑門與同舍諸寮友

凌晨發南苑，暝色翳朝霧。十里披紫霧，仰見雙闕深。秣馬訊關吏，皎月吹我襟。玉繩耿城隅，斗杓指昏[一]參。徘徊顧空野，當知黃鵠心。簿領日羈紲，微懷曠難任。緬愧貢公冠，未抽楊[二]子簪。環澌紛急流，凝霜變層陰。天路浩無涯，孰辨浮與沉。信美此樂都，偃仰西山岑。

施愚山曰："淫佚謝顏，澤不掩骨。"

【校記】

[一]"昏"，《信美軒詩選》作"商"。

［二］"楊"，《信美軒詩選》作"揚"。

始赴尚書省上龔芝麓都憲

煌煌衆星列，執法耀天衢。出綰蒼佩長，入直承明趨。摘文振雅風，聲欬成蠙珠。賞音爨下桐，剖璞荊山瑜。十載署薇省，獻納禆國謨。公孫罷滄海，薛宣震名都。何爲柱後冠，欲掛尋江湖。

梁蒼巖曰："弘音亮節，似顔光禄《答鄭尚書》作，結語更得合肥心事。"

酬吴司成梅村

風雅久淹没，延陵抱幽愫。博涉慕馬卿，遐覽追謝傅。羲輪躍咸池，羣星燦奔赴。琨瑶厲秋霜，琳嚮諧寶璐。青雲曠千載，鸞鳳相追步。驚飈動紫闥，摇落思玄賦。玉池明光草，金莖茂陵樹。宫商紛迭陳，斯音獨韶濩。

周子俶曰："其源出自雅頌，幾於戛玉敲金矣。"

答 王 詹 事

詹事興北地，岸若千丈松。崒嵂龍門詩，舉世懷英風。賜書盈案牘，屢詔明光宮。僕作相馬辭，涴澀調未工。孫陽重一盻，下駑千羣空。勉兹策天廄，縱轡扶桑東。

初調東省獻薛行屋年伯

秩宗典華盛，式和作世儀。清音理朱瑟，雍肅光壇壝。罘石秦登封,汾鼎漢祝釐。珥筆颺鉅文,曜彩翼長離。振辭邈太古,屼突峋嶁碑。綿蕞陋叔孫,聚訟黜賈逵。禮樂興百年,惟公奠蓍維。

王端士曰:"典穆之氣,字字矜貴,不肯落漢魏人以後。"

讀東谷詩簡白侍郎

白公秉清峻,端委協粢妙。擸撮東觀書,漢紀成華嶠。卿雲煥黼采,瑚璉蘊彌耀。雲門振雅聲,鏡石克諧調。伶倫有奇術,幽響窮篠箾。遐哉薦登歌,朱弦越清廟。

寄宋玉叔時分守秦中

海濱有奇士,矯矯雲中翮。夕宿青瑣闈,朝發皋蘭陌。稅駕遊渭南,辛苦歌行役。危嶺舒阮嘯,巀嶭凌謝屐。濯足隴水咽,晞髮洮雲瀉。桂樹夾道傍,偃蹇悲秋客。

王仲昭曰:"情致舒婉,似盧從事之贈崔溫。"

五　君　詠

雅音不作,古道寖亡。僕曾遊京闕,得時從折衷同調合志,爲作五君詠。

張補闕譙明

信陽百載後,吾愛張黃門。重拓菟園遊,廣羅北海樽。慷慨論時輩,蒼髯隨風翻。伏闕十上書,中夜常扣閽。勁翮搏秋風,鷹隼化爲鸇。僕也忘年交,相晤寡寒暄。鞭弭大梁都,驅車避中原。

趙法曹錦帆

靈巖毓奇秀,趙生奮中州。把酒過夷門,一劍復蒯緱。嘯作鸑鳳鳴,下士皆啁啾。曳裾傲侯王,作賦恥俳優。久抱任公志,未策盧敖遊。願言排玉闓,手捥雙蒼虯。

嚴黃門子餐

二十友嚴生,弱冠抒幽抱。同遊宛洛間,神清企叔寶。探抉石室藏,置身青雲早。朝陽有鳴鳳,翬羽挾奇藻。明發排紫宸,俯啄玉山草。浮翳閃羲馭,上得摩蒼昊。金石難淬礪,冰霜各相保。

施學使尚白

方叔神仙才,大隱金馬門。施子秉奇服,任誕真其倫。白璧剖塵莽,黃精劚仙根。十載疲執戟,慷慨自言尊。采藿常不飽,何用哀王孫。

周郡守宿來

永嘉界南服,川嶺陟危峭。玉巖歇流湍,盧溪瞰蒼嶠。中有餐霞人,俯石攄奇嘯。飛瀑激空響,衆壑窮眇窕。丹竈凌紫虛,仙都極幽眺。暫與玄鶴期,澄江佇垂釣。

王阮亭曰:"藥園五言多託體於光祿、宣城諸作,曠逸奔放尤在顏、謝之上。"

歲晏懷景宣效陶和劉柴桑原韻

冬月少塵事,日暮更躊躇。薄寒散郊野,策杖忘所居。松柏已非昨，安知山下廬。旅食寄深巷，曠然成舊墟。嘉秋已就穫，良疇諒新畬。故人重芳訊，念我終歲劬。薄禄難[一]久荷，斗酒安可無。鬢髮日以短[二]，親故日以疏。懷歸不嫌早，聊且佇斯須。百年樂吾真，田間常晏如。

赵錦帆曰："風味獨得。"

【校記】

[一]"難"，《信美軒詩選》作"詎"。

[二]"短"，《信美軒詩選》作"長"。

懷宋囧卿轅文顧水部震雉

楚客嫺哀麗，彥先善清綺。中原擅雅宗，雲間得二子。孤桐裁寶瑟，製以千尺梓。玉軫流素暉，清響含宮徵。知音邈夔曠，淫哇變溱洧。秉篁懷佳人，三歎詩人旨。

盧文子曰："玄暉詩'非君美無度，孰為勞寸心'，千古知音，固匪萍泛。"

懷史修撰及超

林宗喜傾蓋，貢公羨彈冠。矧余同門友，頡頏雲霞端。摘藻盈鳳池，雜珮何珊珊。翰發葳朱華，詞湧驚迴瀾。明珠懷袖間，欲報青琅玕。

王夙夜曰："曲終奏雅。"

和洪廷尉畏軒宋別駕牧仲贈答詩
用少陵贈衛十八處士韻

陽春邈難和，中夜發清商。石柱鬱嵯峨，金臺翳日光。二子締綢繆，吐詞振幽蒼。關河阻脩轍，宵夢結中腸。雁鴻雲際來，儼然同此堂。南郡界龜渚，廷尉滯鵷行。比翼羨同林，胡為天一方。貽以瓊樹枝，似挹流霞漿。萬里託寸心，安知燕與梁。携子襄陽艑，佐我易水觴。趨朝會京闕，惜別良苦長。晤言足千載，歲月徒蒼茫。

> 杜茶村曰："不欲襲杜，氣骨在晉宋之間。結語更高少陵一層。"

寄答李湘北學士

李生金閨彥，晻曖青雲姿。披襟振柔翰，緩步趨玉墀。彈瑟命宓妃，清商激桐絲。靈藥就丹砂，赤液光懸黎。斟酌娛眾賓，願與喬松期。諷子明月篇，逸氣凌九疑。

> 許酉山曰："王中令之贈顏云'清氣溢素襟'，交情溫厚，若斟酌二語，相期不足當千載耶。"

金長真觀察偕宗鶴問諸子同遊攝山見招未赴和方邵村韻

征斾遠行邁，繁霜肅芳甸。溯流下京口，金焦歷遊徧。黃蘆夾湍圻，青鳥紛疊巘。橫江日夜流，山川幾回變。遙睇棲霞山，參差梵王殿。塔影生樹杪，峰根出波面。斜暉翳長坂，蒼然若飛練。佳境常夢遊，搴裳邈難見。招搖指孟冬，漸觀春陽轉。芙蓉不可採，靡草茸如線。弔古情易哀，況復經新戰。榮枯倏代謝，流光迅奔電。使君命遊屐，未獲巾車踐。習池縱欣賞，華林侈公讌。少文洵遊侶，方干擅詞彥。揮翰旁無人，風雲任舒捲。惜余把釣遲，徒切臨淵羨。沉酣混漁樵，努力詩格健。白雲知我心，滄波獨依戀。

五賢祠懷古

魏堂聳山麓,森樹恣仰俯。衆鳥鳴春條,浮雲翳遠浦。前賢蒞此邦,淑美相踵武。文藻麗幽岑,惠風暢華塢。蘋藻薦旨羞,都人式歌舞。群哲逝千載,潛光薄簪組。況複嗟遷客,嬉遊互賓主。異代邈難合,奇懷共風雨。美人中夜來,蕭然在環堵。褰裳欲往從,臨流採蘅杜。

吳蘭次曰:"予與藥園金昌亭同賦此詩,清芬雅潔,當推獨步。"

宿清溪登吳羗山

清溪好山色,宛若靈巖秀。遐覽高士踪,遁世侶猿狖。躡步縱迴岑,欹泉石齒漱。飛鳥向我鳴,松葉墮盈袖。杳然忘世情,天空坐清晝。

爲王丹麓題墻東草堂

吾愛松溪子,半畝欣自犁。城市雖不遠,頗與靜者宜。西堂蟋蟀鳴,露下披卷葹。莽烟吐奇色,臥石多古姿。容暮抱琴來,幽響激桐絲。一杯共明月,坐待雲起時。

張秦亭過訪

鳩鳴幾何時,苔草綠已希。惜別山中人,三見桃花飛。庭空玄鶴來,翩然啓我扉。云是華陽客,雪髯蕩清暉。燒丹合大藥,玉鼎松火微。無求梓穀方,黄精療朝饑。手註逍遥篇,真詮豁元機。冥搜邈太古,參同誰是非。

  徐行逸曰:"意聱遐外,餘獨愛此躅潔。"

扶荔堂詩集選卷二

七言古　雜集

元日早朝太和殿賜宴歌

羲和光射雙闕高,雞人唱曉銅鼉號。玉曆初開正元朔,五樓天樂垂雲璈。紫袖昭容引龍衮,虎賁鷮尾陳星旄。內閣傳言賜春宴,千官蹈舞延休殿。捧出金盤御饌鮮,擎來碧甕葡萄見。朝官盡佩鸊鷉勺,小臣昧此眼空羨。跽抱銀罌仰入脣,淋漓滿袖真珠濺。至尊笑盼龍顏開,歲首欣逢九重眷。宴罷承恩渥遇希,朝衫未脫馬爭飛。手提鳧兔懷梨栗,如扈長揚射獵歸。歸來休沐春城邸,綵勝辛盤春霧裏。東方割肉細君知,羅威進果高堂喜。山妻未解頌椒花,穉子歡呼識拜起。共樂昇平大酺時,御賜分頒退食遲。聖主恩深歌湛露,群臣憨和柏梁詩。

　　沈繹堂曰:"端整中復饒悠揚曲折之致,若初唐諸大家,未免過於排麗。"
　　高澹人曰:"岑文本《奉和正日臨朝》鋪張宏藻,殊乏風骨。此作寫雍熙歡洽景象,情致宛折,令人目舞色飛。"

送魏環極光禄省觀歸蔚州[一]

十載向北闕,幾人辭玉京。秋風雁門道,悵望代王城。代王城高滿烟霧,城下蕭蕭白榆樹。崎嶇關塞歸去來,[二]獨向臺山深處住。羨公英特心膽雄,少年躍馬明光宫。殿上欲折朱雲檻,政府耻頌平津功。披衣起草夜未旦,諫書百上無雷同。朝回馬上戀山色,仰天直注雙飛鴻。飛鴻南來雁飛北,[三]久厭承明歸不得。長卿病憶茂陵居,[四]沈炯懷親愁異域。抗疏陳情叩九闈,天子咨嗟動顔色。公也拂袖思[五]故鄉,斑衣如新客滿堂。青門再見祖二疏,峻坂且[六]復迴王陽。桑乾水急沙石瀏,恒嶽峰寒朔[七]風吼。採藥尋山恣往還,服食丹砂各長壽。余亦高堂有老親,捧檄風塵慚下走。送君此歌莫輕擲,願乞黄精遺我母。[八]

  楊猶龍曰:"婉而旨。"
  秦留仙曰:"風旨切摯,寫光禄北堂之思,足補南陔采蘭諸什。"

【校記】
 [一]《信美軒詩選》題作"贈送魏環極光禄省觀歸蔚州"。
 [二]"崎嶇關塞歸去來",《信美軒詩選》作"關塞風霜歷幾年"。
 [三]"飛鴻南來雁飛北",《信美軒詩選》作"鴻飛西來玉峰側"。
 [四]"長卿病憶茂陵居",《信美軒詩選》作"長卿多病念家"。
 [五]"思",《信美軒詩選》作"歸"。
 [六]"且",《信美軒詩選》作"豈"。
 [七]"朔",《信美軒詩選》作"北"。
 [八]"願乞黄精遺我母",《信美軒詩選》作"願乞黄精婉而旨"。

碧峰道人歌贈祠部陳員外

道人胡爲棲碧峰,峰頂亂削金芙蓉。避世移家碧峰住,千年老樹成真龍。翁本楚人愛楚水,盡日垂竿洞庭裏。臨流不羨武昌魚,俯看晴虹山背起。有時山頭跨兩鹿,掛杖隨意樵家宿。懶慢無心禮白雲,獨把黃庭三過讀。蒼崖隔岸見桃花,寒潭一帶多茅屋。牧兒指翁鄉里人,那識明時官要津。神武無冠不須脱,東陵有瓜誰道貧。聖明側席採巖穴,弓旌雁帛填車輪。孫登被髮恐不免,王尼車上難容身。暫向金門作逋客,破帽蹇驢仍落魄。年當六十鬢未蒼,方瞳廣顙雙頤赤。薄俸聊供種藥田,祠官暫作求仙宅。服食還丹道可成,長嘯一聲滄海白。何時控鶴歸去來,重掃碧峰千丈石。

顧且庵曰:"不屑規步太白,往往神合。"

長歌酬錦帆尚白

長安街頭日走馬,秋憲門前馬齊下。同舍為郎三十人,盡屬西曹振風雅。大梁趙生氣若虹,金石拊擊聲摩空。宣城施子意不薄,吞吐胸中半丘壑。僕也驅馳伯仲間,拍肩奮袖都歡顏。琵琶手弄紫襦裂,玉瓷倒盡犢鼻還。意氣相期在千載,傍人視之如等閒。罷直歸來呼我友,絡繹新詩滿人口。酒後狂歌怒馬鳴,夜深急雨蒼龍吼。俗眼睥睨安足論,海內詩名吾自有。吁嗟,吾徒聚散劇可憐,脂車勒馬同朝烟。一麾出守心怒然,轉眄各駕雙虬騈,黃金之靮珊瑚鞭。東方梅福俱神仙,朝參懶赴疲馬旋。黃公爐頭醉却眠。囊中笑索新俸錢。

顧修來曰:"忼慨豪岸,身分獨高,白雲司中千秋勝事,應與濟南太倉相接席。"

括蒼太守歌送周宿來之郡

括蒼太守才且賢,十年執戟金門前。平明趨直日宴罷,開襟對客常翩翩。一官不調嗟迍蹇,四十專城未應晚。新加大郡辟薦多,甘走巖城心獨遠。太守黃綬腰帶新,見君狐裘僅稱身。太守高車蔽原野,君來一匹花驄馬。策馬披裘漫何意,拂袖長安如脫屣。欲求勾漏覓丹砂,定屬南明仙府吏。仙都磊落千丈松,對面削出青芙蓉。此中坐臥滿佳氣,瀑布時倒雙飛龍。酒酣俯踞盤石下,却羨山城少戎馬。廳事無多吏散稀,半壑秋風恣瀟灑。噴雪亭邊古木疏,朝憑案牘暮把鋤。羊公豎碑近安在,文翁化蜀今有無。劚藥願逢紫英髓,養生且讀黃庭書。朝廷注念二千石,不久賜璽將何如。太守聞言色飛越,再拜躊躇去京闕。明朝郊外五馬迎,有[一]時復拄西山笏。

王印周曰:"格調極意新脫,欲於高岑諸家,別開生面。"
素存曰:"作法本王右丞《送崔五太守》,而波宕尤勝。"

【校記】

[一]"有",《信美軒詩選》作"何"。

風霾行

今上御曆十三載,三月旬日風晝晦。詔問有司災異狀,法部郎臣昧死對。臣聞漢帝除肉刑,醴泉溢出芝草生。秦時赭衣常塞路,日蝕星移失恒度。古來祥眚信有諸,劉向李尋數上書。丞相席藁請避位,帝曰咨爾言非虛。方今陽和布大澤,雌蜺晝見飛沙赤。馮夷擊鼓蚩尤爭,太乙靈壇詛風伯。秦川地震三輔霜,郡邑不敢追流亡。宿春未給縣官稅,更煩徵調徙燉煌。鉤考參連不知數,譴卒稍遲督郵怒。司空歲滿城旦書,廷尉門填桁楊路。殷宗解網舜好生,聖朝尚德復緩刑。黃麻如飛赦書下,父老涕泣祈昇平。帝省齋宮天可變,風不鳴條世清晏。蒼鷹乳虎投遠裔,赤鳥應集靈和殿。臣等披瀝惶恐言,陛下聖明制曰善。

胡菊潭曰："絕似一封上陳災異疏，藥園忠悃可稱詩諫。"

施愚山曰："紀年之作，有稗史闕，白樂天'元和歲在卯，六年春三月。月晦寒食天，天陰夜飛雪'；韓退之'元和六年春，寒甚不肯歸。河南二月末，雪花一尺圍'。起手與此詩同，其警拔處固可壓倒韓白。"

洗象行

南荒有巨獸曰象，刓齒砑鼻盈丈。細目如豨耳如盎，貌詭厭然皮色蒼。去聲。兒童誘之作百戲，擊鼓吹簫勢偃仰。飽食荳豆滿大觔，給俸猶同百夫長。花裙蠻奴獨許騎，馴狎不啻羊與犂。身被錦緞金作羈，屹如山嶽無差移。排班朝隨羽仗立，儼然拜舞同軍旗。自向滇南入中國，異物那得生西極。忽產象犢姿態奇，雪齒霜毛如拂拭。黃祫飛馳報大内，御駕親調動顔色。炎蒸急雨翻白波，詔賜洗象西城河。高旗大鼓引導出，路傍觀者肩相摩。躍踷奔湍氣粗莽，蛟龍掠沓爭相向。獠官僉點二十八，掉尾旋蹄各異狀。似鑿昆明習水戰，翻身搏擊吹飛浪。我聞瑤光之精化汝形，黃門鼓吹充掖庭。乘之以戰利身毒，負可致遠垂山經。執燧況能却吳楚，胡不催鋒弩力，掃除南服無羶腥。象犢[一]吁嗟汝莫患，日費官蒭供養豢。時時挽出天廄中，常得龍顔增顧盼。

王昊廬曰："如峻坂回驄，奔騰踴厲，於顧盼間忽露神采。"

【校記】

[一]"象犢"，《信美軒詩選》作"象犢象犢"。

贈王鶴山給諫

王生古貌性俶儻，弱歲同學差少長。落筆橫掃驚千人，歊薄雲霄氣芒碭。眉間躍出雙飛龍，七尺昂藏久倔強。向來射策鴻都門，聖明側席制臨軒。草莽小臣罔忌諱，淋漓直灑千萬言。在庭囁嚅不敢上，賈生痛哭遭时謗。秦郵王公雅愛奇，密表龍顏厭群望。九重深契王生賢，執戟常侍黃扉前。鷹隼摩空爪牙捷，城狐社鼠徒迍邅。一疏排天朝野震，秋霜飄烈風霆迅。海氛方熾走盧循，江湖肯復容蘇峻。滿庭持議念封疆，忍令孤忠死輿櫬。聖主終憐爾骨鯁，風波九死全腰領。械索未脫廷尉門，片紙才出中書省。袖中短章誰姓氏，又待平明謁天子。

徐敬庵曰："寫黃門憨直處鬚眉畢露，讀是詩想見其人。"

贈洪畏軒儀部

開國功臣誰衛霍，前有定南[一]後經略。鵲印高懸大將旗，龍城盡闢名王幕。護羌都尉戰力阻，花門將軍心膽落。金書鐵券列鎮開，一代風雲縱噴礡。洪郎年少眉宇雄，彎弓躍馬如飛搏。袖中常出《兩都賦》，手內獨挽雙繁弱。豹略未許秦白公，腹笥尤堪晉習鑿。高議蘭臺指掌間，白虎群儒氣凋索。叔孫綿蕞不足數，賈逵馬鄭同糟粕。君家父子何太奇，擅盡鴻都與麟閣。相業爭推僕射王，功成復并汾陽郭。郎官執戟亦不薄，利器由來試蟠錯。建議如山力如虎，阿世胡庸有畫諾。排天摩野霄漢姿，勁翮凌風逞雕鶚。百年匡弼倚元臣，勒鼎銘戈繼有作。絲綸濟美何代無，看君更取通侯爵。

周伯衡曰："韓弨慶陽，工力悉敵。"

【校記】

[一]"定南"，《信美軒詩選》作"平西"。

程生行送翼蒼太史謫學博之吳門

程生冰雪姿,矯若雲中鶴。五載金閨裏,聲名滿京洛。一朝獻賦不得意,匹馬吳城走丹壑。丈夫意氣恥落魄,此身況復甘藜藿。吳王廢苑麋鹿遊,蘇臺風雨成荒丘。紅妝麗人小垂手,白馬少年千腋裘。彈箏醉臥虎溪石,蘇小門前數松柏。放逐從教溷酒徒,風塵何處追遷客。盤中苜蓿青琅玕,月明猶殢金莖寒。薄宦寧爲戀升斗,其如未掛頭上冠。羨君行矣轡在手,余將拂衣君信否。熟膾鱸魚滿貯酒,不早歸田亦何有。明日南來尋我友。[一]

龔芝麓曰:"得李頎之秀逸,而蒼深獨見。"

【校記】

[一]"明日南來尋我友",《信美軒詩選》作"歸哉程生真我友"。

聽石城寇白弦索歌 并序

金陵寇白,本平康樂工女也。十三善爲秦聲,妙極諸藝。靚容纖飾,傾動左右。王孫戚里諸貴人,車騎填狹斜間。後爲故元勛朱公國弼採充後庭樂伎,一時教坊名部爲之寂然。迨金陵陷沒,籍入長安。尤工胡笳、箜篌,宿所未試者。然憤懣不得志,而里中諸舊遊咸追慕,物色得之。屬其父廣募數千緡,贖歸故里,已流落十年所矣。姬每抱樂器爲予述舊事,泫然而悲。其音多關塞之聲,哀繁怨黷,不可禁止。因譜爲歌以節之,并隸樂部焉。

教坊新翻十二部,樂器特數箏琵琶。金陵寇姬好手指,亂撥驚風吹落花。自言生長秦淮里,家住朱門夾流水。掛壁湘弦鵝管長,文窗畫鎖鴛鴦綺。崑崙琵琶李薺笛,手揣心摩窮此技。春江三月可憐時,油壁青驄夾道馳。燈前含笑嬌無語,月下聽歌出每遲。妝成自惜千金意,盡日樓邊折花戲。停鞭愛看張公子,挾彈從遊寶車騎。侯家邸第塡朱輪,斗量明珠不計身。舞袖長迴趙李座,歌管時傾鄠杜春。黃塵碧海多烽鏑,粉壁雕簾芳寂寂。金縷能牽李錡愁,絳帷永抱韋郎感。代馬長嘶踏錦花,月明夜夜聞悲笳。隴頭風咽蔡女弄,虎撥塵封穆護沙。都下喧傳禁中曲,玉手掬來弦柱促。五弦趙璧爲弟子,二十五聲隨調續。緑腰軟舞銀甲紅,金絲瓊柱相磨瓏。出破入破少蟬緩,大遍小遍無雷同。此曲傳言玉宸殿,回波簇拍紛難見。錚錚細作金鐵鳴,絲絲散亂如飛霰。翻聲忽變涼州徹,前若驚鴻後啼鳩。羅襪偷彈塞上塵,緑鬢猶裹沙場雪。十載關山得此聲,遷客愁聞淚嗚咽。曲終酒闌鐘漏稀,寒風白月吹滿衣。長安城高蘆管急,怪爾征人歸不歸。

<blockquote>
吴梅村曰:"低回宛轉,音節悽清,《琵琶》《長恨》而後誰能作此聲調。"
毛稚黄曰:"歌音流暢,序句閒峭,絶似劉賓客,非張王樂府比也。"
</blockquote>

湖上酌酒歌介周櫟園司農六十

孤山亭邊霜葉飛,段橋西畔行人稀。湖上千秋無醉客,酒壚空在聞鳩啼。櫟園丈人東陵叟,十月扁舟五湖友。不爲桃花與鱖魚,獨向南屏貫村酒。糟丘初築號酒民,旗亭拍手歌横陳。俯踞高松發長嘯,振衣滄海凌蒼旻。古來飲者復誰是,最憶高陽酒徒耳。此中便足了一生,杯裏安知眼前事。況有春風香滿船,青山如黛吹曉烟。野花插鬢舞鴝鵒,玉瓷莫倒鴟夷邊。君不見,中山一辭能千日,但教縱飲傾一石,十日便醉三十年,直到期頤髮未白。又不見,梁市客日沽萬錢長不惜,紅螺滿引三百杯,何必安期酌玄碧。酒乎酒乎霞爲液,玉爲漿。我爲公祝公且觴,黃金未就顔不蒼,來仙只在西湖傍。而今莫被漁舟誤，須認桃源是醉鄉。

宋蓼天曰："季膺不羨身後名，太白云'古來飲者留其名'，可知千古名流皆爲醉客，詩與人雖欲不傳，其可得耶。"

送孫無言自廣陵歸黃山

三月風吹江上柳，浣紗磯頭勸君酒。送客一樽詩百篇，長笑携來滿懷袖。何事忽然歸去來，蕪城庭館非蒿萊。邵平亦向東廬老，觀濤況有枚生才。君不見，多少宦遊人失意，五斗折腰長作吏。老大風塵來拂衣，欲賦歸田苦非易。君是淮南老逋客，何惜他鄉遙游屐。屈指浮丘丹鼎成，仍傍靈巖作仙第。落拓辭家二十年，灞陵秋草鹿門烟。山中猿鶴如相待，三十二峰頂上眠。

屈翁山曰："宦游一段說盡古今遷客之愁，其寓諷閒遠，映帶有情，不遜李頎《送王道士還山》作。"

和韻酬宗七鶴問

宗生扼腕憐予謫，昨歲伺作菰城客。花船載酒問毘山，日出瞳瞳城未闢。城邊楊花飛可憐，栗留細囀紛紫烟。扁舟欲擬五湖棹，坐挽先施歌採蓮。犧鼻蛾眉兩憐愛，芙蓉不減當鑪態。散盡千金返舊廬，囊中惟有隃糜在。予亦東歸不肯住，滄海悠悠更何去。有酒須澆蘇小墳，脫冠且掛東陵樹。君莫笑，昨日敝履今朱輪，丈夫四十眉未伸。長風破浪君家事，相看豈是蓬蒿人。

陳子端曰："奔逸豪放，落托瀟灑，世稱祠部是供奉後身，定非欺我。"

題生青藜尊人傳後

　　莫爲信陵土，寧作韓陵石。子昇碑記存荒烟，杯酒不澆公子宅。不見生公古俠者，十歲能文兼躍馬。賦就欲奪雲夢田，劍擊長凌武安瓦。灌夫弟畜朱家奴，乾坤何處容腐儒。豎子成名胡足齒，天下英雄君與孤。干戈鼎沸若飛電，江南黃犢如席捲。忼慨談兵樽俎前，草檄特膺公府薦。片紙能勝十萬師，一身耻爲三語掾。登牀自許捉刀人，帳中莫令孫郎見。此時樓船横楚州，朝議不敢申同讎。指揮泣下袁開府，信誓直折寧南侯。功成不賞蹈滄海，魯連遺風至今在。歲月俱因戎馬馳，壯心不與滄桑改。徐庶還家爲老親。江湖徒釣足閒身。少微星邊憂處士，秋風原上慟傍人。有子青藜千我厚，是父聲名滿人口。飲泣再拜前致辭，乃公佳傳頻下走。猗嗟！韓陵信陵掩秋霧，鳥雀啾啾白楊渡。千古之名何有哉，貞珉長傍松楸樹。予爲此歌君莫悲，聊作阡銘表其墓。

　　　　陳其年曰："激昂嗚咽，如聞擊筑，其變宕處尤磊落不群。"

送施愚山遊天台雁蕩歌

　　使君昔愛廬山遊，踏破明月珠泉流。一朝拂袖不稱意，翻然振翮橫九州。特羨永嘉好丘壑。率爾擔簦戒行橐。東甌太守今謝公，折簡促赴巾卓約。我聞蒼玉石梁天外峰，海上突掛雙飛龍。蜿蜓嶁嶿各異狀，空中亂颭青芙蓉。金庭洞天拾瑤草，能仁古刹夸偃松。七十七峰洗空翠。倒捫星斗垂當胸。君身原是丹霞客，更歷仙都訪桐柏。采藥須敕控鶴歸，雲鬟不見桃花碧。知君此遊非草草，得遇丹丘人不老。康樂愛僻失龍湫，謫仙徒夢遊天姥。放眼名山屐齒穿，求仙何必尋蓬島。弄笛騎牛還鑑湖，山中日月注懸壺。昔人但有烟霞癖，懷裏空藏五嶽圖。

> 王信初曰："宗方城《廬山歌》，秀拔有逸氣，此更仙骨冷然，迥出雲表。"
> 李丹壑曰："任華詩'手下忽然片雲飛，眼前劃見孤峰出'，移贈此作，亦稱太白知己。"

江南曲

江南三月嬌青春，江南女兒眉黛新。日日妝樓折花戲，杜鵑只喚如花人。鬥草香塵連宿靄，畫船更繫垂楊外。同心巧結柳枝毿，腰支斜嚲湘交帶。翠袖風吹暗香度，凝眸愛傍櫻桃樹。不愁寒食鵓鳩啼，生怕花朝風雨妬。橫塘笑指是儂家，金剪初裁紫綺霞。不知陌上柔桑綠，爭試春衫踏落花。

> 邵戒三曰："風情恬逸，似花階燕影，差池可愛。"

竹瓦歌和原韻贈宗鶴問

古篆屼嶁碑薦福，山中神物千年綠。巉巖大鑿采琅玕，細把魚腸劉荊玉。花文練質如藍柔，巧製若有天工修。良材未剖柯亭笛，讖條不繫任公鈎。豈是咸陽採樵者，拾得未央東閣瓦。索靖小楷荊浩圖，摩拭勿用瓊枝灑。龍威石裂汲冢書，羽陵奇蠹躡文魚。竹樓遺甍古漆簡，光芒璨瓓同車渠。筆牀硯几雲霞起，欲瞬安豐電光紫。載將海嶽書畫船，省却松花五色紙。珍并唐珪與夏瑚，不啻什襲藏真珠。一片寒光剪秋水，千層玉液凝冰膚。我今作歌爲客豪，客須和我雙成璈。何煩阮瑀哀銅雀，不數東阿賦寶刀。遊遍蘭亭金太苦，西施浣石鷗夷鼓。東南之寶君袖歸，誰云信美非吾土。日暮舟行過赭山，長江浩渺水湲潺。少文莫恐蛟龍怒，獨自乘風破浪還。

丘曙戒曰：落筆俱成異采，可匹退之《石鼓歌》。

吾相行題唐閭思小像

吾相不當封，食貧良足恥。莫若牽車遊，願學鴟夸子。唐蒙後裔閭思氏，一官斥廢清似水。文史不如一囊錢，壯心鬱勃丹青裏。屠門大嚼且快意，局促蓬蒿何爲爾。而今畫工寫生少奇創，志趣神情不相向。朝貴偏爲羽客裝，文人愛作頭陀相。雖云物外脱塵俗，反使英雄氣凋喪。唐子胸中何其磊砢多不平，岑婁竊據王愷名。錦衫花帽坐上坐，頓令程鄭任卓皆虛聲，堂前蠻奴持筴立，亦號封君比都邑。紫貝珊瑚焕列星，明光文錦堆成積。陽翟大賈眼欲瞬，慢藏不畏胠篋入。吁嗟，丈夫置身當如此，造化無權鬼神泣。君不見，崔烈入錢五百萬，臨軒親賜司徒券。卜式輸邊本牧羊，布衣躡草升中郎。胡獨戚戚長賤日苦愁，蹉跎壯歲更何求。但把黃金寫范蠡，同君早拜富民侯。

洪暉吉曰：昂藏磊落，不欲向婦人作牛衣泣，胸中具此豪放，而出以恢諧，真令唾壺欲缺。

越中送曹叔方歸長沙

越中好山水，終日命遊屐。七十髮未蒼，尚作剡溪客。忽然思故鄉，行李不暇擇。歸弄谷口烟，且釣槎頭石。秋風嫋嫋吹白蘋，橘花亂落滄波新。琵琶峰外千年月，還照三湘放逐人。

姜定庵曰：予愛劉文房明月灣尋賀九，作七言短什，意盡而趣長，藥園此詩固堪伯仲。

遊桃花山調張少府

若耶草生溪水碧,東風漠漠愁行客。鷓鴣竹裏呼酒人,楊柳樓頭如春色。使君載酒鳥榜船,桃花千樹紅欲然。絳袖如雲滿前舞,娉婷倚笑青瓷邊。洞中不見秦時月,水上安知晉代年。勸君右飲復何益,可惜芳菲留此夕。千古紅顏空落花,醉枕西施浣紗石。

彭羨門曰:得岑王之逸趣,是自風流可挹。

真如道人歌贈金溪吉辰生明府

真如道人好黃老,名在丹臺致身早。驂御兩鹿來金溪,笑謂人間有蓬島。青霞洞天雙芙蓉,峥嶸萬丈連龜峰。丹砂應為求勾漏,此中誰識逢仙蹤。山城坐擁神明宰,清淨除煩民俗改。揮琴漫操飛鴻吟,製錦初裁五明綵。大末風淳政易成,男耕女織安樵采。黃童白叟連臂歌,頻年苦兵今荷簑。室家廬井不自保,我侯蒞止當奈何。侯既蒞止復何有,十月家家貯春酒。華橘既熟石鱗剖,父老歡謳我擊缶。真如原是王喬友。

尋聚遠樓故跡感舊

層樓嵽嵲雲溶溶,下瞰縹緲之孤峰。巉巖環拱若列戟,噴泉倒出雙飛龍。湖山無恙城郭改,老樹突存千丈松。憶昔高宗常駐蹕,南渡朝廷全盛日。君王吟坐愛此樓,月榭梅坡最清逸。和寧門外提點呼,御舟傳喚戲西湖。教坊雜進太平曲,六么纍賺紛笙竽。王僥角觝林賽舞,纏頭亂擲紅瓘瑜。宸遊喜與民同樂,寶騎香車日交錯。北府兵厨雪王醅，瓦子勾欄銀鑿落。簫聲忽起熙春樓，點花牌動青絲絡。爭看吳憐唱柘枝，山鳥不啼風雨索。四百年來往事非，銅駝草深螢火飛。朝朝松柏西泠路，何處梨花無燕歸。雲鬟翠飾交龍鈿，熏廟繁華眼猶見。居人尚指玉津園，畫船簫鼓喧波面。紅裙低拜鄂王祠，銀箏細撚平章院。一旦黃塵動地來，綺羅香散成蒿萊。獅子巷中土花落，酒市墟荒絡繹哀。樵采時聞歌敕勒，粉堞悲笳吹落梅。不見南朝舊鳥鵲，至今長繞越王臺。

鹽官令行爲酉山作 樂府附錄

皇帝御極十有二載，鹽官令許君，本自相州，以甲科高第。弘才博學著聞，單車就道，來涖吾寧。一解 問民所疾苦，興善除弊。毋覆案不急以妨民，褒仁獎孝，男耕婦織，風俗以淳。二解 更有探丸技擊咸伏，草間併息，雚苻不驚，室家穰穰，市中無鬻子，井間睦親。三解 穿渠以灌鹵田，溝澮攸溉。仿治鄴西門，勸農講讀。舉孝廉公明，盡得其人。昔有文翁，今有神君。四解 邑僻處海濱，馮夷斯怒，我氓其墊昏。探龍威冊，刑白馬於神，海水蕩蕩歸崑崙。五解 時而旱蔍，甘澍大降，黍苗蓁蓁，故秋非我秋，春非我春，僉曰我侯之德所臻。六解 賢哉我邑許君，民安其業，吏守其職，三年而政成。證於衢，歌於巷，朋酒具陳。上有滄浪天，下有黃口小兒，莫不鑒白我侯之貞忱。七解 皇鑒茂宰，褒加治行第一。畀之大卣文纁，入爲卿士，允備諮詢，古之循良。無如我君，敢告史氏，以乘法後昆。八解

哀潼關 并序

序曰：思宗末造，流寇之亂劇矣。振武孫公傳庭，以邊才超擢關西巡撫，遂大破賊于黑龍山、楊家嶺等處，汧隴之間，寇漸盪滅。柄軸者嫉其功，

摘稱疾乞骸骨爲罪狀，密疏引唐太宗殺盧祖尚事，欲申以危法。上惜其才，逮繫三年。及武陵憂怖死，勳事已大壞，特召公便殿授方畧，以督師兼尚書總制，賜劍璽。公起自圜扉，練兵措餉，旌旗壁壘，赫奕東徇。至雒陽，所嚮辟易，四路伏發如破竹，賊遁入郊，望風不敢前。時靈雨忽大澍，馬足陷泥淖幾尺，糧糒稍至，輒剽掠。賊焰復張，攻益急。議姑退保潼關以圖恢復。乃追擊，日馳三百里。潰帥懷攜貳，援兵絕，關門不守，遂陷。公知勢不可爲，揮刀躍馬出斫賊，身中流矢死之。麾下監軍喬元柱、鎮將周遇吉皆力戰，伏刃以殉。秦人無不隕涕。夫人張氏聞信，知公必死，乃命二女三妾赴深井中，囑乳媼攜兒世寧去，亦躍入井。兒匿隣叟家獲全。今世寧泣會稽丞，來乞予紀其事，嗚咽不禁，因作此歌。

尚書代郡之偉人，專征秉鉞來西秦。獅頭璀鎧粗細鱗，旌旗蔽野楯弩新。赤眉銅馬方橫陳，驍渠摧折丈八殳。黑谷洗兵蠍塊淪，棄甲倒戈若奔豗。太華孟門失嶙峋，白日墮地光作燐。獲猶殲滅蕩風掃塵，權奸肆嫉柄國均。一疏排陷纍孤臣，朝廷拊髀起寇恂。誓師閫外一旅振，鼠子宵遁乘郊屯。洛陽銅駝突怒瞋，霆潦傾洞浹兩旬。委糧露積盈萬囷，天狼夜吼踆河濆。鼓聲半死遒吠狺，國殤啾啾泣蒼旻。退保函谷據重闉，城門不啓叛將嗔。城下焰勢如抱薪，手拍赤蜦搏火輪。揮刀仰天辭北宸，英風毅魄爲明神。喬郎力戰創滿身，寧武罵賊刿兩齦。公之參佐多絕倫，卓哉忠義亦以均。夫人堂上芙蓉紉，從之者誰紛眾嬪。梧楸瞀井通渭津，佩環窈窕骨白蘋。複壁藏兒祀勿堙，前朝遺事垂貞珉。蕭蕭風雨荊與榛，隴山鸚武愁青春。至今痛哭咸陽民。

蔣丹崖曰：“激昂淋漓，如轟雷繞電，瀑雨驟傾。中間幽窈語復淒宛欲絕，真詩史也。”

雷琴篇和張晴峰學使

削桐始自包犧氏，柏皇斲就日衡華。三尺六寸按度數，歷代制造多專家。古琴遺名特奇峭，電鼓號鐘各爭耀。唐宋以來貴雅聲，雷氏宗工最清妙。西蜀雷迅能巧擅，鳴泉恭進宣和殿。更有雷威百衲琴，太平興國重修薦。磊落難逢雷隱翁，雷生名動貞元中。六一家藏頗珍護，囊題冰雪蠻錦紅。此琴不知出誰手，良材美製將毋同。晴峰先生善欣賞，寶器若與神明通。已教端甫傳丘壑，自有中郎識爨桐。橫膝摩挲三歎絕，鶴林秋露無差別。尾穴長垂玳瑁銜，軫池倒挽青絲結。拆紋花浪走龍蛇，携來一片寒光雪。太古遺音若逝飇，由來神物如玫瑤。勾彈趯撥末技耳，千載知音空沉漻。雲和之製準玉尺，陰陽律呂伴簫韶。時清應擬南薰頻，好待揮弦和聖朝。

蔡徵元曰："英蕤鬱蒼，紛紜獨茂，此叔夜之賦琴也，詩中變化之妙，具有盤紆隱嶙之狀。"

陸梯霞耕田圖歌

大澤為蛇恥作龍，昔也萬卷今老農。陸君磊砢善高蹈，勁節昂藏千丈松。一灣河渚環茅屋，十畝棲遲耕且讀。帶經聊把倪寬鋤，錦上羞稱介推祿。小池重得千頭魚，曲徑栽成萬竿竹。慈親色笑兒女歡，高堂儘可供魚菽。白蘋紫蓼溪水濱，綠簑青笠趁閒身。春犁秋穫終歲事，量晴校雨東家隣。白眼空山少儔侶，我亦灌園遺世人。蝦菜笭箵酤濁酒，田家樂事君多有。蓬蒿二仲時一來，頓令忘却桃源口。腐鼠徒嚇蒙園翁，臥龍虛說南陽叟。君不見，漁樵相話在蘆菰，謝彬妙筆今已無。恨不添予荷鐘立，宛然沮溺藕耕圖。

中秋貢院石垠公方伯招集纂誌同人公晏對月

八月秋氣清，中庭露如霰。華館娛佳賓，良辰列佳晏。閒星晢晢爛生光，北斗倒掛秋河長。天涯歲序逢今夕，何處清暉共此堂。堂中更有圖與史，條埋六藝陳笙簧。右文天子綸音重，天祿諸儒相錯踵。東方《十洲》恣冥蒐，劉歆《七畧》删繁冗。瓊樓玉宇天上開，那勝人間百城擁。況有賢侯張綺筵，蟾蜍移我几案間。滄海光添酒樽淥，吳越直與高樓連。登臨不減庾信公興，作賦還驚休逸篇。却過冰輪正三五，請君但歌我且舞。渡江人傑清談雄，襄陽耆舊鬢眉古。商山自昔本難招，不教才子悲鸚鵡。德星忽聚非徒然，盈虧圓缺何須數。但飲休言歸去來，中宵且盡掌中杯。相期復有龍山約，留醉還登古越臺。

十九日登明遠樓再集

層樓高插雲嵯峨，碧天萬里琉璃波。吳山越水若黛螺，既望已踰三夕過。闌干菀冕搖金梭，主人行酒炙銀鵝。鸂鶒之勺雙叵羅，嘉客蒲堂顏且酡。言談跌宕若懸河，論文不讓劉彥和。博識直視蕭摩訶。正字莫辨魚豕訛。碑銘古篆虯與蝌。手持不律三婆娑。輕詆難免季緒呵，石渠挍讎同鷟坡。千秋大業垂不磨，興酣起問夜如何。烏啼金井凋梧柯，參橫轉落睇素娥。銅壺箭急催吼䴥，即醉屢舞紛傞傞。東方將明發浩歌，露華蟋蟀喧鳥蘿。公等還山我荷簑，人主樂事何其多。

楊芝田曰："雄姿峭句雖似昌黎《石鼓》，不必佶曲聱牙而風致自別。"

扶荔堂詩集選卷三

五言律　京集

瀛臺直奏恭紀

玉殿環清渚，西山拱翠微。九霄停鳳吹，初日閃龍旂。烟渺新宮樹，香迎近賜衣。蓬萊塵不到，祇見白鷗飛。

白東谷曰："初日句高壯結更悠然。"

其　二

正值齋宮日，薰風碧殿高。天聞調苜蓿，[一]冰瀝護櫻桃。中使催黃勑，昭容拭彩毫。諫書頻問訊，或恐聖躬勞。

何葵音曰："新麗不佻。"

其　三

輦路開清蹕，宸遊動曉鐘。射雕傳校獵，憫雨念先農。仗轉西山翠，珂鳴左掖松。小臣齊鵠立，雲裏望真龍。

龔芝麓曰："結構俱從右丞《左省寄杜拾遺》，而意境迥別。"

其　　四

禁苑郎官擁，同趨鵷鷺班。明河瞻帝座，旭日候龍顏。樹影波光静，鶯聲仗外閒。鳳城寒未曙，早喜罷朝還。

李坦園曰："結語見御朝無失時，有風人雞鳴之旨。"

【校記】

［一］"天聞調首蓿"，《信美軒詩選》作"蒲梢調御馬"。

西苑喜雨奉和金相國息齋夫子原韻

西山連宿藹，海氣苑墻來。祈穀催靈雨，妨農惜露臺。泉聲飛瀑落，樹色翠微開。莫獻甘霖頌，滂沱徧草萊。

陳學山曰："莊重渾雅，如見景龍時氣象。"

直宿西清再和

伏謁近楓宸，香迎滿苑春。曉鐘花影散，寒食柳烟新。宮闕移天象，夔龍捧日心。聖朝多獻替，滄海未閒身。

秦留仙庶常招同楊爾寧、王印周、楊炯如、徐荆山諸年友小飲

客到攤書興，清宵共草堂。垂帷閒著史，疏鬢半爲郎。樹冷蜈蚣伏，［一］墻陰薜荔長。新秋難遣放，莫惜倒壺觴。

郝敏公曰："景色幽澹。"

【校記】

[一]"樹冷螁蟒伏",《信美軒詩選》作"壁冷蛸蠨伏"。

客夜獨坐懷山中舊友

故人久寂寞,相訊復何如。春到愁中換,交因病後疏。蛩鳴方貰酒,月出正攤書。空負羊求意,荒園滿種蔬。

赵錦帆曰:"疏秀頗近爾皇甫。"

宋中吕司寇祠和王文安公韻

風雨碭城暮,荒祠尚巋然。黃河流故澤,白蔓覆新烟。俎豆虔遺老,衣冠儼後賢。殘碑名跡在,知籍蔡邕傳。

沈韓倬曰:"入格,不作刻畫語,真慶曆大家之遺。"

送劉石生之秦

萬里咸陽道,三年復此行。雁聲寒渭水,秋色上蒲城。日蝕秦碑斷,天空漢時平。尚留雙劍在,風雨試長鳴。

黃次辰曰:"沉亮蒼渾,何減盛唐合作。"

送章載弘令壽光

巖邑望崔巍,荒雲抱海隈。夕陽平野度,秋色亂山來。虹掛孤城暮,龍吟萬壑哀。神仙多吏隱,咫尺是蓬萊。

許青嶼曰:"中二聯已入少陵妙境,結復穩切。"

其　　二

朝辭丹闕去,匹馬向東行。樹出田橫島,沙鳴灌子城。人烟昏海氣,茅屋斷砧聲。辛苦中原戰,殘疆久廢耕。

送張伊嵩令雲間

張翰江東去,花迎紫綬新。宦遊常帶鶴,歸路豈思蓴。泖口逢春早,橫山送雁頻。應憐作賦客,灑酒問靈均。

金冶公曰:"三四翻意能新。"

其　　二

一棹吳淞水,鄉關咫尺間。莫嫌棲枳棘,猶傍鳳凰山。射獵新城戍,旌旗大海還。蟠根君獨試,劇邑豈辭艱。

張公遠曰:"二首有意摩太白者。"

送胡矜古令臨邑

西[一]望祝融城,揚桴塞上行。到關饒魏地,聽角半秦聲。烏突餘風古,黃[二]榆秋色清。休言邊境僻,父老傍車迎。陳其山曰:"深於嘉川,不欲膚似。"

【校記】

[一]"西",《信美軒詩選》作"兩"。
[二]"黃",《信美軒詩選》作"粉"。

送錢學使赴晉中

秋盡汾陽路,山花照使袍。王晞原駐節,孫楚舊揮毫。地把龍門險,天回雁嶺高。論文多雅興,白雪共誰操。

其 二

綰佩新銜命,除書到晉中。山川雄代郡,文物盛河東。說劍龍俱躍,掄才驥欲空。襄陵春釀熟,應念故人門。

祈雪齋居

雪滿齋居日,微風散曉珂。到壇寒却減,比玉瑞能多。袖惹爐烟濕,鐘迎羽仗和。回鑾苹澤野,黃竹動郊歌。自注:上還自西海子。

劉瑞公曰:"盛世之音,結更雅切。"

晚出西苑門

傳道回鑾日,銅街輦路分。苑墻翻碧鳥,城堞駐紅雲。候火回雕陣,秋風散馬群。欣瞻龍馭近,歌吹日邊聞。

秋病書懷八首 比部作。

帝鄉秋漸老,客子最關心。自遣無長策,真難惜寸陰。顧朝人共笑,躭病酒俱深。不見南歸雁,空聞塞外音。

孫宇台曰:"今味結句亦是詩讖,豈宜公忠州之謫亦有定數耶。"

其　　二

倚徒空庭暮，階盈石蘇齋。松鼯緣屋掛，山槿出墻低。戀闕慙新俸，逢人話故溪。連朝深夜雨，何地不凄凄。

其　　三

薊北風烟裏，逢迎意獨殊。虛囊存白蠹，疲馬厭青芻。疏拙違明主，行藏信腐儒。遥看銀漢近，歸興滿江湖。

其　　四

苦憶親垂老，秋風鬢幾絲。露凋墻角蔓，鳥啄桂花枝。難得鄉書到，應憐伏枕時。鹿門如可望，莫訝去官遲。

蔣大鴻曰："至性語不堪再讀，何減《蓼莪》之詩。"

其　　五

窮老燕南客，朝朝逐紫宸。宦途原逆旅，生計問旁人。忝祿真無補，浮名豈稱身。草玄能嗜酒，休道子雲貧。

其　　六

禁闕曉蒼蒼，秋空雁幾行。角聲凋旅鬢，月色認他鄉。苦戰山河異，爲郎歲月長。向南遷客少，曾否到襄陽。

其　　七

西山憑檻出，無雨亦空濛。池冷疏鷗鶩，天青吸蝶蜂。露葵寒欲摘，畦菜晚常充。退食歸東省，棲遲野興同。

其　　八

小閣供虛朓，微風斷晚林。鳥歸雙闕迥，砧入五雲深。晝臥松杉老，秋來天地陰。滄江愁更遠，日暮苦沉岭。

吳伯成曰："八首疏澹幽折，意到情至，作者箕潁之志出於性成，讀此可見。"

送王山長還楚南

共惜南天遠，相看此送君。一裘雙闕雨，十載九疑雲。歲月丹青裏，棲遲鵷雀群。明朝縮綬去，離思倍紛紛。

彭燕又曰："一裘二語數凡四見，益雅練、益精緊，非老手不辨。"

其　　二

地盡三巴接，將歸南雍州。天空一雁斷，何處岳陽樓。橘樹侵寒雨，猿聲入暮秋。仲宣仍作客，更切望鄉愁。

弟雁水曰："遙對格，工巧乃爾，妙出自然。"

送呂蓮洲比部辭官歸宋中

北闕馬爭飛，偏君願獨違。幾人懷綬去，一疏乞骸歸。皂帽仍樵徑，黃河有釣磯。漆園曾隱地，聊且臥荊扉。

陳素庵曰："起法兀突有力，全作事境俱老，似倣《北闕休上書》一首。"

其　　二

欲去冠初掛，愴然思舊游。相憐非失路，何意問滄洲。身豈無材棄,官從未老休。遽歸情獨切,汴水應東流。

張譙明曰:"淋漓意盡。"

丙申除夕

病懷常計日,客邸況逢春。白髮新年事,黃昏隔歲人。星河低北闕,角鼓静東鄰。對酒渾難盡,明朝向紫宸。

諸西侯曰:"三四警切。"

初春憶田園寄弋雲素涵兩舍弟

憶弟多清興,尋山只舊蹊。花源人不到,竹徑汝能棲。野菜肥堪摘,村醅熟可携。田家春事近,莫怪乳鳩啼。

邵戒三曰:"猶見襄陽逸致。"

贈汪員外崙木

明光趨直罷,向夕未開簾。畫省邀青綬,參軍愛紫髯。香含雲欲近,朝退露常霑。滿索東方俸,知君不久淹。

慰李琳枝侍御詔獄

抗疏令何事,身危直道難。忽聞收北寺,不敢問南冠。草莽臣無狀,朝廷法屢寬。聖明知汝戀,頻取諫書看。

爲梁宗伯蒼巖題《蕉林書屋圖》和龔芝麓尚書原韻四首

幽居偏水竹，公獨愛山蕉。人幔分清靄，來琴送寂寥。虛窗含宿霧，高枕美春潮。已盡滄洲趣，何嫌谷口遙。

王阮亭曰："四作風骨不乏而穠華可愛。"又曰："高枕句非身在綠陰駘蕩中不能道出。"

其　　二

東隅成小築，豈是傲泉林。松菊當杯興，蓬蒿此日心。雨昏山鳥悅，夜濕草蟲吟。拂袖清陰滿，偏欣野服侵。

其　　三

荒徑草堂深，幽人獨醉吟。攤書雲影滑，剪燭翠烟森。風送雙樽綠，晴分半畝陰。杖藜隨意到，不負灞陵心。

其　　四

綠野尚書閣，晴窗自穩眠。尋常雲裏樹，尺五洞中天。却老黃庭卷，棲真白石萹。風敲幽響細，吹度入無弦。

徐電發曰："妙有含蓄，不言畫而語語如畫。"

遇飲孫怍庭太常

奉常初掃閣，乘興到松筠。暑月山窗净，清齋野摘新。有花多酌我，聽鳥倍懷人。莫惜當杯別，吾今老釣綸。

送柴二虎臣南歸二首

忽漫辭燕邸，冬深到草亭。酒瓢探歲月，藥裹足參苓。雁落吹沙赤，帆開宿雨青。長途寧寂莫，應有換鵝經。

其　　二

歸去渺何意，故人難再逢。問裝殊絮絮，話別太匆匆。地闊秋多雨，裘深晚禦風。此行吳市隱。不久傍梁鴻。

何巽子曰："五六司空圖佳句。"

送許力臣遊雍歸廣陵

許子東都彥，時名久擅場。賦才探石鼓，碑記辨中郎。芳草遲歸夢，春星冷客裝。右文當宁意，及早獻長楊。

送黃繡書之任武威

挾劍事長征，蕭蕭班馬鳴。河從張掖遠，雲傍合黎生。才子臨戎壯，參軍草檄成。巡行牧羝處，應不愧蘇郎。

洪畏軒曰："初唐四傑有此工麗。"

逢高念東中丞使楚還濟上

幸值中丞節，還朝問舊溪。黃陵楓葉落，斑竹鷓鴣啼。樹密知鄉近，天空望闕低。荊南饒景物，驛路滿新題。

李湘北曰："全於寫景中寓意深遠,中丞望闕之殷、奉使之介溢於言外。"

懷彭城司馬紀子湘

相送江亭暮,離情十載餘。黃河檻外出,青鬢日邊疏。禄薄惟供客,官閒且著書。風烟淮楚盡,秋興倍何如。

送任城陳虎侯刺史予告歸南徐

昨道辭官去,陳情已上聞。斑衣動芳草,白袷趁浮雲。江表歸元直,河干擁冠君。扳車煩父老,能不悵離群。

懷澹汝弟令獻縣

憶弟蒼烟外,秋空一雁橫。天低雲入户,水落樹爲城。疲邑能安阜,新詩愈老成。已聞遷書省,相佇倍含情。

鄒石友曰："情境俱真,措言清令,其曠澹處何減王藍田。"

送友之衡陽

一身僮僕少,雙淚別離難。滿折舟行疾,峰迴雁度寒。蠻雲遮去路,瘴嶺起流官。帆勢隨江轉,衡山九面看。

弟景行曰："與李東川《送人之沔陽》同出一格,而結語似勝。"

送友之西川

相送南天遠,悲君早戒裝。聞猿遇棧嶺,如馬下瞿塘。蠻部情難測,蠶叢路更長。客愁容遣放,郫酒醉何妨。

湯潛庵曰:"聞猿二語工警,非少陵莫辨。"

其　　二

江勢掛岷峨,三湘逐客過。酒香椰子熟,淚隕竹枝歌。鳥語樽前換,猿聲雨後多。浣花溪尚在,愁老杜陵何。

陳介眉曰:"淹伊多恣態,錦江秋色倘怳目前。"

送人之戎州

憐君萬里去,知爲訪嚴親。虎出從官廨,人行共鬼鄰。衫叢迷僰道,橘葉亂江春。消息無烽火,何時還向秦。

辛柳下曰:"奇情警語,筆勁氣蒼。張文昌'擁雪添軍罍,收冰當井泉',真堪并峙。"

寓洪光祿金魚池別業

相國池亭舊,環流別墅寬。鶼鶒眠雨足,蘆荻犯星寒。竹裏彈流水,雲邊隱釣竿。詩成憶光祿,長把醉中看。

其　　二

名園初賜日,韋曲望春時。柳嫩搖波綠,花深出鳥遲。繩牀開貯瓮,石案舊彈棋。獨羨臨流意,翛然濮上期。

其 三

涼生凭水閣,風細引鳴泉。心净日忘暑,眼迷花欲然。香深移簟近,鳥度落杯先。不受京塵污,秋空聞暮蟬。

  李石臺曰:"山影水中盡,鳥聲天際來,此戎昱語也。三作思致遠騰,頗饒游詠之趣。"

長 安 秋 望

極日燕南道,關河氣灪森。天懸雙闕迥,霧合九門深。吹角通遙塞,鳴鞭過遠林。中原休戰伐,戎馬莫相侵。

其 二

帝里秋臨早,霜清御路閑。遠砧迥北雁,落日蕩西山。槐影鳴珂散,沙塵獵騎還。不知征戍客,幾度望長安。

  李匪蓼曰:"二作雄爽英特,咄咄逼人,曹蛉、李志對此氣索。"

督 亢 陂

地脉中都勝,陂亭勢鬱蟠。函關容隘路,易水走危灘。獵騎逢秋壯,烟林入暮殘。悲風中夜起,多爲泣燕丹。

樓 桑 村

昭烈興王地,村原亦自雄。荒墟空翠合,老幹落雲封。事業鄉關外,君臣草莽中。居人樵牧處,風雨見遺弓。

　　吳志伊曰:"三分草昧,與沛上歌風約畧不同,五六深妙,可謂要言不凡。"

酈　　亭

酈亭遺址没,故跡水經傳。土沃栽梨圃,津遍灌稻泉。橫溝連巨馬,白日冷幽燕。不見名賢宅,榛茅正颯然。

憶蘇門山

昨遊攀絶嶺,曾與暮山期。得意降陰外,坐看雲起時。驚秋蟬噪急,渡澗鹿歸遲。空谷聞長嘯,何年採石芝。

　　韓孟一曰:"襄陽風調,迥出塵外。"

宿徹上人禪房

遠寺青郊外,尋僧到水涯。愒來無個事,且住便爲佳。拂坐惟雲入,安禪與鳥偕。秋空清磬響,木葉下重階。

　　朱錫鬯曰:"蕭條高寄,遠有致思,勝右丞過氳上人作。"
　　曹叔方曰:"三四以晉人佳語入詩,大有逸致。"

野　　宿

野宿何緣到,林墟小迳幽。晚涼容月過,疏樹納風柔。倦得繩牀穩,閒因竹塢留。宵深須自醉,明日別燕州。

彭雲客曰："字字精琢，逼真少陵家數。"

春暮憶家園

種藥曾無圃，編茅亦傍湖。柔桑催布穀，遠漱喚提壺。花撲江春換，星移閣夜孤。人來看竹少，三徑或全蕪。

蟋　　蟀

入夜空階靜，微蟲音正繁。感時迎白露，耐月度黃昏。急響知秋老，無求託自存。幾番驚伏枕，怪汝負寒暄。

顧在衡曰："詠物諸作，纏綿巧妙，深得風人比興之義。"

鷺

遠水沙禽見，相憐湖上秋。立長依淺瀨，夢不離滄洲。月色連秋草，蘆花隱釣舟。徘徊顧雙影，飛去狎眠鷗。

秋　海　棠

木落山堂冷，繁花繞砌紅。淺香含夜色，多豔耐秋風。洛浦初分珮，昭陽未入宮。容華長自惜，不與眾芳同。

馮青士曰："昌黎詠木芙蓉氣體未道，此作固當遠勝。"

扶荔堂詩集選卷四

五言律詩　居東稿

隴　頭

隴水西流急,陽關此路過。鳴沙迴黑石,橫嶺截黃河。磧裏看鴻小,城邊飲馬多。梅花渾欲折,春盡奈愁何。

龔芝麓曰:"神似延清。"
宗梅岑曰:"寫景抒情宛訴盡態,一結更自悠然。"

長　安　道

關樹迴雲霄,秦宮鎖寂寥。倡樓青雀映,香陌紫騮驕。供帳通鄠社,春風小渭橋。遊人望京洛,松木暮蕭蕭。

田遜庵曰:"長安風物如几案間,群腴清麗,摩詰後身。"
傅彤臣曰:"典麗可誦。"

洛　陽　道

伊洛繁華舊,園林勝地幽。池臨修竹密,春逐落花流。女几仙人宅，銅馳公子樓。津橋車馬盛，爭傍少年遊。

  魏貞庵曰："蕭疏俊逸，兼輞川竹溪之勝。"
  申鳧盟曰："以上三首整練流麗，似初唐王盧風致，仍不失齊梁本色。"

大　堤　曲

  楚雨秋城暮，行人唱大堤。江流蟠嶂外，雲起鹿門西。酒熟鯿能美，楓青鳥自啼。山公幾回醉，愁殺白銅堤。

  黃次辰曰："語格俱古。"
  慕鶴鳴曰："駸駸乎盛唐矣，入《高常侍集》幾不可辨。"

初至靖安寄邸中諸舊友

  萬里從戎路，崎嶇正此行。雁聲孤斷磧，虎氣撼空城。淚盡慚兒女，身危仗聖明。刀環何日約，回首玉關情。

  蔣虎臣曰："《國風·卷耳》懷遠道而置周行，離憂起止，若不能自主，風人採之，許以爲情之正也。"
  余澹心曰："'虎氣'句，奇語雄雋，'身危仗聖明'得小雅之旨。"

東　岡

  灌木陰此靜，誅茅遠市城。榆烟消鹿塞，穀雨換禽聲。客久如無歲，山多不辨名。杖藜隨野老，竟日少逢迎。

  關六鈴曰："四十字中都以轉換作勢，寫得山川風物性情晦明寒暑氣候一時俱動，不數右丞畫中詩也。"
  計子山曰："'穀雨換禽聲'，言氣候之遲，山多不辨名，見土風之曠，深至刻入,真三百篇遺意。"

其　　二

有客在菰廬,愁中歲月徂。虛橐生蟛蠓,旅食伴鼪鼯。種樹書能注,還丹道未殊。車驅聞扣角,隨興答樵夫。

梁蒼巖曰:"起手落落自如,二四造語蒼特,從《東山章》得來。"
陳胤倩曰:"無一凡音熟字,是祠部極意工練,力挽時風者。"

其　　三

得傍東岡住,峰陰人檻低。花繁依虎落,月出共雞棲。餌朮容高枕,編茅只舊溪。近來農事懶,瓜菜廢春和。

胡又弓曰:"通體明秀,三四一聯,景色迥異,天然之妙。"
趙雍客曰:"祠部近詩每于入句中一語必用一典,絕無屬對排比之跡,此少陵之真傳,實詩家之三昧也。"

其　　四

信是興王地,城郊古木穠。鸛鳴三殿雨,猱挂二陵松。疏拙違明主,胼胝愧老農。吾廬荒徑近,時見白雲封。

姚龍懷曰:"三四寫景之雄,五六言情之婉,首尾勻適,允屬合作。"
弟泰巖曰:"悲感蒼渾,最是空同老筆。"

其　　五

寂寞餘三迳,誰過共草堂。天低星浩蕩,秋近燕匆忙。蘆尾懷人倍,烏皮歸思長。依山聊可宅,莫更問南鄉。

林鐵厓曰:"典味悠長,總不欲寄人籬下。"
孫宇台曰:"頭聯寫夏景如畫,造語奇曠似孟東野。"

朝元宮贈苗譙明鍊師

城北霄宮映，幽清禮法壇。金光晨不定，瑤草晝長寒。庭閉三花樹，爐空八石丹。鳴鑾憑想像，時向彩雲看。

梁葵石曰："典麗多姿。"

諸駿男曰："鍊師炯炯玉立，爲關東孫許，得此可傳矣。"

野　　寺

何代降興寺，碑荒不記年。鐘沉殘雪外，僧老白雲邊。牛背棲鳥定，松根吐蕨鮮。將尋慧遠去，山木正蒼然。

查王望曰："境地情思俱在霞嶺之表。"

陸左械曰："凌劉鑠顧，得中唐佳境。"

送張坦公方伯出塞

昨惜江城別，何堪復送君。關從鴉鵲斷，路立虎狼分。愁劇須憑酒，時危莫論文。此方春不到，應與雁爲群。

陸吳州曰："四首一氣讀之，情景淒然，如夜度邊關，聽烏烏吹角。一結婉戀獨絕。"

趙千門曰："含情真摯，語自高渾。"

其　　二

萬里窮沙北，由來道路難。馬蹄隨處滑，山面逼人寒。採葉屯禾峪，尋源脫木灘。所居依水住，肯作故園看。屯禾、脫木塞地，依木園張故園也。

顧偉南曰："比'山從人面起，雲傍馬頭生'，又闢二佳境。"

侯仙蓓曰："寫景如在目前，從來作行塞詩無此真宛。"

其　　三

老去悲長劍，胡爲獨遠征。半生戎馬換，片語玉關行。亂石衝雲走，飛沙撼磧鳴。萬方新雨露，吹不到邊城。

徐原一曰："真實語即情至語，故意態婉摯，在嘉州之上。"

孫嘉客曰："五六新奇，當今石破天驚，起句兀突，足振全首。"

其　　四

到塞天俱盡，東行路更長。與君同一謫，相送各他鄉。壠雲欺衰鬢，家書截太行。躊躇顧樽酒，大野色蒼蒼。

傅再臣曰："悽惻傷懷出之妍秀，自入盛唐神境。"

李匪蓼曰："一氣直下，誦入句如一句，真謫仙境也，淋漓處結更黯然動魄矣。"

夏　日　移　居

五遷無定宅，逆旅卜居難。樹老山根出，人希虎氣寒。補籬容膝穩，少雨足心寬。一任閒鷗立，何妨種藥欄。

王阮亭曰："尋常景色，涉筆優儞，濯濯欲新。"

繆歌起曰："每寫虎氣颯然，令人神動。"

其　　二

爲農老閒事，傍寒亦生涯。野摘堪供客，盤餐不問家。雨蒸戎子嫩，日覆射干斜。病肺秋能渴，呼兒劇種瓜。

> 嚴就思曰："以下數首皆摹擬少陵，風致宛爾。五六秀絕。"
>
> 胡蒼虬曰："先生躬耕壟上，灑然有箕山之風。按之買田陽羡，固與子瞻同一襟懷也。"

其　　三

山氣朝來爽，相邀躡屐登。岸花沾鳥沫，溪蘚帶魚冰。野莽全甌脫，荒墩半土崩。漁人未歸去，幽興可能乘。

> 宋荔裳曰："寫景入興極似工部拙處。二四細琢。"
>
> 周敷文曰："'槎逐斷水流'為子山佳句，此堪并駕。"

其　　四

日長村巷靜，客過倍情親。取酒非因婦，呼兒必向鄰。松鬣昏弄月，山鬼夜憎人。送老何餘事，爭看鬢欲新。

> 張公選曰："直述當日情事，處處少陵本色。"
>
> 陳際叔曰："婉摯辛楚，不減《湘纍》。"

其　　五

夢裏家仍在，存亡敢自知。寄衣愁老母，覓果念孤兒。墻罅葵爭吐，溪昏月過遲。棲鳥驚不定，偏繞向南枝。

> 黃蘭嚴曰："悲痛語自性情溢出，如吟《陟岵》使人念懷。"
>
> 張禹服曰："後四言寓情于景，殊得風人比興之義。"

其　　六

亦是蒿三徑，何曾宅一區。閉門馴鳥雀，旅食累妻孥。覓洞穿雲入，緣溪倩杖扶。隣翁饒野興，能醉亦吾徒。

黃蕘升曰："言外有逸思。頸聯屬對渾化,蕭疏有致。"
彭裏五曰："老幹蒼然,殆秦松漢柏。"

其　　七

閉門春欲暮,旅病亦多時。檐鵲饑爭啄,溪花晚自私。邴生歸計少,揚子守玄遲。極目鄉關柳,春風好護持。

徐山卓曰："'溪花晚自私',襟期何等曠適。通體思幽而厚,的是風騷正系。"

王倩修曰："護持鄉柳歸思,正是不減,祠部固善於言愁也。"

其　　八

茅屋家家雨,南山日就蕪。春蒿牆欲上,晚雀壠相呼。或可鄉名鄭,能將谷是愚。掩荊眠鹿在,長取對潛夫。

桑雨嵐曰："景奇句秀,筆筆逋異,當令嘉州失步,襄陽色沮。"

韓孟一曰："'春蒿'句用樂府語,新妙是本少陵倒出法。"

過孫納言山齋

久雨除階草,清秋小築成。孤峰數茆屋,五柳一先生。伏枕流泉出,開軒宿鳥迎。山居無剝啄,竟日掩柴荊。

盧景韓曰："蕭逸如濯濯春月柳。"

吳漢槎曰："高磊澹雋,丁卯集中佳調。"

陳韋齊見過偶贈

落魄看君好,擔囊未是貧。哀深知庾信,形似得王珣。賣卜居非市,銜杯籍有隣。夜闌爭話舊,歸興滿松筠。

劉雨章曰："反覆真樸，如竹窗對話。"

卓火傳曰："淡然意遠，境詣自高。"

題唐昭回舫齋

隨意卧滄洲，蕭然物外遊。居非五湖水，興在一孤舟。倚檻看飛鳥，忘魚任釣鈎。生涯原不繫，長此復何求。

翁渭公曰："清永絕倫，非大曆以後可比。"

羅子約曰："一派諷義，互見篇法，起伏吞吐，神似高岑。"

萬花樓爲劉將軍故宅

聞道元戎幕，花樓舊舞筵。鐵衣龍自浣，金柝鳥能傳。天地兵聲合，山河霸氣偏。蕭蕭臨大樹，時送石堂烟。

寧伊庵曰："典雅處却極酸楚，調近初唐。"

顧九恒曰："俛仰憑吊，與拾遺過何將軍作同出一體。"

至 日

荒屯風土異，薄暮望郊坰。冬至麥芒白，燈昏雪片青。豚肩迎伏臘，羯鼓賽靈星。野老偏斟酌，子真笑獨醒。

顧梁汾曰："造句託興，此真神似空同。"

陸冠周曰："設色點染俱极新粲，望而知非近代所有。"

野 望

野望天垂盡，歸遲日未冥。鳥聲山雨淨，驢龍夕陽青。藜榻應長掃,柴門不用扃。有書兼濁酒,肯讓子雲亭。

> 俞夢符曰:"何其灑灑,可覘典客胸中自有丘壑。"
> 孟詞宗曰:"一幅野望圖,非摩詰不能工也。"

遼海雜詩

割據千年事,公孫尚有城。窟深藏虎豹,風急走鼯鼪。臂上秋翎勁,山頭獵火明。少年空自健,愁說罷南征。

> 吳薗次曰:"格調蒼勁,比'草枯鷹眼疾'更爲高渾。"
> 張用霖曰:"子美秦中詩蒼以遠,藥園居東詩婉以深,雜詠八首風旨韶秀,難分瑜亮。"

其　二

河流環塞入,萬里永安橋。直欲凌滄海,無因傍赤霄。窮秋煩將士,大雪困漁樵。耕鑿慚衰謝,魯何補聖朝。

> 姬象方曰:"崢崢氣骨,壓倒獻吉。"
> 沈中立曰:"結句婉摯,三百篇忠厚遺意猶見今日。"

其　三

不見桃花島,清冥斷海頭。戈船回赤日,火霧改滄洲。五嶺仍開瘴,三江未穩流。管寧曾渡此,今得許同遊。

> 施愚山曰:"最爲奇麗,有江波濯錦之色。"
> 常肅之曰:"筆興翻騰,目空作者。"

其　四

半嶺橫山寺,流泉迥翠微。懸崖水不斷,出瀑月長飛。徑滑雲生屐，籐穿石礙衣。關心緣底事，聊此坐忘機。

史雲次曰：“骨健氣老，直過東陽。”

毛介祉曰：“三四景異語脆，如英英潭霧。”

其　　五

本截蚜蝛險，翻爲虎豹鄰。踏停通鳥道，羌種雜鮫人。地僻多亡命，村虛易食貧。近邊無一警，不得仰和親。

楊自西曰：“通首壯健，屹屹不群。”

陸拒石曰：“三四聯寫景逼真，蒼莽之氣，即遠煙斜景之句，遜其遒勁。”

其　　六

數遣句驪使，邊陲控制強。腥風吞鴨洲，朔吹撼龍岡。輻輳真無外，旌裘尚一方。海東還內地，日出見扶桑。

李石薑曰：“悲而壯，節音中雅。”

馮寧生曰：“似唐人《送晁監歸日本》詩，必推右丞爲冠。”

其　　七

最攬東岡勝，山川有廢興。百年消戰氣，六月少炎蒸。龍起呼雲出，鷄棲待旭生。藤蘿朝礙眼，何似莽相仍。

金紫汾曰：“托意幽遠，不棘不膚。”

徐武令曰：“感慨悲壯，妙有不盡之意，見於言外，故其辭音蒼涼，雍門墮涕。”

其　　八

自在分邊郡，荒墩幾處傾。蜂房撑老樹，虎跡閃空城。甃井連冰鑿，山畦趁火耕。折來新戶口，廿載不知兵。

查伊璜曰:"虎氣憾空城雄悍突出,虎跡句又復幽怪,各極其妙不妨疊見。"

張祖望曰:"以上八首,無一恒語,無一恒境,誕秀吐奇,正似傾河架參,珠庭皎潔。"

扶荔堂詩集選卷五

五言律　遊稿

初返長安作

一裘衝雪至，忽見綠楊天。春到長安換，詩從絶塞傳。君恩優版築，臣力乏車牽。何日西陵渡，還耕負郭田。

其　二

放馬迂邊路，崎嶇陟薊門。入關天異色，渡水曉常昏。去日蒼髯盡，歸裝亂紙存。已希燕市侶，慷慨向誰言。

施硯山曰："入關二句從少陵'無風雲出塞'得來，却境真語聲。"

饒　陽

歸程頻計日，目送嶺雲長。漫爾驚初夏，翻然懷舊鄉。岸沙迎馬腹，村樹礙羊腸。獨愧披裘客，江亭晚正涼。

魏青城曰："東路林墟實饒此景，三四固不嫌巧。"

深　澤

別路山城暮,疏林我舊過。鹿門雙鬢換,驢背一瓢多。落日低橫嶺,清霜穩渡河。鄉書經歲杳,旅雁奈愁何。

白　溝　驛

古道臨殘驛,蒼烟望欲迷。荒祠瘦樹出,遠水禿鶖啼。地莽交河北,雲橫督亢西。歸心託飛鳥,遙度夕陽低。

任梁河曰:"客途景色,情寓境中,右丞詩中有畫,信然。"

汶陽旅興貽孔震浮令君

客途淹歲序,城闕見深春。少昊餘風古,防山薦豆新。清明黃鳥候,車馬綠楊人。安邑無嫌累,渾忘旅食貧。

其　二

漸邐窮桑境,蒼蒼極望迷。城頭汶水斷,樹杪嶧山低。岸柳衝人眼,春星怯馬蹄。寓亭偏負郭,聊此作孤棲。

蔡昆暘曰:"岸柳春星是行旅真境,老於道途者自當擊節不置。"

其　三

已徧東郊展,棲遲況此遊。樽饒穆生醴,書滿鄭莊郵。偕葉翻風白,溪毛著雨柔。仙源尋未得,吾意任滄洲。

其　　四

淳樸文宣里，村墟遠傍涯。近城全古木，隔水半樵家。公府閒亭舊，君山返照斜。春來鄉思倍，不敢問梅花。

<blockquote>許竹隱曰："深秀中曲盡汶陽景物，非流連陟歷不能作。"</blockquote>

送孔博士魯石奉詔之京

公是沂侯裔，班荆此地逢。酒豪同北海，經諭折充宗。芳樹燕山合，春雲上苑穠。征旆莫延佇，天子待臨雍。

<blockquote>劉瑞公曰："結到臨雍，全首始振。"</blockquote>

南池九日旅懷同徐電發賦

九日南池暮，荒城木落初。曧交寒露短，雲傍菊花疏。貧理將歸棹，愁攤却病書。茱萸渾未折，把酒欲何如。

其　　二

物候驚秋老，天涯歲序長。其如催短鬢，況復是重陽。茅屋安愁雨，絺衣耐晚涼。雲邊數歸雁，颸杳已成行。

<blockquote>林西仲曰："'茅屋'一聯極盡旅途之況，安字尤穩妙。"</blockquote>

陸吳州水部招同陳虎侯州牧任城署園小集

折簡招山客，頻過日暮時。圍棊安石墅，倒甕習家池。冷署秋臨早，疏林雨度遲。無多廳事散，常共野人期。

紀孟起曰："輕清雅脫，王岑正派。"

其　　二

相尋官閣裏，乘暇興何如。陸賈談無敵，陳登氣不除。蟬鳴殘暑盡，鶴佇暝烟疏。六逸遺風在，城南有舊廬。

其　　三

十日過君飲，忘歸恣遠探。呼盧慚再北，垂橐少雙南。聽竹凭鳥兒，看雲枕石潭。莫嫌疏禮法，昔是懶朝參。

其　　四

水部詩名久，江州雅誼新。酒樓堪住客，滄海未歸人。橘柚蠻天近，音書旅雁頻。秋江蕈漸老，須早及垂綸。

方丈虎曰："祠部豪興不減，似王世將倚船長嘯，思致甚逸。"

飲胡吉脩齋中

白日茅簷靜，松風一榻懸。盆中佇幽石，竹外引鳴泉。璞以知希貴，琴因別闋傳。休嗟淪放後，厄酒且盤旋。

其　　二

慷慨當杯意，相看各自知。青山留醉客，白眼混明時。小閣疏秋色，荒禽點暮池。他鄉逢九日，應訝菊開遲。

徐電發曰："三、四是嘉州後語。"

岜山橋守歲

暫來依小閣,亦在百花洲。濁酒送殘夜,黃昏吹弊裘。燭移簷鵲噪,星定石澌流。世路逢迎拙,棲棲何所求。

懷紀子湘少府

佐郡聲名舊,馳驅未易才。淮流三楚斷,秋色五陵來。廳事鳥啼寂,客帆烟霽開。懷君楓岸隔,落日照銜杯。

<small>毛大可曰:"五六似太白,非丁卯集中調也。"</small>

宛上送毛大可之廬陵兼訊施少參尚白

孤舟同作客,別路倍依依。相送自厓返,念君何日歸。江城殘橋落,楚樹斷鴻飛。好共湖西約,予今有釣磯。

<small>陸梯霞曰:"結句宛約,偕隱之意溢然言外。"</small>

登施次仲前輩池閣懷愚山

城南高閣子,門對響山泉。一水涵處白,孤亭抉太玄。交從諸阮密,詩向阿戎傳。獨有蕭灘雁,朝朝落檻邊。

同龔宣城遊響山

載酒尋幽谷,秋高沙渚清。斷橋連菼沒,小艇共鳧輕。月出楓初落,潮生泉欲鳴。臨流發新唱,還憶謝宣城。

沈方鄴曰:"抒景疏澹。"

和　州

西楚天亡地,山河百戰存。陰陵隨鳥度,利浦入江渾。寇燹民凋盡,官租役苦繁。孤城沙荻岸,落日散高原。

茆一峰曰:"起于蒼健,全作有俊鶻摩空之勢。"

巢仙鎮

巢父棲真處,攀崖絕頂行。徑迤攢怪石,峰合抱孤城。白日仙人氣,浮雲太古情。逃名應洗耳,閒坐聽松聲。

張秦亭曰:"沈亞之'山秋夢桂樹',此詩託興畧同。"

無為州

石磯猶在望,風急趁揚舲。險扼濡須塢,文留海嶽亭。草田因水沒,漁火到江青。漸見嚴城近,孤舟隔浦停。

冬暮巢川寓呂仞千邑令

聞道巢川勝,居然一水涯。綠簑隨樹晾,紅稻帶沙犁。日泠王喬洞,烟荒亞父祠。漁樵宜此地,世事少人知。

黃次辰曰:"鍊句精琢。"

其　二

南朓滄茫外，天圍水石間。巢湖平到郭，茅屋亂依山。地确徵求少，風淳聽訟閒。冰流戒津吏，莫更掩橋關。

其　三

旅興何難遣，偏傷逼歲除。斷雲攢岫麓，落日蕩林墟。木屋傍栽柳，居人業捕魚。江鄉行跡少，難得故園書。

其　四

命屐煩賢令，陪遊踏雪還。滿城确楚地，濡水限吳關。官廨層巒裏，人家密樹間。呂安真吏隱，偏傍臥牛山。

賈雲谷曰："四首寄情超逸，似姚合武功縣諸作。"

句　曲

馬首秋原外，垂鞭趁夕曛。江迴孤嶺樹，城接亂山雲。丹井荒郊沒，鐘聲遠寺聞。鶴橋占歲稔，尚仰大茅君。

黃俞邰曰："山城景色宛然身在句曲雲霧中。'江迴'二語盛唐警句。"

江　浦

渡水重騎馬，衝泥荻岸長。有山皆是赤，何草不云黃。地僻雲依郭，人稀邑似鄉。村多捕魚者，野宿兩三航。

朱錫鬯曰："清出似孟東野。"

十九日同人晏集限登平山堂四韵兼寓金長真郡守

爽閣秋烟裏，虛欄任客凭。扁舟何意住，逸興幾人秉。野菊今朝醉，山翁舊日登。臨風把厄酒，松下酬廬陵。

其　二

山樓長眺望，極目見蕪城。沙闊江鴻小，天空楚樹平。十千豐酒價，六一盛詩名。重起烟霞色，偏憐客宦情。

彭愛琴曰："三四盛唐傑句。"

其　三

堂北秋將暮，丹楓照客顏。比隣殘葉寺，遠樹夕陽出。無恙川原在，難逢歲序閒。風流時代盡，憑弔欲追攀。

其　四

兄弟登高晏，天涯共此堂。樹栽今太守，日落古重陽。白袷欹看鬢，朱萸醉滿囊。竹西歸路近，野色暮蒼蒼。

宗鶴問曰："風調流逸，洒然自別。"

爲吳介玆題照

空山秋正暮，踞石待詩成。向栩躭幽境，吳均負盛名。日雲携袖滿，黃葉照髯明。何處尋高跡，漁磯亦傍城。

倪閣公曰："分明畫出。"

爲陶俊公題照

置子宜丘壑，相看逸興同。淮陰真國士，彭澤舊家風。賦就吳都日，書探禹穴中。狂來雙眼白，高詠據梧桐。

爲同年張即公少府悼亡和原韻

偏憐張壯武，作賦永懷人，張華作《永懷賦》。帳冷魚燈夜，窗虛燕幕春。葉香魂欲返，花貌畫難真，賴有終童子。他年對白麟。

其　　二

孤衾寒自擁，殘月正西樓。鏡翠難分影，爐薰不上篝。鵑啼三月夢，蕙轉百年愁。容易朝雲散，人間肯暫留。

林澹亭曰："句綺而情摯，非同落葉哀蟬也。"

佟中丞滙白招遊僻園同宋荔裳觀察賦

三徑原稱僻，愈幽十畝園。參軍分廨舍，杜老戀江村。遠寺香臺映，前朝古樹存。長干留別墅，重築謝公墩。

其　　二

草堂臨水見，風景似溪西。竹客人難到，烟深路欲迷。亭懸孤澗繞，野眺萬峰齊。應傍花源住，琴樽好共携。

黃庭表曰："竹客二句襄陽佳調。"

其　　三

更凭高閣子,秋色望中來。雲向窗間出,山從鏡裏開。芙蓉人舊幕,鸚鵡容多才。堪咲桓南郡,金城柳自栽。

其　　四

山棲非石隱,小築爲誰營。石貌千層秀,波光一片明。盤飧多野味,絲竹有新聲。入夜流泉響,花稍送漏更。

其　　五

爛醉長松下,昔看抱瓮眠。周顗非斷酒,蘇晉豈逃禪。晚菊墻根吐,秋河樹杪懸。何須同梓澤,文杏斲爲椽。

其　　六

灌園聊自適,安分且藜牀。欲送歸盤谷,何如返故鄉。棲遲同栗里,耆舊盡襄陽。不遣臨邛客,墟頭換鷫鸘。

宋荔裳曰:"少陵'遊何將軍園亭'意多景少,六詠抒寫殆盡,僕憨小巫矣。"

和韻送筠上人之玉峰

精舍疏林裏,荒城可結龕。遠公詩自好,裴相偈誰參。飛鳥隨身鉢,摩尼入藏函。東遊多振錫,應未老瞿曇。

其　　二

筠公玉峰去,踏破幾芒鞋。日落磬聲寂,雲來山氣佳。沙門傳惠解,法界現無懷。留客長煨芋,園蔬足供齋。

弟次蘭曰:"'船裏猶鳴磬,溪頭自曝衣',闔仙佳語也,'日落'二句足與頡頏。"

惠山二泉亭和奚蘇嶺少府韻

地闢名泉勝,曾聞著《水經》。影分垂露潔,流入亂雲青。蒼檜何年樹,殘碑歷代銘。家家春釀美,應照酒旗星。

錢磑日曰:"'流入亂雲青',與賈詩'月影在蒲根',皆工妙可思。"

其　二

二水如分鏡,真堪詠濯纓。亭空雲自起,林寂鳥常鳴。遠映春申浦,遙環泰伯城。居然塵不到,物外倍含情。

過　畧　城

津橋秉曉渡,秋色霧中看。風便揚帆直,舟移伏枕安。木棉隨路長,沙鳥入波寒。望裏江亭樹,依依過別灘。

韓元少曰:"'夕逗烟村'朝緣浦樹,'舟行佳境似此,輕婉多姿'不亞曲江風度。"

虎丘上巳春雨集酬林天友使君

脩禊山堂静,臨流問虎溪。野雲迎綏至,岸柳出峰低。杜若帆前綠,子規花外啼。遠郊農事好,春瓮正堪携。

裘大文曰:"天然娟秀,濯濯如春月柳。"

其 二

高舘畫冥冥，長波一望青。鸂鶒分水港，葭荻隱山亭。樹色消春雨，烟光列畫屏。永和饒勝事，詞客未飄零。

遊靈巖山寺

緣厓小逕滑，扶杖老僧能。孤刹依懸磴，危峰抱古籐。鼠窺香案菓，鳥撲佛龕燈。高頂秋無盡，相將躡屐登。

昌亭喜值令宜舍弟

兄弟家何在，相逢各破顏。亂餘存白袷，生計累青山。放艇渾無定，輕裝亦自艱。行行岐路盡，莫說是江關。

其 二

崎嶇萬里道，昨歲事南征。草檄無諸國，吹簫壽夢城。敝裘慚短後，老驥困長鳴。令宜作《駬驥賦》自悼。莫笑求田舍，須歸學偶耕。

其 三

空庭露初下，獨酌起悲歌。明月已如此，酒杯當奈何。胡爲彈鋏去，更向賣漿過。交態誰堪問，懷中一刺多。

徐藥庵曰："情采俱烈，使君正於此處不凡。"

題馬隱居靜古山房

徑仄環流水，堂開列翠屏。苔衣迎雨滑，松葉鬪霜青。笈傲看人世，徜徉任醉醒。閒來狎鷗鳥，終日立沙汀。

評月軒

凭闌坐高閣，新月掛遙岑。流影隨圓缺，清輝無古今。花邊長斸藥，竹下可携琴。人跡虛三徑，當階秋草深。

吟望閣

眺遠添詩興，揮杯送夕曛。月升山閣背，星倒水波分。瀨淺知魚樂，秋空數雁群。灌園稱抱瓮，逸致不如君。

李熙載曰："三作語語清俊，不減祖詠'鳥啼當戶竹，花繞傍池山'之句。"

送梁承篤明府遷劍南太守

昔號神明宰，如君志不違。烽消戎馬少，署冷簿書希。政暇尋烟霧，詩成坐翠微。漢庭褒吏治，不久待綸扉。

其二

九載遷巖郡，花迎墨綬新。延津看合劍，越水憶垂綸。無計攀何武，真如借寇恂。難忘父老意，臨別幾逡巡。

徐松之曰："情致穩秀，岑嘉州'送鄭少府'作，同此風調。"

其三

相送使君遊，騫帷不可留。荷香天竺雨，荔色幔亭秋。曉瘴霓旌度,蠻天露冕遊。王師方奏凱,卧治獨輕裘。

其 四

極望閩天遠,清秋五馬東。棠陰懷舊雨,麥秀慰哀鴻。嶺抱江榕出,城銜海日紅。炎方兵燹後,憑軾問民風。

吳慶伯曰:"清蔚蘭令,可方劉真長。"

西湖夜月和慕瑟玉樞部

月到中宵好,湖心別有天。峰頭雲盡白,波底翠俱圓。映水清輝近,邊寒皓色妍。段橋人跡少,凝眺盡蒼然。

仙林精舍尋唐誾思炎師小飲

君向招提住,狂吟興未淹。對人無逆眼,呼酒必掀髯。興飲公榮勝,將詩小謝兼。胡爲歸思切,多是戀長鑱。

羅輝山曰:"以細事點染,將朗思逸情高致直據第一流。"

蕭寺寓齋對雪

深冬盈尺雪,中夜擁禪房。曉色生虛寂,鐘聲入混茫。迴檐迎樹合,入幔引杯長。占歲農家喜,爭如滯客裝。

陳搗謙曰:"'曉色'二語高渾,是唐人詠雪神境。"

薛相於爲予寫花鳥便面作此詩酬之

憑誰寄芳訊,託意此齊紈。棲鳥閒春苑,叢莎遠暮灘。巨卿原不負,爲周伯衡大夅经其歸襯。仲蔚頗能安。荒渚何緣到,同君理釣竿。

<small>嚴脩仁曰:"雅人深致。"</small>

送孫法曹歸關東

落日散河源,秋風馬度渾。曾傾信陵客,不向翟公門。淚盡關何事,心期共此言。蕭蕭榆塞去,長劍倚崑崙。

<small>李瑞徵曰:"法曹遼左傑士,故詩特雄健多姿,寫慷慨胸懷畧盡。"</small>

扶荔堂詩集選卷六

七言律　京稿

駕幸西苑大蒐侍宴應制

六龍飛轡整戎行,寶韣雕弧勑上方。翠幕曉開平苑外,珠旗春繞屬車傍。昆明七校圍黃鵠,漆澤千群獻白狼。竊幸微臣近陪乘,含毫欲擬賦長楊。

成青壇曰:"有意摩景龍初調,可匹李嶠山亭侍宴作。"

五日龍舟侍宴應制

紫宸旭日散朝暉,共醉恩光湛露晞。太液波搖朱雁落,昆明雲擁石鯨飛。碧蒲影動流霞釂,綵縷香添近賜衣。莫羨魚龍陳漫衍,我皇原擬射蛟歸。

吳梅村曰:"結語蒼婉,得風詩諷頌之義。"

孟冬朔陪祀太廟禮成隨詣太和殿頒曆恭賦

絳闕曦光射袞龍,霜清長樂靜宸鐘。瑤壇蕙葉迎風細,碧殿芝房裛露濃。法駕鸞聲時縹緲,祠官鵠立倍從容。東風應協咸池奏,雲裏神宮望肅雍。

彭禹峰曰:"陪祀頌厲融合渾雅。"

退朝寓直上劉相國[一]

天迴雙闕抱長安,緩珮聲移曙色闌。聽鑰夜看銀漢轉,揮毫春到鳳池寒。九重白髮情逾渥,幾載蒼生澤未乾。聞道招賢東閣盛,漢廷何地少彈冠。

其　　二

相國門前獨鶴棲,陰陰槐影上沙堤。趨朝滿袖宮雲濕,著史垂帷檻日低。顧問不時親便殿,匡扶已早屬磻溪。艱難廟算思垂拱,薄海兵戈望解攜。

姜定庵曰:"二作清麗霱映,濯濯欲新。"
韓聖秋曰:"起手秀別。"

【校記】

[一]《信美軒詩選》題作"退朝寓直上劉憲石相國"。

郊　壇　望　月

烟光秋轉石壇東,曙色霏微散碧空。不斷銀河通漢時,何年金馬下齋宮。松楸翠映千門雪,鳷鵲寒輕五夜風。遙隔瓊樓聆鳳吹,儼疑鑾馭出雲中。

陪祀郊壇贈李鄴園施尚白二員外

太乙瑤壇接露臺,龍旗遥拂翠華來。仙韶細度雲門奏,玉殿初明泰時開。千丈爐烟天外轉,九重環珮月中迴。祠官解有登封意,獨向甘泉擁賦才。

張譙明曰:"筆高氣爽,雅稱此題。"

東省歸沐蒙御賜春酒同嚴黃門秦庶常恭賦

宜春曉禁直鵷班,會散鳴珂退食閒。賜出蒲桃從少府,傳來銀瓮到人間。東方據地容臣醉,西苑朝天齊聖顔。共沐恩波何以報,相期酩酊曲江還。

贈魏貞庵副憲[一]

漢廷封奏皂囊開,伉[二]直無如魏相才。按部幾人投劾去,免冠何事上書來。珮環朝動新霜簡,風雨秋陰古柏臺。見説驊騮增顧盼,長驅誰羨出群材。

薛行屋曰:"風格嶙峋,似後體摩空不可羈絏。"

【校記】

[一]《信美軒詩選》題作"贈魏石公副憲"。
[二]"伉",《信美軒詩選》作"抗"。

贈柯素培補闕以昌州令內召

鳳城朝望紫烟斜，楚客時驚鬢有華。對酒尚憐荆地月，逢春欲寄嶺南花。殿傍曉直鐘初度，闕里晴看雪萬家。賈誼已煩宣室召，多君幾載臥長沙。

沈繹堂曰："意態悠揚，已極纏綿婉麗之妙。'闕里'句擬雨中春樹，氣象尤渾，結特有姿致。"

贈劉何實比部

大隱何妨近帝闇，人稱方朔在金門。身憐謫宦仍西省，頭白爲郎亦主恩。病起燕山看過雁，愁來羌管度清樽。淮南舊客如君少，裘馬蕭蕭散五原。

白東谷曰："三四對仗新脫，全作殊饒逸思。"

送施尚白視學東省

朝來幷轡薊門城，西苑秋風憶珮聲。授簡久稱梁賦客，譚經還擁魯諸生。天高岱嶽晴虹斷，木落汶河旅雁鳴。此別長安曾不遠，驪歌欲唱緩君行。

其　　二

平原高嶺敞秋陰，飛斾乘風駐遠林。羨有靈光新綵筆，爭聞闕里古鳴琴。山樓月傍青松色，畫省人希白雪音。苦憶鳳城朝散後，關河憑眺暮雲深。

宋荔裳曰："二作韶秀婉折,情文兼至。"

贈魏環溪都諫左遷光祿

披省春雲接御溝,長隨天仗奉宸遊。詩名曾比顏光祿,封事還同魏憲侯。自是朝廷容折檻,肯令湖海有披裘。莫嫌左席明廬遠,退食仍趨玉殿頭。

送李靐澤農部時以終養乞歸

欲傍南山採蕨薇,歸來長拂舊漁磯。從官荀母情原苦,捧檄毛生願獨違。靈洞石泉聲細細,召陵村樹雨霏霏。秋風滿地憐遊子,先爲裁成薜荔衣。

張素存曰："似蕭生淺瀨,搖曳處倍見英楚。"

送孫九畹備兵保寧

萬里炎方尚枕戈,旌[一]車八月下牂牁。猿聲苦霧城邊急,虎跡荒原戰後多。僰道生徭能漢語,羌西諸將半渝歌。休言割據蠶叢遠,灩澦秋高趁白波。

陳椒嶺曰："蜀道新闢西車久戍,五六最切情事,蒼涼悲壯,似子美夔州以後詩。"

【校記】

［一］"旌",《信美軒詩選》作"懸"。

送龔芝麓苑監奉詔之嶺東

河上丹楓照大隄,風吹萬里馬長嘶。回看遠樹三江外,不斷浮雲五嶺西。雁鶩秋深橫浦隔,桄榔烟鎖石門低。主恩直歷天垂盡,日暮清猿到處啼。

周伯衡曰:"其源出於'明到衡山',而意調更婉。"

送薛大武農部出使平原

擁節時沾京洛塵,風流猶見鄴城春。論詩代豈無才子,屈指君堪第幾人。醉裏思歸種楊柳,狂來欲上摘星辰。此行更傍垂帷地,董相祠前賦草新。

王子雍曰:"清老自渾,五六具見豪態。"

送伊盧源侍御按晉中

行邊漢使歷河源,直望滹沱萬里渾。驄馬畫回關路隘,胡雕秋搏塞雲昏。地形狐突盤三晉,水鑿龍門控九原。莫道朔方天外遠,中都長倚作西藩。

孫怍庭曰:"起處浩蕩有深致,中聯雄勁渾合允推作手。"

送原析山郎中出守昭武

歲晚襜帷辭帝京,看君三十擁專城。一麾出守逢花度,五馬乘春傍雪行。烏坂蠻烟昏古戍,峨眉啼鳥弄新晴。朝臨郡閣諸峰對,俯聽泉飛衆壑清。

> 鄧孝威曰："得嘉州筆法而神骨迥朗。"

送張玄林使蜀

秋原落木滿長堤,馬首爭回棧嶺低。樹色孤城盤蜀道,猿聲一路出巴西。天垂蠻洞開烟瘴,戰罷空山急鼓鼙。好論梜中諸父老,江邊郫酒醉同携。

> 項眉山曰："聲調悽緊,第四句尤清出,結意妙有含蓄。"

送張旭源赴邠州

孤城萬仞壓雲中,絶漠烟荒有路通。邊馬尚嘶遙塞月,山農不改古豳風。函關曉角胡沙斷,渭水秋花漢苑空。君過灞橋應極目,幾回吟眺寄飛鴻。

> 王阮亭曰："崔顥《行經華陰》,祖詠《望薊門》等作,備極七言,景地之妙,惟'孤城萬仞'一首,足以當之。"

送袁計部羅叟使潞河

倉曹麋節及餘冬,送別津橋驛路逢。著作當今推記室,度支從古仗司農。潞亭柳漾春流急,薊嶺鳥啼曉霧濃。近日臺郎多左席,知君驄馬倍從容。

送胡天行之潯陽

匡廬晴色轉迢遙,南去江州萬里橋。鼓角城邊雲黯黯,松篁嶺際日蕭蕭。山連溢浦春迴雁，樹出潯陽晚帶潮。應識王喬飛舄處，雙鳧何日下層霄。

　　陳其年曰："崢嶸蕭瑟，蒼翠欲流。"

送吳松巖之澄邁

　　黎山城北五峰排，驛路花明度海涯。秦地自能通象郡，漢庭誰議棄珠崖。瓊枝翠色連江閣，椰子春寒醉縣齋。回首日南遷客少，相思鴻雁慰離懷。

　　施尚白曰："仲默、于鱗，每善此調。"

送吳瑤如之閬中

　　江潭千尺掛岷峨，駐馬山城意若何。雪盡嘉陵春漲合，鳥啼橫嶺夕陽多。溪邊蠻女穿鹽井，洞口巴童發棹歌。難到閬中仙隱地，丹砂好就莫蹉跎。

　　吳見末曰："起手高健，中間景色雅稱。"

送查巢阿之新州兼懷王望

　　音書嶺外日紛紛，送客江南惜雁群。江鳥疑從江底出，嶺梅偏向嶺頭分。洲前帆影連巴雨，峽裏猿聲滯楚雲。誰倚海陽亭上望，木綿花發正逢君。

　　柴虎臣曰："句押兩字，杜陵多見此法，尤難通體秀徹。"

送趙錦帆比部歸汴州

携酒青門送客多，相看無奈別離何。漫愁關塞疲征馬，從此乾坤有荷簑。藥鼎千年藏日月，雲山一路少風波。天寒大澤行人斷，獨向夷陵扣角歌。

彭燕又曰："寓意爽朗，風味悠長。"

其 二

老去辭官髮尚新，歸來河上伴垂綸。但看行李無長物，却幸空山有主人。錦里烟花愁極目，荒園麋鹿故相親。紫芝石髓如堪採，洞口靈源好問津。

汪茗文曰："落落自喜，傍若無人。"

其 三

幾載除書滯一方，蹉跎蒼鬢始爲郎。鄉關夢遠迷官渡，候雁秋深阻太行。已遂向平期海嶽，還從陶令問柴桑。中原浪跡仍吾輩，白眼高歌興欲狂。

其 四

征裘寒擁薊門雲，獵獵秋風送馬群。霜壓長河沙岸闊，角催衰柳驛亭分。天邊鴻雁偏愁予，海上樵蘇暫許君。舊日草堂樽酒在，遲回莫擬北山文。

其 五

梁園雪後雁初飛，早傍河邊作釣磯。買宅不知何地穩，棄官真見幾人歸。深巖伏枕無今古,薄禄驚心有是非。白日披裘江上晚,不將霜露濕朝衣。

宋荔裳曰:"前躡少陵,後控北地,固飛濤椎視一代處。"

賈 島 谷

谷口逶迤霜葉乾,野昏沙闊倚危欄。掀髯對客狂無賴,落魄憐君醉裏看。白日啼鳥人獨老,青山埋樹骨猶寒。騎驢雅欲尋詩去,石没蓬蒿欲掃難。

邢孟貞曰:"總是寫出,詩能窮人意態。"

文 丞 相 祠

丞相祠堂白畫冥,松枝偃作老龍形。百年報國臣心赤,六月陰廊鬼火青。柴市少昏吹宿霧,燕山風急走群靈。至今揮盡崖州淚,杜宇墻頭不忍聽。

曹顧庵曰:"亦本杜甫武侯廟詩,稍見整栗,六月句尤悚。"

九日同錦帆鄴園尚白石灘長真荆山諸僚友金魚池晏集

池上秋陰覆草堂,强扶籬菊對重陽。非因客邸逢佳節,多是官閒愛舉觴。遠水沙拖眠鷺穩,高臺楓度落霞長。茱萸遍插争相笑,鬢裏誰沾九日霜。

茅一峰曰:"蒼涼朗秀,結與少陵'明年此會'句意別慨同。"

送金長真恤部之大梁兼訊王宛蘿學使

蘆橋春到正流澌,銜命王程按響時。汴水遠欣甘露降,朝廷新遣爽鳩司。沙飛驛路鴻聲斷,冰滑桑乾馬度遲。聞道子猷能載酒,殷勤爲報故人知。

周宿來比部奉使河陽謝病乞歸却寄

飛花吹雨度繁臺,多病那堪驛使催。白髮秋風西苑長,黃河早雁太行來。聖朝未許馮唐老,宦跡應憐杜密才。好傍九峰成別墅,期君共泛故園杯。

送沈繹堂憲副赴北平

巡邊節使建牙雄,獵獵旌麾動朔風。漢制帝京馮翌左,秦城天险薊門東。關山雪盡迴征馬,沙岸冰流急斷鴻。辭闕不須頻悵望,明光只在五雲中。

送陸静涵之鬱林

風動孤檣接楚烟,滄波無際繞晴川。三江東注鸕鶿水,萬里南荒橘柚天。雁背寒雲歸斷峽,鳥喧深樹亂流泉。停舟莫戀芳潭菊,此地逢秋倍可憐。

寄題滕王閣時蔡中丞重修故址

　　滕王高閣枕江流,江草曾經帝輦遊。雲樹那堪重極目,山川無恙此登樓。疏林[一]雨過青楓落,遠笛寒生白雁秋。日[二]暮憑欄歌舞散,烟波渺渺使人愁。

　　　　蔣亮天曰:"景澹氣沉,俛仰都盡。"

【校記】

　　[一]"林",《信美軒詩選》作"簾"。
　　[二]"日",《信美軒詩選》作"見"。

懷黃鶴樓

　　黃鶴仙人去不歸,樓前黃鶴住還飛。人從滄海求芝草,鶴向空山化羽衣。樊浦漁舟輕泛泛,漢陽烟樹遠霏霏。紅塵碧島千年在,心事誰教兩地違。

　　　　魏環溪曰:"讀結語令人不堪自問。"

過訪柴二處士寓亭不值

　　長安三月春蒼茫,柴生閉門消日長。漢陰丈人抱石瓮,壺關老子提青囊。黃鸝恰恰鳴向屋,楊柳毿毿垂過墻。皂帽騎驢踏沙至,與我潦倒傾千觴。

　　　　黃庭表曰:"漫不輕意而姿態橫生。"

詔獄後與嚴給事

誰道南歸着楚冠,偏憐失路共悲酸。不凡此處須公等,相怨何人累下官。白日松鼯僧暗出,中宵山魅喜同看。早知呵壁真難問,滂理江潭舊釣竿。

嚴顥亭曰:"二四用晉事徐彥伯、謝安石語,清出閒雅,似未經人道。全首悲涼不堪再讀。"

汪比部茗文左遷北城司馬

左遷何更悵離群,并馬城郊兩地分。出校北門隨散騎,暫辭西省作參軍。琴樽獨對看晴雪,鴻雁相思隔暮雲。莫惜揚雄終不調,長安詞賦孰如君。

王西樵曰:"典切婉合,結句確似劉隨州。"

趙比部錦帆喜遇京邸復被謫之汴中

馬首逢君向洛南,風塵京邸又抽簪。一官柳下三遭黜,獨處稊生七不堪。對月賦成修竹館,悲秋人臥菊花潭。黃公壚畔予歸得,何日旗亭復并驂。

黃次辰曰:"秀色可飡。"

王伯咨都諫以言事貶官

都亭佇馬問王珣,忽漫逢君再調新。瑣闥十年還瘴海,汶陽一疏動星辰。休嗟歲月空微祿,苦憶風波老逐臣。皂帽憐予三徑在,歸來仍是杜陵人。

送蔣芳荢僉憲還義興

孤城畫角曉蒼蒼,南望荊溪雁幾行。萬里風烟迴碣石,三秋鼙鼓斷漁陽。河橋馬渡浮雲換,驛路蟬聲灌木涼。父老攀車思借寇,肯容高枕卧滄浪。

<small>趙晉襄曰:"以方祖詠望薊門作,往往神合。"</small>

送周霖公農部視學東省

幾載含香典石渠,春風早發畫熊旟。楓宸色動靈光賦,滄海星懸闕里書。自古衣冠宗魯國,近來文藻變黃初。聖朝欲問登封事,採筆還應直禁廬。

章翌兹少府津門話舊同陳康侯隱君

乍別廬山度五溪,又從涯郡作卑棲。風吹精衛迎潮氣,水泛胡盧入海西。自笐角巾堪吏傲,何妨手板對人低。上牀更許留佳客,酒盡瓷罌雁恰啼。

行經范陽與鄒石友邑令

昨辭丹闕動鳴珂,緩轡嚴城意若何。日落榆烟搖督亢,冬深雪片斷滹沱。驛殘官馬蒭茭急,稅薄山農秔稻多。底是談天鄒衍在,徧教寒谷起陽和。

> 毛大可曰："'日落'、'冬深'二語，雄渾傑出，獻吉而後，罕與爲匹。"

和韻酬上谷陳霱公見贈之作

范陽比舍數晨興，公子詞華擅博陵。袁虎雄才無敵手，江淹愁賦欲填膺。春城柳色傾燕酒，蕭寺鐘聲對剡藤。百尺樓中湖海士，嶽遊何日共擔簦。

> 陳其年曰："此亦'百尺樓中'語，敵手填膺，屬對巧妙。"

戊申首春六日高陽城北郊會飲同張蘊生令君

芳郊春望野烟蒼，河尹行春共舉觴。興比永和尋曲水，客先人日醉他鄉。官橋樹遠迷殘雪，城闕鴻低度夕陽。綠酒紅亭堪佇馬，東風初遣柳條長。

> 宋轅文曰："俱從首春六日着眼，情文并美，客先人日句尤爲婉至。"

早春遊左中丞園亭同吳耳庵華雲從和劉幼安韻

郊園春色換鄉心，倚杖城西客共尋。耐凍疏梅初見蔓，弄晴小鳥未成音。更逢阮瑀能裁記，何但嵇康解好琴。選勝探幽幾回醉，天涯到處有長林。

其　　二

左氏幽亭花滿園，扶疏野蔓似山村。池栽楊柳應環來，徑長蓬蒿不掃門。虛檻出雲含杳靄，空林啼鳥易黃昏。擬騷劉向偏多恨，把酒難招楚客魂。

> 周青士曰：“境在目前，若不經意而風調自工，真大家作手。”

贈鄭丘楊令君

茂宰聲名潁水齊，還如伯起在關西。詩成坐得滄洲趣，簾靜惟聞鸛雀啼。野樹風烟生臥閣，農家芋菜滿春畦。晚來醉客燕山月，深柳橋邊繫馬蹄。

> 徐敬庵曰：“起手蒼老，二四寫出山城閒吏曠致，令人想見元道州。”

贈河間張季超郡博

高陽曉樹正啼鶯，飛蓋遊韁夾郡城。張載詩名原洛下，獻王文物尚西京。珊瑚筆架含烟潤，苜蓿春盤帶雨清。歌舞當筵誰得似，絳紗環遍魯諸生。

贈華雲從文學時傳漳海黃公子

野服班荊旅舍中，琴書靜見古人風。手揮高士歸鴻引，角折諸儒白虎通。作客春申家在楚，譚經漳海道仍東。華歆仕魏非君匹，我亦披裘愧不同。

> 王黎洲曰：“結語寄情孤逈，卓立千仞。”

逢吳山人干父

聞君歸路倦遊燕，短鋏蕭蕭倚暮天。驢背一裘春雨裏，鹿門雙鬢夕陽邊。樽前白雪誰能摻，肘後青囊世共傳。他日相期定何處，月溪橋下釣漁船。

聽鶴子山樵彈琴

鶴子山樵好弄琴，坐移清響到空林。愁來自共嵇生醉，老去偏爲莊舄吟。蜀道啼猿秋樹渺，湘江歸雁暮雲深。朱弦玉軫如流水，落盡梅花何處尋。

吴慶伯曰："縹渺悽清詠琴佳調，固亦高山流水也。"

梁溪顧東山先輩奉祠

抗節清流樹赤標，風裁嶽立自雲霄。百年俎豆榮三仕，一水蘋蘩薦兩朝。才并左思留錦賦，志同劉峻戀山椒。菁莪遺澤成今古，翠葆霓旌尚可招。

又

聞代名賢跡自希，蒼松朗月見容輝。琅玕秋映水盤澤，琴瑟聲飄玉鏡飛。束帶不因彭澤去，掛冠還傍鹿門歸。雙清遺老堪圖畫，仿佛當年舊拂衣。

贈石都統憲章駐鎮兩浙

森戟連營曉角催，江潮環擁越王臺。封侯鄧禹年方少，出鎮元規幕正開。榆塞旌旗雄兕甲，椒房璽券護龍堆。只今瀚海無傳箭，萬騎城南校獵迴。

馬侍庵曰："沉雄整麗，以杜陵風骨而兼隨州之異采，允推傑構。"

寄懷潮陽林郡守果庵

海陽春樹望依微，萬疊蠻雲客到希。大壑風驚知鱷徙，炎天浪起見龍歸。桄榔色映郎官酒，荔子香侵刺史衣。憶得嶽遊同拄杖，西湖還念舊漁磯。

介鄞州張徵君八十

隱君高枕越山岑，短髮行歌忼慨吟。皁帽終憐浮海志，赤松未遂報韓心。螺樽獨對看叢菊，鶴詔空懸返舊林。正合磻溪垂釣日，滄江長戀白雲深。

陸義山曰："'皁帽'二語超卓，通首雅潔。"

扶荔堂詩集選卷七

七言律　居東稿

寒食簡嚴補闕顥亭

塞北春光最可憐，東風三月未知還。崖冰斷壠驚新草，野燒空林廢禁烟。燕子怕歸寒食候，梨花愁夢曲江邊。故人漫作蓴鱸約，京邸音書又隔年。

梁蒼巖曰："清新秀婉，本高常侍一派，而更出以疏折。"
宋荔裳曰："交情款摯，溢於言外，似白江州《寄元九》諸作。"

秋夜病起寄洪畏軒光祿

中庭露白井梧殘，向夕懷君遍倚欄。病起釋愁吟自舊，別來無恙訊俱難。茆檐月出昏鴉噪，山館燈清旅夢寒。此地不嫌歸雁少，愧將衰鬢報任安。

吳梅村曰："情語欲真，景語能秀，已入詩家三昧。不知王孟，奚論李何。"
嵇淑子曰："結句愴然，直欲一彈三唱。"

野　眺

秋原落日俯長溪，倚暮看山獨杖藜。滿目蒲菰雙島外，幾家烟火萬峰西。泉傾古洞雲徧出，人在青冥鳥亂啼。精舍不殊尋柳谷，惟令許椽得幽棲。

朱近脩曰："予於邗上得快讀藥園詩，至'人在青冥'句，栩栩欲飛，'恨不攜謝朓驚人語搔首問青天耳'。"

何癸音曰："異鄉景物，觸目蕭疏，讀之有萬里西風之感。"

辛丑立春 自注：是年立春六日，鴻烈云歲辛則麥昌。

雪盡南山見敝廬，霏微庭日散郊居。盤冰洗甲萬絲嫩，歲首逢辛麥氣舒。明日醉抨人曰酒，他鄉愁發故鄉書。椒花綵勝喧兒女，冷落園梅幾樹疏。

王大愚曰："張幽州去歲今年同此惆悵。"

梁仲琳曰："亦似李嘉祐。"

胡少宰予袞先生病假

謝公泉石暫棲閒，望係蒼生未許還。一卧滄洲違北闕，半留暗雪對西山。每懷溫室時焚草，愛寫黃庭日閉關。獨有禁中雙白燕，銜花長過藥欄間。

曹錫餘曰："悠揚蘊藉，絕去浮響，近日詩家當以此爲正宗。"

顧見山曰："一結蕭然意遠，門庭羅雀，可知深得風人之溫厚。"

過素庵相國草堂

相國閒堂遠市喧,野葵宛宛向階翻。疏籬雨過長緜榻,凍雪春殘未掃門。丹鼎盡傳茅氏訣,青山還似謝公墩。舊遊獨有任安在,乘興時來學灌園。

張螺浮曰:"起手高渾,似從'柳市南頭'一首得來。"

秦留仙曰:"羅羅清疏,可況湘江雪竹。"

移居東山崗

東岡霧色散微涼,消夏山居薜荔長。半畝自鋤堪秫酒,一身無地可藜牀。看鴻盡日凭孤檻,行藥疏泉過女牆。谷口子真相識舊,白雲來去到滄浪。

馬觀揚曰:"沉鬱淵渟,如龍吟古嘯,足以仰映層巒,俯對幽壑。三四天然工妙。"

計甫草曰:"無限激昂,寄於曠巖之中。嵇中散'目送飛鴻',固不減唾壺盡缺時也。"

詠九日對菊

節近重陽雨過勻,籬邊晚對數花新。非關此日偏愁汝,似厭他鄉却傍人。潘令多情堪自笑,陶家無酒亦相親。強扶藥餌秋能健,莫爲登高益損神。

龔芝麓曰:"工部他日之淚,似尚隔一層。"

劉公㦤曰:"少陵'恨不折來傷歲暮,若爲看去亂鄉愁',爲詠梅絶唱。"

祠部此首似蛻骨于杜，却無纖毫依傍處，善摹古人者，正當如子敬之于蘭亭耳。"

詠懷近跡五首

劉將軍祠

嶺外荒祠抱夕陽，歲時遺老獨烝嘗。靈旗夜閃秋河影，石馬晨嘶冷露光。莽莽野鳶翻凍尾，陰陰山鬼嘯虛廊。愁雲滿地連沙草，原是將軍古戰場。

孫怍庭曰："若天吴跨神鼇，噀沫于滄波巨浸間。"

徐立齋曰："八語悲壯淒涼，大見英雄本色。"

張憲使墓

陽山木脫塚纍纍，日暮經過蔓草垂。海外化鯤歸北極，松間宿鳥護南枝。百年墮淚前朝寺，萬里全身漢使麾。快得崇虛道士說，鬖髿想像讀遺碑。

洪畏軒曰："峭壁孤松，空巖清嘯，彷彿其高蒼。"

尤悔庵曰："張公節義不讓信國，祠部已爲立傳，而又入《五君詠》中，表揚幽逸，真風人之責耶。"

左萊陽著書宅

生平苦憶左萊州，謫去龍沙萬里流。按曲能傳中散調，遺書應恥茂陵求。黃榆夜雪長驅犢，紫塞春風幾換裘。潦倒暮年誇健筆，至今辭賦滿滄洲。

沈繹堂曰："子美'雲雨荒臺'，飛濤'黃榆夜雪'，久堪并峙。"

陳靄公曰："左君大來謫居著述盈棟，其紀事詩搜採散軼，惜未有傳于世者。得祠部拈出，庶蔓草寒沙不致寂寂。"

季拾遺故居

茅堂闃寂傍城西，庭樹無人出檻低。但可蓬蒿鳩自笑，何妨卑濕鵩來棲。藥罏秋冷餘殘火，蘚壁塵封尚舊題。身後獨煩宣室召，凭欄空見草萋萋。

> 王西樵曰："秋草寒林，千古同慨，讀此覺天中忠義貫雲，猶躍躍紙上，正不必唱'憐君何事到天涯'也。"

> 汪蛟門曰："嘗讀祠部《送拾遺歸櫬序》，淋漓辛楚，煖人忠孝之思，此詩憑弔愴然，并堪不朽。三四創句。"

剩禪師講堂

南海頭陀冰雪顏，安禪此地掩松關。珠江卓錫隨龍度，花雨空臺任鶴還。耶舍自來葱嶺外，維摩只現白雲間。諸天別有廬山境，石上藤蘿漸可攀。

> 柯岸初曰："空谷流泉，音響迥別。"

> 王北山曰："蕭疏之致，神似右丞筆意。"

施尚白少參將赴湖西枉訊舊居以屬和舍弟青桂篇見寄遙酬此作

蘆中人去十年餘，寂寞誰過問謫居。公叔論交雙涕淚，子卿無恙數行書。仙人桂樹秋能賦，小弟池塘夢久虛。但到洪州莫西望，吸江樓外暮雲疏。

> 史立庵曰："少參所訊者，故人無恙耳，答詞雄麗不更作酸楚語，宜其玉門復召也。"

> 李湘北曰："曾見先生答施湖西書，已不堪再讀，合此淒愴之作，幾欲碎雍門之瑟矣。反復其詞，蓋令人增友道之重。"

虞景明曰："弋雲素涵詩名頡頏,宜少參津津若此。"

郝復初侍御山居小酌

八月山中草閣涼,道書閒讀慢焚香。慣吟蟋蟀侵階雨,得食鼪鼯墮石牀。客到定尋張蔚宅,鄰居偏愛鄭公鄉。今朝不事長齋禁,且抃如泥作太常。

陳學山曰："太華晴雲,蒼秀欲滴。"
王阮亭曰："三四景色幽涼,濯濯新奕,曾未經人□指,又不失唐音。今人斤斤奉濟南,幾食生不化,此真玉蕊冰蠶也。"

秋到憶鄉園寄答景宣、馳黃諸子

故人遠道勸加餐,惜別他鄉木槿殘。已信疏狂逢世拙,便令愁老著書難。園葵耐向秋畦發,池雁驚知夕露寒。千頃渾河三尺鯉,羊裘終負舊魚竿。

黃顧庵曰："祠部近詩戛戛乎陳言之務去,間或出入中晚,風韻獨高正,使墮宋元塵霧者無處置喙。"
楊靖調曰："异地風高,故園秋老,兩兩關情寫照,特為盡致。"

報宋荔裳觀

風起盧龍急雁行,幾年歸夢度漁陽。髡鉗季布藏車下,鉤黨符融泣路傍。馬怯危橋水汨汨,鸛鳴橫嶺月蒼蒼。乾葵棘兔驚秋晚,不敢逢人問故鄉。

周霖公曰："清音激楚,如歌赤之楊、黃章子,殆角聲耶。"

張祖望曰："嘗讀藥園答宋觀察書，交情款密，足增友生患難之感。燕臺七子爲海內風雅所宗，固不僅以聲詩合調爲重也，至通體激昂悠楚，又如聞漸離之筑矣。"

答朱近修

十載間關鬢各催，尺書何意故園來。反騷欲擬題湘竹，懷舊無心折嶺梅。酒態疏狂寧玩世，主恩寬譴特憐才。爲農幸老昇平日，莫向江頭賦七哀。

程周量曰："鳳管秋聲，孤松絕壑，饒有此致。"
弟弋雲曰："近修致書以漢陰相戒，故答詞微婉入情。"

東郊十首

海天秋漲洗蚍蜉，武帝巡遊出射蛟。萬里金湯歸北塞，百年宮殿鎖東郊。和親異域原甥舅，拜表降王盡土茅。直把河源還內地，何須遣使問蒲梢。

嚴顥亭曰："起句雄銳，結尤精切，自是盛唐佳境。"
宗鶴問曰："東郊詩使事、序景、寓感，或悲或達，時合時離，以雲霞潤金璧之輝，以壯瀾寄邊慨之旨，真老杜秦州，東坡海外，可代紀年，可佐國史，洵古今之傑作也。"

其二

燕東形勢古營州，昔日繁華控上游。歲幣明珠團似錦，賜衣天馬剌爲裘。河名太子龍次浪，城號夫人鳳起樓。雙島外連長白險，房梁跨海莫深憂。

徐敬庵曰："雄麗高蒼，歸然挺出，如孤峰之插晴昊。"

趙錦帆曰："'賜衣'句造語奇警。"

其　　三

嵯峨宮闕舊華清，繞郭渾河一水橫。樂浪開邊仍置郡，元戎留守作陪京。山迴陵隧多雲氣，户給沙田廢火耕。創業兩朝弓劍在，荆榛風雨爨陽城。

高念東曰："氣莾調峻，洵是合作。"

許酉山曰："鋒穎犀利，神彩焕然，若健翮摩空，下視林藪，使狐兔悚伏，真七律中射鵰手也。"

其　　四

吐番千騎尚紛紜，鴉鶻橫關隘口分。積雪霏霏青嶂月，晴天莽莽黑山雲。秦箏羌笛悲三弄，野馬羱羊嘯一群。不遣甘泉報烽火，居延昨已撤南軍。

方樓岡曰："白草黃沙一瞬萬里，《摩尼解》《疏勒鹽》諸曲，悉入畫圖矣。"

張素存曰："結語深渾，較江左長句更進一格。"

其　　五

蠟蠈險塞自強梁，青海銀州總一方。不斷水流開鴨綠，無邊秋色老龍荒。五原部落如羌俗，四姓良家是帝鄉。滿地枌榆看舊社，長陵風起莫飛霜。

季滄葦曰："沆莾縱橫，放則驚濤拍天，斂則山河倒影，氣象沉雄，久無敵手。"

申梅江曰："寫陪京山川風俗，雄麗沉亮似工部，二陵風雨等語，非中晚人可及。"

其　六

黃榆昏霧莽郊坰，獵火山頭朔氣冥。放馬盡來沙苑白，彎弓直落海東青。墻鳥剝啄閒甌脫，野月悲涼古堠亭。遮莫牛羊滿陵谷，可防餘盜出丁零。

> 李望石曰："榆關青海歷歷在目，詩中畫亦詩中史也。"
> 黃庭表曰："結語暗用丁零盜蘇武牛羊事，典客固自視不淺。"

其　七

城邊苜蓿近開遲，寶袷彫弧異昔時。片石寨雲迷獵騎，萬花樓樹賽荒祠。紫貂斜鞬燕支女，白馬橫行隴上兒。別部龜茲兼破陣，都將雙管夜中吹。

> 施愚山曰："筆筆生動，崆峒之秋懷失其壯，滄溟之太華遜其婉，角立怒視，旁若無人。"
> 吳松巖曰："寫景悲涼，可當土風別志。"

其　八

將軍橫海節旄新，控制三城虎豹屯。北闕嫚書憂闉外，東江秘計出平津。銅符尚勒戈船號，玉帳虛蒙碧島塵。見說安西多部曲，雲臺爭念杜郵人。

> 鄔程村曰："西風雕鶚，矯矯不群。震南之收，由於門戶而史諱不書，俯今追昔，可令九原動色。"
> 陸伯璣曰："有聲有法，無懈可擊。"

其　九

牆子黃厓罷築營，九關擐甲坐銷兵。朵顏外置三千戍，正統初屯十五城。羯鼓迎神全漢臘,琵琶供客半秦聲。防秋萬里無烽燧,直到盧龍右北平。

> 李鄴園曰:"精爽渾脫,包藏甚大,當與少陵'諸將詠懷'并傳。"
> 王夙夜曰:"于沉鬱頓挫中忽入韻語生姿,老杜每用此法,如'琵琶供客'句,令全首神氣橫幽。"

其 十

先皇北狩整鸞旗,八隊戎行盡錦衣。處跡空城三户少,鶯鳴老樹二陵稀。風生海磧沙長滿,春到穹廬雪正飛。射獵灞亭皆將種,馬頭親擁白狼歸。

> 陳其年曰:"十首俛仰古今,聲采壯烈,非有意摹秋興而神格宛合,慶陽諸作自當退舍。"
> 林鹿庵曰:"音節清雄,似龜兹鬥鷄之詞句,篭芝棲之舞。"

嶺上行春偕張蘧、林陸繡聞郝雪海諸君

深柳亭邊住客驂,最憐春色似江南。輕烟不散松醪熟,細雨初生蕨味甘。地勝蘭亭追逸少,山多靈藥問蘇耽。此中非復人間世,莫遣飛花逐釣潭。

> 顧且庵曰:"錢郎佳調。"
> 吳瑤如曰:"聞藥園東居五載,署無邊謫狀,起居晏如也。其襟懷與蘇柳諸公又當過之,是詩固東岡一佳話耳。"

懷唐閬思山齋

築舍移家傍塞城,爲農終歲事躬耕。梁鴻操作原偕婦,何胤棲遲頓有兄。日冷疏檐安鳥雀,草荒春雨斷柴荆。朝來抱瓮隨行樂,肯令

樵夫識姓名。

　　宋蓼天曰："風神飄俊，當在司空圖、顧況之間。"
　　嚴桂峰曰："幽谷芳蘭，不同新楚。"

簡赤巖開士兼索卉本

禪堂卉木净無塵，獨許支公暫住身。入定松風緣磬寂，聽經鹿影度階馴。裁書欲答王中令，怨別何妨休上人。瞻仰法壇花似霰，分予添向玉瓷春。

　　汪鈍庵曰："滿樹枇杷之婉。花宮仙梵之幽，俱堪伯仲"
　　紀子湘曰："使事都似趣勝，固是典客擅場。"

逢春

逢春何事倍思家，明月生還鬢已華。老向玉門驚篳篥，卧看銀海泣琵琶。無才早擬歸田賦，有夢虛乘下澤車。百戰沙場人去盡，夕陽開遍野棠花。

見燕

杏葉新陰拂女牆，風吹小燕過池塘。相期定似逢寒食，乍見爭如話故鄉。弄影不教沾柳絮，銜泥何惜點琴囊。雙棲并翅真憐汝，愁殺盧家春晝長。

送雁

頻年送汝長爲客，底事分飛不憚勞。秋去更嫌春寒苦，南來只傍北風高。秦關月冷迷砧杵,湘水雲深惜羽毛。莫把羈魂付瑤瑟,鄉園木落總蕭騷。

　　許漱石曰:"自寓特深,不特風神之婉麗也。"

奉陪國子藩公遊東園應教

芳郊亭榭露華清,雲木扶疏遠向城。椒室宗支臨北渚,桐珪分胙守東京。忘憂別館檀樂發,煮石層巖桂樹生。絲竹不教諸樂伎,祇餘丘壑有新聲。

　　劉鍾宛曰:"意景俊爽,如聆山水清音,唐人陪遊逍遙,公奉敕詩無此弘麗。"

其　　二

帝子園林花徑深,石欄松竹氣蕭森。鄒陽賦拙難辭酒,郎將才多雅好琴。白雪揮毫皆上客,朱門挾瑟有知音。逍遙手註無餘事,薜荔成帷綠滿陰。

　　趙閬仙曰:"矜重典雅,知非曳裾之客。"
　　彭退庵曰:"逸秀處若碧海珊瑚,以幽沉見寶。"

其　　三

城頭吹角尚橫參,野苑遙停柳外驂。一代藏書歸獻邸,九秋招隱薄淮南。憑軒修竹侵風幔,繞砌疏花亂石潭。客盡布衣歡甚洽,相期何惜早抽簪。

　　顧修遠曰:"三詩纖綿深至,直逼盛唐,洵工部集中最有關係之作。"

春暮郊居

極目城西花正繁,倍將春色散郊原。紫荆着雨縈牆角,紅藥翻風帶石痕。虛擬岷陽堪作宅,争如愚谷暫依村。比隣孫楚偏饒興,取次相過倒暮樽。

徐子星曰:"寓意深遠,碧漢閒雲,舒卷自若。"
方與三曰:"三四媚秀,似畫家設色,無藉粉本。"

其　二

石闌新見長莓苔,檻外風微凍却迴。遠水乍波鷗浴罷,小堂初雨燕飛來。樵過析木時相問,客到捫荆不用開。共道牆東繁杏好,何人知是蔣生栽。

毛馳黄曰:"詩不宜新恐妨正格,若此翻空出奇,惟見警穎,千年化蘭,不知園客誰爲練耳。"
李于熒曰:"洗盡凡音,固是瑶天笙鶴。"

過孫赤厓山中舊居

北山閒館背孤峰,客去蒼凉遍野蛩。叔夜鍛鑪仍宿火,伯鸞春杵尚遺蹤。虛窗卷幔秋螢入,挂壁殘書石蘚封。盡説高人厭城市,階前惟種一株松。自注:用孫綽事。

曹秋嶽曰:"體潔而幽,是大家嫡派。"
吳漢槎曰:"全以韵勝,有閒雲出岫之致。"

寄從叔羽儀客幕赴江寧

偏從晚歲滯京華，世路風塵枉自嗟。入幕聊爲常侍客，寄書祇念阿戎家。南鄉雁到星添鬢，絕塞春歸雪尚花。倘過江樓夜聞笛，定應回首望龍沙。

<blockquote>
梁曰緝曰："於韶麗中獨饒真摯，固無曼聲浮響。"
羨門曰："琢而渾，贍而秀，其皇甫兄弟也。"
</blockquote>

寄方二邵村時汲郡張坦公就道

層臺雪後雁初迴，春盡柴門凍未開。隔歲鄉書何日到，向南遷客又東來。車驅出坂逢新使，野摘留人少舊醅。極望蒼梧應灑淚，澣蘭河外夜烏哀。

<blockquote>
毛大可曰："以歲日東南屬對，法工句婉，全作俱無聲偶之跡，殆幾幾欲化也。"
弟素涵曰："'蒼梧'句疑聞鼎湖之信而作，逐客成群，情深戀闕，讀之悽然欲涕。"
</blockquote>

奉餞李吉津詹事內召歸齊州

離亭分手暫銜杯，欲別驪歌馬上催。八月秋風重入塞，百年歸夢幾登臺。長遷始信虞翻枉，抗疏終憐賈誼才。不是并州情倍切，臨行那得少裴徊。

<blockquote>
魏子存曰："二首從狂喜中寫出悲涼，而欲歌欲泣，情致宛然。"
馮訥生曰："詩爲送歸而作，意以久戍而深，故興會飆舉，溢于滿幅不自
</blockquote>

禁,其才華之畢露也。"

其　二

清秋一騎度榆關,望裏長安霄漢間。從此餘生存草露,不須頻起視刀環。樽中復滿平原酒,馬上仍看歷下山。爲問同來青瑣客,今朝并轡幾人還。自注:兼感魏季。

項眉山曰:"起手聲亮,一注而下,勢如建瓴,中間淋漓欣快,極情盡致,大似子美收京等作。"

孫晶如曰:"意以同遊,凋謝幸公,獨得生還,總屬欣快之詞,神情更覺無限。"

送季中天給諫奉詔歸櫬之海陵

龍沙古塞截雲霄,北向冰天壯氣消。三載夢回丹闕近,一身愁遣玉門遙。非關死後求遺疏,不待生還負聖朝。萬里故人齊引紼,靈旗風急路蕭蕭。

趙雙白曰:"不待生還句,忠愛渾厚,讀之自覺警悚。"

陸繡聞自白下歸

車行翻作故鄉悲,萬里間關淚暗垂。瀕死更從戎馬裏,日歸況是雪霜時。漫傳烽火連天遠,貪發家書對客遲。最憶烏啼白門柳,分明移向角中吹。

朱止谿曰:"流離愴宛結有遠情。"

贈沈六吉醫士

暫來塵外避烟波,獨肘青囊任嘯歌。抱璞盡傳丹鼎秘,參軍舊愛紫髯多。_{六吉頎而髯,曾爲淮幕故云。}秋生古戍看鴻雁,不落邗江念芰荷。君賦廣陵濤自壯,起予七發更如何。

陳素庵曰:"沈生技奪鵲佗,爲廣陵名手,以俠槩東行,風流堪賞,詩中抒寫備極情致。'秋生'一聯秀絕。"

送周質庵侍御奉召營建歸京

春風三月度遼陽,馬過燕關柳正長。行矣暫爲秦匠作,巋然獨有魯靈光。_{營建自贖者,樓工已竣,而質庵最後。}漫嗟梓澤成荒壠,好趁榴花及故鄉。坐上相看半歸客,臨岐不用各沾裳。

蔣芳荸曰:"似喜似哀,如笑如謔,悲歡之態,溢動滿楮。"

沈旬華曰:"巧合新出,秋月哀箏,足方婉秀。"

永 安 橋

十丈晴虹跨赤霄,天邊忽下永安橋。二陵雪盡松楸出,萬井烟開雨露消。漢水滹沱原有樹,咸陽灞滻不通潮。翠華曾作臨汾賞,小隊鳴弓逐射雕。

周櫟園曰:"氣雄力厚,似崔顥《行經華陰》詩。"

許師六曰:"結語調高,聲可過雲。"

度遼河

風凋木葉渡句驪,岸澗沙崩馬亂嘶。塞水盡流環漠北,秦人遠戍限遼西。悲笳夜動魚龍出,大雪秋深虎豹啼。萬里關河原若帶,長安回首暮雲低。

王仲昭曰:"水環漠北,何日南來,秦限遼西,今更東去。風人之託,旨微而婉矣,至沉雄渾健,固是大家老手。"

早發河山驛

青林朝度雨濛濛,古驛荒榛一徑通。樹密人行深霧裏,山昏馬臥亂沙中。王尼車上家仍在,阮籍愁來路豈窮。髀肉盡消黃鵠逝,不堪鄉國任飄蓬。

方邵村曰:"寫境如在目前,鄭谷、許渾每多俊語。項聯新警,直若置身沙堆叢棘中,詩必真始傳,於此益信。"

陸子淵曰:"祠部不善騎,每乘鹿車行遊紫塞中,詩瓢酒勺手一卷,吟哦自若,樵夫牧童望而知爲藥園先生也,'王尼'句自況極肖云。"

廣寧_{城有故李將軍第宅。}

隴西舊日曾開幕,城外峰圍樹樹青。野燒千屯孤斥堠,清秋一雁下空亭。飛沙撲面啼山鬼,急雨吹裘墮箭翎。置尉只今煩廟算,黃榆霜色滿邊庭。

諸西侯曰:"三韓新置郡縣,規模弘遠,如少陵、韓公本意諸作。流離間關不忘經書如此。"

張丙齋曰："錚錚異響，如莫邪干將，難與爭鋒，宜其爲李林甫之所忌也。清秋句淒曠，五六句抒寫新突。"

登翳無間

削出懸崖紫氣垂，名山北鎮聳邊陲。桃花明滅壽人洞，玉簡虛無漢代祠。風急蛟龍藏壑底，雪殘鼯鼠掛松枝。嶽游未遂盧敖約，倚仗登臨悔較遲。

孫赤厓曰："華勁熨帖，但見其自然，不覺其刻畫。"
蔣大鴻曰："與登岱諸作并傳，足令山靈色起。"

浴湯泉

曾聞賜浴華清裏，得到溫泉試一過。霄漢直應分雨露，窮途何意散陽和。仙人勾漏思丹訣，漁父滄浪愛濯歌。不是聖朝容薄遣，那從此地沐恩波。

郝雲海曰："天半峨眉峻其骨，詩中之仙品也。"
耿近龍曰："結語風人之遺。"

度嶺見長城

嶺坂風迴樹鬱盤，長城如帶霧中看。隨陽雁斷天疑盡，背日峰高夏苦寒。滄海不沉秦女石，浮雲欲動楚臣冠。伊州一曲先揮淚，況是親從行路難。

沈友聖曰："極霞曉山嫣然深秀。三四刻畫盡意。"
陸梯霞曰："空林夜鶻，巫峽秋猿，仿佛如聞啼嘯。"

入　關

天迴紫塞抱神京，萬里從戎向此行。玄菟自通滄海郡，盧龍直壓古秦城。敝裘著雨黃沙擁，遠戍逢秋白髮生。但到玉關重入少，寄言征馬莫長鳴。

王印周曰："'敝裘'二語不堪多讀，悲涼忼慨，古來關塞征人之作無能遠勝。"

魯紫潓曰："神簡而骨峻，如登太華之巔，雲物出沒，俱成異觀。先生數年遠戍，入關詩絕無驚喜自得之意。而措詞忠厚，不亢不激，古純臣馳驅盡瘁之誼，俱從冰天一卷中傳之矣。"

扶荔堂詩集選卷八

七言律　遊集

奉和梁蒼嚴尚書見贈之作

遂初歸未二疏年，已見懸車早着鞭。雨雪定成黃竹頌，漁樵相和白雲篇。謝安屬望人皆倚，公叔論交我倍憐。鳴澤共迎元狩駕，暫違青瑣亦朝天。自注：漢元狩二年幸獨鹿鳴澤，今大駕巡遊，乃其地也。

嚴顥亭曰："宗伯贈藥園原唱云'彈鋏荒城事可憐'，故六句有公叔論交之感。"

其　二

昔侍宸遊散玉珂，郊居秋爽更如何。天連倒馬浮雲斷，城近飛狐落木多。十月蘆笳吹紫塞，一裘風雨渡黃河。臨岐執手看雙鬢，爭惜年華委逝波。

王子雍曰："沉雄爽秀，天寶以前傑作。"

梁葵石少宰左遷光祿以終養歸過訪有贈

還朝供奉紫宸前，光祿詩名世共傳。野鶴晴沙堪入夢，疏藤粉署尚含烟。仙人承露分金掌，侍女添香引御筵。最是巨源多薦達，肯容幾載傲林泉。

其　二

採芝恒嶽暫投閒，覓得丹砂好駐顏。十載斑衣供白鬢，一樽寒雨戀青山。金門方朔多仙氣，玉洞茅君有大還。手註黃庭忘歲月，蓬洲原未隔塵寰。

項眉山曰："少宰頗精修鍊，故詩中津津，殊有雲霞之氣。"

贈齊鍾銘郡守

旌麾遙引畫熊旛，驛路鳴沙落日昏。酸棗秋風吹暮角，黃榆霜色照清樽。恒山北鎮開河朔，太守東方出雁門。認道五陵公子舊，爭看裘馬獵平原。

徐子星曰："冗莽清蒼，直欲俯視北地。"

與鄭瓊水少府

傳道鑾輿南狩時，千山落日閃朱旗。官兼戎馬風塵急，路界關山雨雪遲。三輔豪強皆迸息，五原烽火莫交馳。明朝警蹕巡行處，先奏長楊引御麾。自注：時上狩於恒山。

送史雲次督學之大梁

岸柳霜凋汴水迴，清秋麾節指繁臺。黃河樹色依中嶽，粉署薇星接上台。入洛文章華省盛，渡江人物舊京開。大夫莫厭承明事，還向延英薦賦才。

寄懷陸裕州咸一

驛路斜陽古木稀,蕭條山郭盡茅扉。無多廳事花頻落,不少家書雁獨歸。渺渺淮流天外盡,蒼蒼楚樹雨中微。可知秋夜懷君處,桐柏山頭霜葉飛。

劉公㦖曰:"錢郎格調,風趣宛然。"

寄倉曹雁水弟初度

苑墻絲柳漾春暉,年少爲郎直瑣闈。視草常沾仙掌潤,趨朝時拂御烟歸。論才世共推丁廣,入洛予應愧陸機。原是金門接蓬島,紫芝釀熟燕初飛。

林西仲曰:"五六使事,雅切不泛。"

慰河陽李子燮下第

津橋昨望孝廉船,獻賦長安又隔年。名在河東真鸑鷟,家存司馬舊貂蟬。嵩華雪映藏書屋,洢水春流負郭田。作合定須楊意薦,古來淪落幾才賢。

董蒼水曰:"唐人慰下第詩皆出淒清激楚,此特秀爽自矜,故雄健有氣色。"

寄徐敬庵吏部

明河遥夜隔明光,客歲移舟尚客鄉。愧我五遷遼海外,多君兩調漢中郎。懷人月出題書懶，伏枕江流歸夢長。自分不堪成朽拙，漫將名姓及嵇康。

  杜茶村曰："少陵'却下襄陽向洛陽'，嘉州'洞穿江底出江南'句，法中以疊一字取勝，此作起手高妙，調格俱老。"

  李丹壑曰："天然秀朗，在仲默集中亦不多見。"

寄李洪範令武隧

鼓城山闕半蒿萊，殘邑分符驛使催。蕪萋秋花迎綬至，滹沱甘雨傍車來。沙田墝确耕人少，關路蕭條獵騎迴。第一推君真不愧，賈生原是洛陽才。予丁酉中州榜李居第一。

鄴中懷古

漳水東流飛白楊，廢宮何處不蒼涼。野田雀啄空臺雨，岸草螢侵墮珥光。蕙帳魂歸環佩冷，荻香人杳寢園荒。英雄霸業終黃土，禾黍秋風半夕陽。

其　　二

魏帝高臺瞰碧澄，松楸月出望西陵。翻波翠鳥妝時靨，傍岸紅蕖舞夜燈。鴛瓦凍殘銅雀雨，蛾眉愁老玉魚冰。雕欄碧砌空流水，極目蒼茫何處憑。

  周元亮曰："憑眺悲涼，俯仰都盡。"

寓許酉山別業偕王植初、李大根熙九諸子留連永夕行次雪苑遥有此寄

柳暗河橋緩客輪,西園文物未沉淪。雲開鄴苑思公子,樹老韓陵對故人。上夜深杯緣病減,驚秋旅鬢入愁新。不知玳瑁樓前月,多少清光到許詢。

王蓼航曰:"'雲開'二句宛秀,令劉長卿却步。"

宋中徐恭士集同計甫草、侯仲衡、陳子范諸君

海雁橋東高士廬,近城門巷倍清虛。臨風灌木陰陰浮,却署園葵宛宛舒。客到自移留穉榻,酒闌猶草薦衡書。平臺舊侶還誰在,莫訝逢迎鬢各疏。

徐恭士曰:"'客到'二語,先生自道耳,僕何敢當。"

酬侯仲衡桃源舊尹

曾聞仙令去桃源,廿載潛名老灌園。授簡仍未梁孝客,抱關終念信陵恩。草堂汴渚書千卷,秋水蒙城酒一尊。賦雪惠連今在否,荒臺雲樹倍消魂。兼弔令弟朝宗也。

寄秦觀察補念莅江州

望裏章江繞郭清,遥山極浦控蠻荊。天回橫嶺雄新府,樹帶浮雲出灌城。周制風謠煩太史,漢廷秋憲屬臺卿。相期攬勝逍遥閣,携手

松門鏡裏行。

曉發濠州

　　長淮如帶抱中都,明發濠州近玉湖。夜促客難消濁酒,星稀馬尚戀青芻。江分西楚灘流斷,路入南譙大別孤。回首舊憐豐沛地,長陵雨過樹模糊。

　　　　韓念子曰:"無限感慨,項聯寫客途,景況淒絕。"

行經定遠贈徐豫章令君

　　城頭劍闕聳清霄,襟帶淮流控鶴橋。令尹廉名同楚相,封侯邑號似班超。雲從華蓋通幽嶺,水出濠梁挾暮潮。得向蒙園稱吏隱,高臺秋水尚逍遙。

　　　　許行隱曰:"蒼蔚高聳,封侯句不嫌巧合。"

龔扶萬郡守九日登宣稱北樓同史及超胡鹿游楊樹滋喬元聞諸年友

　　北樓山色俯迴襴,向夕登高客共看。嶺樹雲來雙澗合,江城楓落萬家寒。花開九日人先醉,菊度重陽雨後殘。不負謝公饒逸興,泠泠秋月上琅玕。

寄酬施湖西都門懷飛濤入關之作

　　登君池閣雁初還,十二峰頭憶舊顏。無恙故人燕地客,依然妻子鹿門山。江樓對月愁多夢,秋夜裁書淚欲□。藉得參軍能置宅,轉將蓬島出人間。來書云:坐擁西湖,轉如蓬島。

酬莊澹庵太史贈畫是宛陵十景之一。

晉陵太史愛烟霞,坐對青林石徑斜。方信雲邊出江樹,偏宜竹裏住漁家。空潭晴插峰千尺,遠寺秋陰水一涯。臥看自餘濠濮想,敬亭山下有南華。

陸蓋思曰:"景奇逸在畫家,亦居神品之上。"

送梅淵公偕計

臘月流澌送客時,孝廉船發未嫌遲。子真後裔多仙氣,摩詰前身豈畫師。馬首盡看藥地雪,鶯聲先報上林枝。十年懷裏凌雲賦,早晚應逢漢主知。

別 龔 使 君

城邊萬木靄清輝,遙望霓旌接翠微。治郡真如龔渤海,詩名不讓謝元暉。秋臨山閣梧桐老,暮凭江樓鷺雉飛。相送踏歌情倍切,桃花潭上醉忘歸。

許生洲曰:"結意似本太白別汪倫,而翻出新妙,情味無窮。"

紀伯紫同龔芝麓尚書舟泊蕪城過訪

巢湖千里共楊舲,日對江波倚翠屏。歸夢幾留還筆驛,班荊何意濯纓亭。孤帆暮雨迎潮急，斷岸秋楓落雁青。盡是同舟看李郭，誰人得近少微星。

徐月鹿繕部奉使清江

八月星槎指鬱洲，風烟萬里接清秋。日搖滄海吞吳會，天掛黃河壓楚州。作客淮南依桂樹，能詩水部戀江樓。射陽咫尺低銀漢，擁節真疑博望遊。

楊修野曰："寫景使事最確，而神采煥然。"

贈呂錫馨祠部榷揚州

新承丹詔五雲邊，風送旌麾繞禁烟。使者原稱金馬客，祠官兼榷水衡錢。隋堤泛舸花爭發，胥浦觀濤賦獨傳。聞道東巡應有頌，君將簪筆待朝天。

酬　王　都　尉

乘槎遙問廣陵潮，銀漢疑通廿四橋。滇海直馳都尉馬，花門早插侍中貂。鶴來緱嶺雲生氅，鳳度秦樓夜聽簫。仲寶風流兼愛客，家聲何但數驃姚。

周元亮曰："不襲烏鵲鳳凰等語，而凝麗高華，直掩唐人，正是善學唐人處。"

送河防俞菓嘉少府

蒼葭夾岸送星斿，乘傳關河軍務勞。柳漾金隄魚浪舒，雪飛瓠子雁行高。深知賈讓惟中策，早見王祥有佩刀。愧我未裁江上賦，扁舟觀盡度陵濤。

<small>汪舟次曰："柳漾一聯，不遜於鱗春流無恙之句。"</small>

和韻酬趙子淑歸自楚南見贈之作

嗟君游楚倦風烟，袖裏懷沙弔屈篇。五嶺聞猿何處淚，三湘歸雁幾人憐。樹分鉧鈷連天闊，席挂灘江帶雨還。浪跡旗亭吾輩事，相看只在酒鑪邊。

同曹顧庵、吳方漣卓火傳李浩源下雲郭宗鶴問集許師六園亭即席限韻二首

桃花村北閣郊居，選勝名園客興舒。一水烟光分沼榭，滿城春色到樵漁。虹橋遠映聽花屋，鳥几長攤種樹書。爲送韶華須盡醉，雷塘風雨未全疏。

其　　二

臨流亭閣柳如烟，萬木參差睥睨前。乘興共尋玄度酒，忘歸時住季鷹船。鳥啼蜀嶺偏能巧，花近隋宮倍可憐。歌吹繁華追舊事，竹西樓外月初圓。

<small>茆一峰曰："風流贍逸，寫得花月、邗溝、竹西、歌吹宛然在目。"</small>

介宋射陵徵君

徵君高臥射陂雲，淮海文章朝野聞。天上少微人共仰，山中宰相

自超群。非從隱節知中尉，何但書名抗右軍。採梠刈葵兼釣弋，肯將泉石易玄纁。

送吳蘭次駕部出守吳興

仙郎西苑賦才雄，爲厭承明出守同。詩似河東還典郡，名高吳札採歌風。山樓樹木晴嵐外，澤國桑麻返照中。舊日水嬉饒勝事，期君早躍五花驄。

柴秩于曰："太守風流何殊柳惲、杜牧，詩中寫得蹁躚盡致。"

送黃隱君遊黃山

春江曉渡綠楊天，蠟屐尋山帶石烟。是有鄭莊能好客，非關元亮愛逃禪。雲邊古洞看泉出，花下清樽對月圓。白嶽蓉峰三十二，此中丹訣爲君傳。

送杜子漣兵備之昇州

清秋城下節旄迴，幕府芙蓉曉正開。樹出六朝烟霧迥，江分三楚雁鴻來。龍山重起登高晏，鳳闕今稀諫獵才。應是征南元凱後，風流遙對鄂王臺。

贈南徐錢日庵太守

承明五載罷長楊，出擁鄲車滿路光。劉尹威名原刺史，江東天府是丹陽。樓前樹色分吳楚，城下笳吹別漢羌。南粵近聞投璽去，煩君檢點陸生裝。

方敦四曰："雅詞逸響，令人有鼓歌之樂。"

別王玉叔推府

嵯峨官閣傍城隈，城外風烟畫角催。北固山樓霄漢裏，六朝宮樹翠微開。潮聲暮雨孤帆落，秋色長江萬里來。我欲登高應有作，臨觴真愧仲宣才。

王西樵曰："全作韶麗，'潮聲'一聯，秀而能沉，是少陵本色。"

秋江晚泊懷宇台、穉黃諸舊友

夾岸危橋柳正長，幾年岐路各沾裳。孤帆雨急爭村泊，八月潮生入舵涼。仰視雁鴻愁北渚，肯憐松菊過西堂。浮烟絕目平原盡，明遠江城夢故鄉。

喜吳岱觀自秦中歸

塞上春風換敝裘，一官秦嶺獨淹留。飛書片檄誇袁虎，美醞三升怒督郵。花馬池邊逢朔雪，曲龍城下按涼州。與君俱老沙場客，羌笛愁聞古戍樓。

嚴子問曰："岱觀作令以詩酒被劾，其豪情逸態曲曲寫出。"

送施愚山還宛陵即同來韻

樽酒臨歧意若何，扁舟惜別在江沱。雲開宛水看花度，風落昌亭送雁多。愧我牧羝歸海畔,有人栽薜向山阿。移家欲傍周顒宅,明月磯頭且卧簑。

　　王北山曰:"善爲淒悷之音,頗自清拔。"

弔姜貞毅如農

先朝諫議重流官,竄逐孤臣去住難。抗疏屢煩收北寺,投荒何惜繫南冠。夢懸丹闕身無補,淚洒銅駝血未乾。埋骨敬亭還主命,松楸白日照江寒。

過長洲吴瑶如郡守招飲漫賦

昨歲書傳海外還,今朝應爾暫開顔。揭來漫喜人無恙,相見俱驚鬢各斑。半榻論交吴季宅,一樽送客洞庭山。心期最是看花約,莫問秋風早度關。

其　　二

悲歌燕市意何窮,汝向南行我向東。十九年歸蘇屬國,二千石重漢吴公。他時苦憶淞江鱠,此夜愁聞塞北鴻。休傍姑蘇問麋鹿,荒臺空鎖白楊風。

　　宋旣庭曰:"藥園沉浮關塞,其胸中落落自喜,固有獨得。一結悲涼,要非强作達語。"

其　　三

載酒臨流興未孤,使君日日醉蘆菰。海邊牧豕吾將老,堂上懸魚爾自殊。夢底生涯尋竹塢,心隨落月下蓴湖。黃公壚在人依舊,自笑歸來一酒徒。

其　四

虎阜山前春水流，三年劇郡日言愁。催科屢被中臺疏，奪俸長煩父老留。羨恰松溪多美醖，載將槲葉滿孤舟。主人漫作思歸詠，我欲移家傍鷺洲。

<small>錢宮聲曰："吳中遊宦皆應心，折此詩何僅壓倒韋、白。"</small>

同魯文遠少府舟泛兼寓瑤如

鳳池才子佐名都，雅共吳融出剖符。舊入黃扉門下省，新加墨綬府中趨。行春南陌逢花渡，索俸東方儘客酤。藉甚風流醉司馬，滿城弦管夕陽湖。

訪沈韓倬太史幽居

潘朗早歲愛閒居，拂袖歸來鬢未疏。應笑卑棲爲客難，真能高枕是吾廬。階前竹密啼春鳥，簾外花香檢道書。賦就子虛稱絶唱，茂陵豈久病相如。

<small>慕瑟玉曰："閒雅穠秀，不減劉夢得'歸越中舊隱'之作。"</small>

過顧司勛園亭

暫得歸來好自寬，蕭然庭徑頗能安。交情漸厭時名薄，世路同悲直道難。峰勢疑從林屋出，溪流真作剡中看。桃花夾岸漁舟在，不待劉郎問釣竿。

虎溪舟泛同孫樹百黃門羅振彝侍御

虎溪亭榭繞林丘，晴色波光客其遊。日落漸看餘綺散，鶯啼争送落花流。羅含綵筆題山閣，孫楚詩名戀酒樓。遮莫吳宮歌舞地，春風駘蕩木蘭舟。

尤悔庵招同顧庵菌次昭子既庭天石水哉亭小集賦得起句

三月正當三十日，共看春色盡園亭。全憑杖履身能健，半是漁樵眼倍青。醉倚藥闌尋野竹，時陪鷗鳥立沙汀。草堂此會渾閒事，浪説人間有聚星。

徐果亭曰："比白香山草綠裙腰之作，風致固自娓娓。"

風雨送春效晚唐體

烟靄池亭極望中，繁枝無力倚東風。誰家客夢楊花白，何處春歸杜宇紅。寒食佳期偏荏苒，江南山色在空濛。天涯芳訊難憑寄，愁託鄉心到蕙叢。

其二

憐春何事苦難留，風雨今輕獨上樓。燕子銜將庭草去，柳花吹落寺門流。驚傳戎馬關山遠，偷換年華客路愁。説到鄉園倍憔悴，橫塘小岸且停舟。

梅耦長曰："柔情逸態，搖曳生姿，高出劉滄許渾一派。"

題吳蘭次獨往亭

孤亭闃寂傍斜曛，野蔓藤花檻外分。秋氣入簾聞雀噪，松陰滿地落鷗群。壯心不已惟看劍，酒債能償但賣文。爲愛白雲常欲往，山中弘景得如君。

看奕軒

橋西深巷掩松關，小葺茅堂竹徑間。對酒漫驚雙鬢改，披簑容得一身閒。凭闌坐愛仙人橘，揮麈頻敲處士綸。賭墅不殊泉石興，可能長戀舊東山。

周雪客曰："先生詩無體不備，作似規模宋人，尚踞歐王而上。"

過顧茅倫隱居

高士幽居白袷巾，暫時開徑滿松筠。蔣卿門巷難容馬，龐叟妻孥不避人。家住五湖堪嘯傲，身餘一劍走風塵。辟疆園裏論詩後，笠澤烟雲幾度新。

酬嫪城汪柱東將赴楚南

花滿昌亭歲序流，正逢寒食憶同遊。歸從雙闕燕昭市，欲問三湘楚客舟。夢澤天空多載酒，鶴江風烟莫披裘。河橋楊柳青無數，好向春城獨倚樓。

寄答王儀曹阮亭

億郎初入紫宸朝,争羨王衷賦洞簫。同舍看雲懷遠岫,故人薦鶚尚清霄。滄江自合容高枕,聖代何妨有棄瓢。堪憶竹西携手處,棠梨吹過赤欄橋。

董方南曰:"格整色蒨,不必近仿右丞,而聲采迥勝。"

別余澹心歸里

江邊誰放老垂綸,皂帽相逢涕洟頻。徑掃蓬蒿緣客到,堂施雞黍見情親。孤舟細數將歸日,六載投荒未死人。解道關山苦離別,但看蒼鬢幾風塵。

趙尊客曰:"意到調合,置錢吳興集中,幾不復辨。"

過皂林

一片歸心急逝波,皂林帆帶夕陽過。天邊落木誰堪此,月夜聞歌喚奈何。殘驛飛鴻驚颯杳,秋江華髮易蹉跎。可知客散柴桑里,門巷應教長薜蘿。

沈方舟曰:"不堪牢落,處正□簡中,偏能以澹筆寫之。"

送汪舟次檢討奉使冊封琉球

王朝冊命大琉球,萬里乘槎天外遊。廷議群推能絕域,封藩班列上諸侯。波羅洞塹環流水,烏羽衣冠萃沃州。不事招携咸授璽,我皇端拱重懷柔。

其　　二

雕題虎拜肅陪臣，方物頻年獻異珍。白氎乘螺看舞女，紅衫負弩雜鮫人。一星纜漏麟洲水，萬國同瞻象服春。沆瀣洪濤程七日，先圖王會達楓宸。

吳準庵曰："寫蠻方殊俗風物饒麗，五六宏音異彩，光氣萬丈。"

其　　三

高華險巆截蠻方，黑霧鯨波匝混茫。大業窮兵煩羽騎，兩朝遣侍入梯航。唐蒙多事通邛莋，博望何因款夜郎。從此諸番知漢大，直看炎海接扶桑。

其　　四

孤懸黿嶼海涯間，襟帶窮荒控百蠻。已奉春秋知正朔，何年南北併中山。自天宸翰龍鱗動，繞日珠旙豹尾班。底是皇華念將毋，乘風歸路指刀環。洪武初三王入貢，令中山併一。

其　　五

來傳宣威漢大夫，戈船赤斾玉彫弧。鼇峰色動麒麟服，龍節光含玳瑁珠。北斗天乘吞落漈，西風霞起過彭湖。荒唐千古神仙事，咫尺蓬萊望有無。

其　　六

三山島樹鬱巃嵸，褒寵藩王禮數崇。千丈秋河通貝闕，九重丹詔下珠宮。使臣持節金函重，酋長乘車木獸雄。德意不勞難得貨，珊瑚空射海波紅。

　　　沈昭子曰："長安贈送名作如林，而恢鴻博贍，無出此六首之右。前後兩結，尤得風詩諷諭之義。"

送汪苐斯提舉赴廣南

萬里蠻雲繞客舟，鷓鴣聲裏到番州。青樽送雨琵琶峽，錦纜行春荔子洲。筯醬自從獠洞出，瓊枝不向越裳求。由來百粵雄山海，極目城南漫倚樓。

贈天台葉脩卜以郴州牧終養

林泉十載愛蒹葭，出牧郴江鬢未華。去令陶潛非戀酒，娛親徐庶早還家。丹蒸橘井皆成露，詩就金庭自起霞。放鶴歸來琴一曲，著書兼學種園瓜。

　　　林石來曰："體律務實，工夫頗深，似楊少尹寄江州司馬等作。"

扶荔堂詩集選卷九

七言律詩　遊集

登　　岱

翠微宮殿俯危巒,嶺坂逶迤更幾盤。天近扶桑長不夜,月明瑤草易生寒。松鳴越觀留山鬼,鳥啄秦碑淨石壇。七十二君封禪地,回中風雨想和鑾。

　　　施愚山曰:"清雄絕似李頎。"

其　　二

孤懸海嶽枕神洲,得共盧敖拄杖遊。天外數峰開漢時,星邊九點辨齊州。清宵鸛搏浮雲落,古洞龍吟斷壑流。人在碧城看夜色,芙蓉何處接層樓。

其　　三

飄渺神宮霄漢間,丹梯突兀迥難攀。蒼龍峪窈雲歸洞,白鶴祠孤雪滿山。呼吸自能通帝座,風煙原不到人寰。未逢刻石千年事,梁父吟成獨往還。

吴蔺次曰："結語作者寄寓良深。"

其　　四

千丈懸崖撼石間,捫蘿疊磴倒衣裾。孤峰半落天疑盡,絕頂平臨日乍舒。帝女珠宮喧象珮,仙官絳節駐鑾車。白雲尚見封中起,笙鶴如聞度碧虛。

宋荔裳曰："四詩崢嶸流宕,足稱此題。"

宗鶴問曰："元美謂園林登眺景不勝詩,大嶽名山詩難敵景,斯言至矣。今讀登岱諸作,如巨靈開山,生面盡出,使弇州見之,當如林公之歎真長也。"

酬林果庵州牧有嶽遊之約

載酒相期百丈峰,城邊曉氣削芙蓉。古來太守推應劭,天下名山數岱宗。玉簡虛無留漢碣,金光明滅尚秦松。千年禪草須君定,綵筆看成五色龍。

歷下訪嵇綺園少尹

脂車千里訪嵇康,岸雪衝裘向譙方。歷畔初栽庭柳密,嚴灘尚憶嶺梅長。官微似棘樓驚鳳,客到如雲典驌驦。吏隱不妨兼寄傲,濯纓湖是舊滄浪。

孫樹百曰："五六諧妙。"

歷山旅舍逢葉萊蕪眉初兼訊令弟訒庵太史

秋城野宿暫停車,旅舍相逢涕淚餘。我愧還家身似鶴,君偏作令釜生魚。青楓細雨危橋斷，酸棗斜陽古岸疏。爲問茂陵多病客，白頭吟罷近何如。

> 毛稚黃曰："化鶴生魚，使事恰合，'青楓'二語景色蒼鍊甚工。"

飲項犀水憲副歷亭寓齋同何澄九觀察時際公參軍 自註：項曾分守淮蜀。

仙客華陽天下聞，班荊同對崞山雲。碑亭舊識平淮頌，父老猶傳論蜀文。曲按燈前金縷換，樽開雪夜玉瓷分。已知交盡英雄輩，不敢逢人說使君。

> 姬象方曰："精選而出，得于鱗、弇州絕佳處。"

水心亭立春贈時參軍

歷亭春酒暫邀歡，嶽色中宵倚劍看。豪客自矜鸛鷁舞，參軍不戀鵔鸃冠。交傾北海樽常滿，書報平原燭未殘。何日鄉園梅共折，漫將華髮對辛盤。

遊趵突泉題呂仙夜光樓壁

仙人長住夜光樓，樓上仙人好夜遊。仙去但聞黃鶴唳，樓高空見白蘋流。珠泉翠落松陰月，丹鼎烟生海樹秋。我欲乘風招羽客，浴鳧眠鷺起沙洲。

> 王伊人曰："雖本崔顥，而寄興遙深，古今人各自擅場。"

贈徐子星憲副

鳴珂省閣自從容，麾節遥臨日觀峰。秦制督郵分筴鑰，齊城傳檄壯輪供。書成諫獵懸西苑，禪草磨崖起岱宗。早晚帝庭仍珥筆，趨朝長拂露華濃。

沈繹堂曰："藻麗中自具春容，深於滄溟一籌。"

寄史昌言調宰安陵

陵州斷岸擁旄過，霂雨隨車動黍禾。舊相平原推史弼，傳經東海授田何。冥鴻大麓飛沙滿，殘驛秋風蔓草多。再調除書煩出牧，偏令下里有弦歌。

瑯琊郡城送周元亮少參赴昇州

分符仍屬大司農，擁節巡行係望濃。落日襜帷辭海嶽，清秋幕府傍芙蓉。關中輪輓須婁敬，洛下文章起蔡邕。莫道故人爭負弩，新亭原似舊臨邛。

黃仙裳曰："使事渾雅，遂饒韻度，確似送櫟下公詩。"

望春樓故址

青州城北舊王宫，一望朱門蔓草叢。甃石長沉智井碧，墻花偏發上陽紅。空梁燕啄梧桐雨，落日烏棲禾黍風。可惜卷衣人去盡，但留殘月照房櫳。

尤展成曰："起得高渾,中間蒼涼婉轉,音調悠揚,何減湘靈鼓瑟。"

其　二

望春樓上晚風殘,文杏彫梁覆井幹。帝子看花過白燕,昭容垂袖在朱欄。湘簾娥影沉烟細,瑣閣蛛絲閉月寒。啼盡鵁鶄飛盡絮,何人還倚玉闌幹。

王凤夜曰："調高氣逸,不勝俯仰之感。"

東萊郡守張受庵招同卜聖遊少府劉西山儀部登東海祠堂望海和王大愚學使韻

嵯峨高閣海祠東,海嶽千秋祀事同。碧浪黿鼉趨降節,靈旗風雨下珠宮。鮫人雜島隨波出,弱水條支有路通。咫尺蓬萊如可接,芙蓉遙漾暮雲中。自注：近海有芙蓉島。

葉訒庵曰："規模雄麗,是工部不是義山。"

登光嶽樓和施愚山學政使壁間韻

高閣飛甍接杳冥,倚欄人在翠微屏。天圍大陸烟光白,地敞中原嶽色青。百戰山河供極目,千秋雲樹抱空亭。登樓不敢輕裁賦,早有留題舊客星。

金長真曰："瑯琊如鼓吹臨風,覺金籃白雲句無其深秀。"

飲任城南池酬朱梅麓河憲

賀鹽池南水盡流,詩人此地醉同遊。重開亭閣邀狂客,未邀山河在酒樓。樹靜石欄綿綿雨，浦清花底出輕鷗，芙蓉一帶秋江外，只少烟波舴艋舟。

送梅處士還吳

處士還吳白楝鄉，竹溪烟水暮蒼蒼。禁方鴻寶千金秘，歸路羊裘十月霜。獨向名山尋許邁，偏令女子識韓康。憐君官閣梅花夜，雪裏題詩淚數行。處士萬陸吳州水部署有詠梅雪。

劉子濬曰："唐客曹張籍亦有《贈梅處士》，詩云：'講易自傳新注義，題詩不著舊官名。'此作秀警，可稱敵手。"

周玉山曰："全以韻勝，一結何其窈窕也。"

又

變姓吳門梅子真，詩瓢藥裏整隨身。橐中白跟非因慢，肘後青囊未是貧。世態盡從芒屩閱，交情偏到布衣親。故園共快予歸得，臥伴漁樵更幾人。

田紫綸曰："如風澗鳴琴，幽逸有致，求之前代，其君采、昌穀匹子。"

戎考功載立以御史奉差巡視長蘆按部至東兖有寄

聲名題柱動長安，繡斧巡行攬轡看。政府特高鹽鐵論，天卿兼着惠文冠。燕山日擁花驄發，滄海霜飛白簡寒。諫獵有書須疾上，好從雨雪望迴鑾。

雪夜渡巢湖

真疑銀漢泛槎來，貝闕瓊宮望水隈。孤嶼遠從天際落，姥山明傍鏡中開。風驚硤岸冰初合,帆指星河景倒迴。浪底魚龍時隱現,頓移蓬島出塵埃。

> 吳耕方曰:"沉潾磅礴有黃河百折一瀉千里之勢。"

登慈雲閣

慈雲高閣迥禪關,極目長河飄渺間。濡塢到江天外樹,浮槎隔岸霧中山。千峰雪積迴孤檻,雙澗冰流下急灘。霸業消沉空逝水,惟從玄度得躋攀。

丙辰除夕客廬陽有懷李湘北學士

溁濛一水阻江關,鼓楫探奇未肯還。隔歲尚淹廬子國,懷人偏對伯陽山。起居四部楓宸動,撰述三都草閣閒。客裏深卮莫辭醉,憶君元日奉朝班。

> 于桐江曰:"清姿朗逸,似右丞'洞門高閣'諸什。"

其二

南天雁去眇修途,目斷長安旅興孤。散騎胸中澆壘塊,君房足下恕狂奴。鑪烟講幄逢春早,雪夜辛盤任客酤。能到平泉凝眺久,可無書札慰潛夫。

其三

又向巢川問逝波,溪南連袂未蹉跎。寒宵話共孤燈永,明日愁添兩鬢多。邸舍移觴堪守歲,<small>巢令呂仞千載酒。</small>天街踏雪有鳴珂。沉吟強欲留殘夜,無奈城頭鼓角何。

徐浩軒曰："任意抒寫，情境俱出，白侍郎、劉隨州佳調也。"

喜逢吳鍊師見示還丹徑步奉酧此作

龍眠早歲愛丹砂，肘後懸壺歷海涯。自比杜沖稱道士，能依巢縠是仙家。棲真欲結中茅宇，斲藥常蒸石洞霞。不羨九天笙鶴近，焚香終日對南華。

翁渭公曰："王子安'玉笈三山記，金箱五嶽圖'，可移贈此詩。"

燕子磯阻風

崢嶸石壁闞江皋，萬壑風鳴挾怒潮。出沒蛟龍窺巇巘，逶迤亭閣鎖層霄。連天急浪吞三楚，繞樹浮雲換六朝。日暮孤舟隨處泊，不知何地有漁樵。

泊楊子逢朱清田州倅偕赴白門兼感舊事

野渡逢君邗水東，乘流欲下阻西風。舵樓醉倚丹楓外，城堞疑浮碧浪中。茭浦幾回樽酒別，秋江何意布帆同。秦淮夜月簫聲斷，冷落芙蓉故宅紅。

嚴蓀友曰："味結語似有杜樊川水嬉之感。"

贈京口侯總戎

珠旗繡袷玉雕弓，鐵甕城高建節雄。開府君房歸漢相，圍棊安石却秦戎。水犀勁弩橫江寨，伏弩樓船下瀨功。坐看輕裘銷帶甲，海波萬里息烟烽。

贈何巽子令暨陽

暨陽爲政自風流，繞郭清溪傍鷺洲。官閣詩名還水部，君山明月坐江樓。津橋罟集鱭魚美，野店花香麴釀浮。客向春城幾回醉，驛亭長繫戴顒舟。

寄下蔡令常肅之

風吹岸柳接中都，遥望雙旌再剖符。淮水分流環北郭，歐陽終老戀西湖。山鄉甫足秔多少，野渡人稀税有無。最念穎清亭外月，何時采蕨醉樵夫。

紀孟起曰："秔稻花侵，雲霞色滿，寫得豐穰，五六蒼碩高遠，各臻其妙。"

登龍光塔和王仲山先輩韻

垂虹千丈聳高臺，忽現浮屠積霧開。蜃氣疑從丹甃出，鮫人應捧夜珠來。燈懸嶂嶺摇滄海，影倒星河逼上臺。漫比靈光今獨峙，登臨殊愧勒銘才。

蔡九霞曰："獨具初唐渾灝之氣。"

春夜吴令君伯成招飲署園限韻

荀令張筵香滿衣，疏梅官閣正花飛。辛盤生菜逢春細，丙夜鱸魚入饌肥。鄴苑才華人未邀,襄陽耆舊會仍稀。諸君漫作登樓賦,不比荊州得暫依。

王季友曰:"'辛盤'、'丙夜'屬對工穩,通首饒有風度。"

偕歸元公、余澹心、方敦四諸君集顧修遠辟疆草堂即事

一棹梁溪問隱倫,草堂樽酒值佳辰。右軍碑序書仍在,索靖文章跡尚新。時玩《瘞鶴銘碑》《出師頌》真跡。上客賦成應卜夜,名園釀熟正逢春。貪看希世真無價,誰道家徒四壁貧。

齊繩武別駕運餉湖南歸

長江六月擁星旄,萬里浮湘軍務勞。轉餉不殊婁敬策,除官早佩呂虔刀。帆飛溢浦炎風急,猿嘯黃陵夜月高。聞道王師掃蠻脹,黔陽何用築城壕。

沈翟庵曰:"似少陵夔州諸作,聲采壯烈。"

介新都魏和公五十

隱君五十尚蹉跎,拄杖名山鬢未皤。兩世清掺衰鳳志,百年心事採芝歌。班荊樹下交遊滿,鼓枻江邊著述多。家有伯陽丹訣在,崆峒烟霧穩漁簑。

十六夜虎溪對月酬林使君

海湧峰高雨露清,山堂桂發晚涼生。筵開上客皆能賦,月過中秋

却倍明。千丈銀河摇夜閣,萬家砧杵動江城。芳堤蘋蓼還依舊,誰繼風流白傅情。

其 二

烟嵐擁樹望逶迤,對月披襟客共期。碧影漸移看自皎,清輝尚滿出嫌遲。倘逢楚雁書來候,最憶梁園賦就時。漏轉參橫漫歸去,金樽頻勸莫深辭。

孫樹百曰:"語語是十六夜月景色,遙澹自覺,清輝娛人。"

越州張静淵别駕招集登子秋水園分韻得南字

園林斜枕百花潭,能到松筠性自耽。時倚藥闌多聽鳥,漫將斗酒共擕柑。山窗對月留佳客,野樹逢雲换夕嵐。只有烟波漁父在,釣船吹笛過溪南。

于子先曰:"劉賓客《越川春晚》最喜'湖草初生'一聯,五六輕婉,更勝劉作。"

再 用 前 韻

高柳池亭散玉瑃,真如韋曲在城南。愛依渌水園爲閣,欲問桃花自有潭。入坐琴罇開别墅,過江人物尚清談。慚予未補名園記,丘壑烟雲已盡探。

趙天羽曰:"疏秀中時出俊語,由胸無烟火,故筆端有仙氣。"

孫沂水少府督修戰艦還郡

孫郎才藻擅江東,五馬分符越嶠中。不遣盧循歸海島,應煩王濬造艨艟。花明蘭渚鸂初泛，霞起天台賦獨工。父老幾年歌飲水，臥龍高閣自清風。

送張靜淵佐郡之邕州

河橋柳岸節旄催，佐郡邕州借上才。槎浦炎風吹帶甲，花洲明月待銜杯。天連徭洞崑崙合，路入蠻江瘴癘開。銅柱由來誇百粵，幾回吟眺越王臺。

彭雪厓舍人由夏丘令內召

幾載分符下邑殘，除書何幸到長安。金堤未築民愁集，澤雁長嗸戶稅難。邑苦河患，歲恒饉。西掖文章專草制，南邦牧令盡彈冠。鳳池此日留才子，委珮摛毫春未闌。

曹蓼懷曰："以上三作高華典麗，開、寶、泰、曆間有此弘音。"

送邢上張諧石之京

驛樹秋風散客襟，孤城吹角氣蕭森。天人策對須膠柑，災異疏陳起杜欽。立馬西征能作賦，看雲東武自高吟。江鄉一路休回首，到處哀鴻集暮林。

送武源令強價人乞歸

烟林繞郭鳥相求，忽憶還山早乞休。五斗向誰長俯仰，一官何事苦淹留。身閒家住空桑渡，夢穩溪臨白芷洲。欲託歸心與征雁，西風殘驛正逢秋。

> 汪梅坡曰："絕似顧遺翁'柳色依依'一首,而結意尤相渾合。"

同年蔣大參亮天督糧浙中

六傳乘春攬轡行,節麾新擁鳳皇城。漢庭轉餉惟劉敬,岱嶽雄文似馬卿。旭日巡遊看露冕,晴湖曉色照霓旌。司農正借籌邊略,指顧能銷瀚海兵。

許浣月儀部奉使權南新迎太夫人就養

柳色春城颭畫旗,板輿雲擁到庭闈。北堂晝永名花滿,蓉閣筵開湛露晞。上巳重添新蕡莢,太夫人生於閏三月,今歲重逢。長庚偏照古班衣。聖恩南使歡無極,得觀鸞陂戀日暉。

> 許亦蒼曰："酬應之篇,天然巧麗,蘇頲、孫逖不得擅美唐初。"

吳北海武選奉使權北新

使君持節繡鏊弧,乘傳嚴關漢大夫。霄漢久瞻雙闕日,山川長按九邊圖。官橋夾岸帆檣集,滄海無波貢稅輸。更羨吳均盛才藻,越遊憑眺賦名都。

送徐敬庵侍御內補之京

驛路秋高驄馬行,中朝共倚子旃迎。關山鴻雁天初闊,省掖梧桐月正明。抗直徐宣加僕射,能文傅毅總臺卿。遙知望闕情何限,不斷浮雲指薊城。

<small>陳康侯曰："三四秀朗，清脫遠追王孟，近接徐何。"</small>

送顧季蔚侍御辟召之京

弓旌擁路向長安，盡識西臺老諫官。令史獨高神爵頌，殿中猶指觸邪冠。九重制誥兼非易，十載林泉起自難。聖主最殷前席意，莫教頻念舊漁竿。

<small>徐竹逸曰："格調蒼渾，崆峒雅鍊之作。"</small>

送嚴處士之吳興

明發輕裝賦遠遊，江湖落日片帆收。烏程勝事多佳釀，嚴瀨高名且敝裘。愛識奇文追石鼓，定因古篆仿之罘。丹楓白蓼秋將老，幾處霜鴻起舵樓。

天竺山房訪俍亭大師

歛影空山老衲衣，鑪烟不斷磬聲微。雲邊洗缽看龍代，松下談經控鶴歸。百道泉鳴通法界，千峰日落欸濟扉。東林慧解誰參定，欲傍無生問息機。

<small>姜定庵曰："意態全仿李東川《瑩公禪房聞梵》，而幽迥自別。"</small>

張典客麟圖奉使榷南新

春卿銜命節旄開，柳色關河畫鷁催。賦筆長含滄海月，江樓遠集豫章材。宋宮遺石芙蓉出，署有宋大內芙蓉石。漢使浮槎苜蓿來。國計於今須勝算，爭看運甓自奇才。

送徐徵君電發辟召之京

此去朝辭林屋峰，布衣疏屬倍從容。眼中吾老非衰鳳，足下人稱似臥龍。應詔趨由丞相府，封章辟自大司農。知君芸閣詩成後，苦憶西堂舊植松。

俍燕公曰："筆高意別，情致悠長，三四創語驚人。"

送沈其杓歸嶼城

沈子將歸白鶴村，滿裝詩卷過吳門。爭看衛玠眉如畫，且喜張儀舌尚存。半畝荒園飛苦楝，一帆秋雨度芳樽。此行更有平原約，莫戀當罏犢鼻褌。

葉在園曰："飄蕭儜約，不減張緒當年。"

送嚴柱峰侍御之京

長安幾載望風裁，按節都亭驄馬來。中尉故應趨複道，裏行原是重南臺。殿前對仗天顏動，柱下揮毫鎖閣開。佇待伯宗成漢紀，懸知東觀有雄才。

介徐健庵宮贊

平明金殿日揮毫，扈從鵷班近彩旄。海內文章推孝穆，東宮記註屬王褒。綸扉漏永移蓮炬，仙掌春濃醉碧桃。聖製親裁雲五色，珮聲長拂御牀高。

介徐蘗庵幕府

吳市逢君霜葉催，手揮白羽渡江來。爭看城北徐公美，尚憶雲中幕府才。慷慨射書歸海畔，倘佯招隱自山隈。淮南作賦人難老，叢桂秋風照酒杯。

周鷹垂曰："起法高亮，盤旋一氣，如崑崙西傾，黃河東注。"

九日和舍弟令宜韻

重陽過閏秋將老，況復登高客裏山。遊女採萸今日醉，仙人控鶴幾時還。霜鳴隔嶺楓初赤，水落臨溪菊盡斑。散步漫愁歸興倦，城西遙掛月如環。

簡邵景恒

交誼忘年共友昆，同居委巷過高軒。非關劉尹能知我，何獨君房有是言。擅絕詩名誇俊逸，厭看世態少寒暄。明朝風雨重陽近，好醉秋亭花下罇。

陸杜南曰："三四使事清出，允稱創句。"

贈京兆羅參軍

極目頻登江上樓，參軍蠻府任優遊。紫髯長拂夫容幕，白袷閒吟杜若洲。半醉官銜秦樹遠,十年宦跡海雲秋。知君家傍希夷峽,聞道神仙屬華州。

张秦亭曰:"寫聾參軍,情貌俱出,詩亦頗似劉滄。"

辛酉三月初度日自酌

種藥欄前花滿枝,花開且盡掌中卮。東皋刈秋非嫌少,絡秀生兒未悔遲。玉曆人間還甲子,丹砂鼎内合雄雌。醉看塵世滄桑外,欲把長虹結釣絲。

其 二

鹁鳩晝啼草堂静,墙外歷亂桃花飛。已築糟丘老閒事,不須荔葉裁春衣。杖藜懶性隨麋鹿,倚樹孤吟烹蕨薇。何爲蹉跎不稱意,更教酩酊蓬山歸。

陳績先曰:"調古情放,咄咄逼人,要滿腹不合時宜,故自能作達。"

歸 雲 庵

秋草疏林晚翠霑,茅堂窅寂未開簾。蘿深石磴牽衣帶,徑窄松枝礙帽檐。暫許玄言訪支遁,可容白社醉陶潛。掛瓢遺跡歸何處,屑瑟山溪宿莽淹。

沈鳳于曰:"景在目前,隨筆寫出,却幽澹有奇趣。"

掛瓢堂懷孫太初處士

晴光山色浣溪蘋,倚閣巖扉亂野榛。瓢笠自隨堪洗耳,江湖肯放作閒身。欲偕蒙叟稱知己，亦有岑妻伴主人。鶴去山空雲樹在，爲君灑酒一沾巾。

登翠微閣訪神山和上步方虎韻

方丈仙池種白蓉，參差塔影護高峰。香臺散雨諸天淨，傑閣棲雲積翠重。入座翻經多飼鳥，臨流洗鉢有藏龍。十年慧遠長愁別，惆悵廬山幾樹松。

<small>沈存田曰："贈禪家詩不作枯寂語，弘音爽氣，颯颯出塵。"</small>

題張秋帆令君來青閣

爽閣憑虛望水隈，晴看簾捲萬峰迴。楓陰返照移書案，花氣分香入酒杯。繞樹鳥從雲底出，憑欄人向翠微來。使君多暇頻登眺，客醉琴樽次第開。

九月八日試院顧與山郡守公宴即席

晴雲匝樹晝飛觴，高館張筵秋氣涼。折簡定邀山客到，校書爭採野編長。滿城木葉霜初降，何處人家菊盡芳。鮮道江州多載酒，可知明日是重陽。

九日再集顧且庵侍御僻園

池閣透迤一水隈，清秋令節暗相催。登高自昔逢晴少，尋菊何妨冒雨來。鸂鶒遠翻沙底浴，芙蓉斜枕石欄開。今朝應笑柴桑懶，潦倒東籬獨舉杯。

讀董蒼水浮湘度嶺詩卷賦贈

楚天遙蕩木蘭舟，又向炎方作漫遊。鸚武洲邊歸雁少，琵琶峽裏夜猿愁。尉佗可治千金橐，賈誼空懷一賦投。相對樗亭共樽酒，秋江還憶幾登樓。

<small>喬石林曰："格調古雋，似本李頎、岑參諸作，大雅不墮，猶見母音。"</small>

介林鹿庵六十

蹉跎自笑鬢蒼然，日日攤書任醉眠。狂到次公何必酒，文因敬禮不論錢。爲先君作佳傳。螺樽清映紅渠月，河鼓秋明白雁天。從此鹿門無箇事，與君同樂太平年。

<small>邵子湘曰："玉遠憂爽豪逸，寫得炯炯逼人。"</small>

扶荔堂詩集選卷十

五言排律　雜集

謁禹陵

越嶠霄宮迥,垂旒儼帝容。靈旗迥列宿,輦路入諸峰。鳥篆秦時碣,虬盤漢代松。江流環幾案,嶂削繞芙蓉。赤豹司天闕,馮夷撼曉鐘。塗山歸絳節,宛委盛金樅。鼎鑄香罏象,韜懸瀑布淙。隨刊通絕磴,胼胝倍春農。日晃玄圭合,潮來蒼使逢。星辰長拱極,江海盡朝宗。寶籙神狐授,琅函玉檢封。山經圖魑魅,紺殿走蛟龍。晻靄明堂闃,嵯峨紫氣重。楝雲連霧捲,臺雨裛花濃。墾集耘田鳥,庭陳禱旱龍。君臣鹹執玉,父老尚扶筇。歷代豐碑古,千秋祀典恭。衣冠危石護,竹箭要荒供。地軸安疏鑿,天心紀鼎鏞。誕敷明德遠,舞忭仰神踪。

　　姜定庵曰:"句句確是,禹陵移他處不得。"
　　楊茶村曰:"典雅強援,崆峒諸長律亦當遜其蒼健。"

上樞部龔芝麓尚書

北斗天垂象,西臺屬望崇。金庭鍾間氣,龍嶠仰維崧。曳履星辰近,題興岱嶽空。青雲奔海内,朱屐盡江東。玳瑁書囊映,芙蓉卧閣紅。徵歌珠錯落,染翰玉玲瓏。品藻無凡士,文章有國工。序都傳左思,賦海識張融。共仰千尋壁,誰攀百尺桐。安危憑勝算,開濟仗和衷。幃幄資韜豹,升華羨軾熊。中朝相司馬,政府仰萊公。羆虎殊方靖,貂蟬異數隆。騤騤應作頌,蹇蹇匪爲躬。睹墅鄉非異,封留願亦同。劄從樞密院,顏動玉熙宫。帶礪山河續,旗常册府功。萬方偕燕喜,三賦答彤弓。

冒辟疆曰:"切中合肥文章事業,詞非溢美。"

鄧孝威曰:"樞密、玉熙、萊公、司馬皆唐以後事,而用來倍覺古雋,是知濟南之説爲拘。"

西苑入直呈胡少宰予衮先生[一]

上苑司彤管,中臺倚重臣。趨朝常聽履,入直儼垂紳。北斗開天象,東封紀帝巡。文章原吏部,出納近楓宸。洗[二]馬庭多暇,題興意轉新。揮毫珠錯落,掄俊玉嶙峋。秘省圖書重,天顏密勿親。譚經高碣石,開閣小平津。日射銅池曉,花迎紫金春。作箴懷傅奕,著略[三]續崔駰。捧日鵷班并,含香雉尾馴。殿中多啓沃,池上有絲綸。紫氣瞻雙闕,蒼生寄一身。長陪宣室席,每望屬車塵。殊錫懸靈壽,逢時異渭濱。聖朝看喜起,歌頌答臣鄰。

孫孝則曰:"以燕、許之弘麗,兼岑、李之娟秀,故益清俊特出。"

【校記】

[一]《信美軒詩選》題作"上胡尚書予衮先生十六韻"。

[二]"洗",《信美軒詩選》作"牧"。

[三]"略",《信美軒詩選》作"史"。

壽劉大司寇瀛洲

珥筆彤庭久,颺言列上鄉。爽鳩原著氏,文鹿早垂名。生甫宜爲袞,惟伊用作衡。香含丹闕近,朝散玉珂鳴。列宿環天府,屏藩鞏帝京。諸曹欽嶽望,三宥佐亭平。獻納回宸聽,艱難戀主情。王祥關社稷,庾亮表澄清。啓事青綸動,匡時白髮生。嵩高業桂長,少室五芝榮。屢暢金魚袋,初調玉鳳笙。向南瞻紫氣,獨傍掖垣明。

曹魯巖曰:"簡老瞻密,祝詞若此高潔,豈酬應家可比。"

林鹿庵曰:"司冦中原偉望比部,時爲分司道同志合,故詩中亹亹不置。"

張登子招同李仲木、蔣大鴻、錢武子、子璧、張洮侯書乘徐彥和丹六於南華山館泛舟禊飲時上巳後十日

秋水名園舊,招尋曲渚春。他鄉逢上巳,勝地及佳辰。柳色方迎日,蘭期已過旬。石橋通紫邐,鳥榜漾青蘋。二水如分鏡,千巖作比鄰。峰危生鶻眼,樹老出龍鱗。客似來天外,吾其問水濱。竹邊堪繫艇,石上可乘縡。泛牽鷟魚泳,攤書聽鳥馴。香分右軍酒,鱠合季鷹蓴。栗里非因晉,桃源不爲秦。歸雲怡鶃雀,斜日冷松筠。高髻看遊女,綠蓬卧醉人。弟兄無少長,杯勺任逡巡。興向花前盡,交從物外親。鸝瓷傳逸態,漁笛老閒身。屢倒平頭瓮,常敧折角巾。詩因脩禊好,人比永和新。樓北環城堞,溪南遠市塵。誰爲蠡湖長,世號鹿裘民。令節頒春讌,名山託隱淪。樹幽懷庾信,宅古勝王珣。不羨商山老,長爲洛社賓。能將蒙叟意,陶詠適天真。

毛大可曰："蘭亭勝跡如續舊遊，雅麗新清，更足引人逸興。"

弔岳鄂王墓祠　　十八韻

　　南渡勤王日，中興待枕戈。捐軀存社稷，戰血蕩山河。地敵中原盡，星搖大角多。氣能吞漠北，盟恥劫曹柯。父老驚揮淚，權奸勅請和。軍聲山嶽撼，電閃虋旇過。痛哭班師地，摧肝飲馬坡。非辜裁白起，敢勇忌廉頗。雪恥心尤烈，精忠誓不磨。燕雲空唾手，瀚海更揚波。冶鐵因檮杌，肖檜、卨像，囚於墓傍。吹沙走鸛鵝。未酬還二帝，遺憾掃群魔。皎日虹長貫，蒼天壁欲呵。頓令臣死矣，其奈國讎何。碑碣松形古，衣冠廟貌峨。陰厓瓩木魅，江岸吼靈鼉，一代興亡恨，千秋慷慨歌。荒祠高塚在，禾黍沒銅駝。

　　彭爰琴曰："寫得忠武鬚眉欲動，英氣凜凜逼人。"
　　弟弋雲曰："結句淒然，山河欲泣。"

金長真郡守重建歐陽公平山堂賦贈　　四十八韻

　　宋代平山舊，遺跡尚古丘。閒堂初卜築，喬木任優遊。太守揮毫暇，山翁載酒遊。蒼烟平楚盡，落日大江流。宦跡多淮海，文章逼斗牛。崗迴通蜀脈，山亙接吳頭。得意栽叢桂，忘機狎海鷗。窗分曲池雨，門對望潮秋。官舍青爲幕，農家綠滿疇。疏籬低舞鶴，古柏偃蒼虬。花下岐公讌，亭前魏國騶。瑞能呈芍藥，春欲到箜篌。勝友時脩禊，群寮每唱酬。壁盈楊柳句，簾度竹西謳。興廢千年換，荒頹片址踩。沙門耘燕麥，獵騎縱麂罘。梵宇聯殘壘，官橋注隘湫。傾垣藏促織，斷磴出扶蕓。鳥寂常窺案，魚閒不避鉤。醒心成宿莽，豐樂半荒楸。二亭名歐，建於滁州。慨自前賢跡，翻生吊古愁。何期淪數代，今始觀重脩。領郡同爲守，論才實并歐。名高情自合，興至樂相求。選地鄰珠澤，徵材集爽鳩。朱甍金錯落，畫棟玉雕鏤。桃出玄都豔，蘭滋瓜圃柔。千尋營桷古，六一探泉幽。紫館明霞映，叢霄玉案投。巍然此堂搆，宛若一箕裘。元祐風斯變，廬陵澤未休。烟蘿增別墅，花月古邗溝。短賦煩明遠，佳銘待李尤。有無山色杳，清淺水光浮。岸柳迎仙佩，沙禽認使遊。翠微侵爽閣，返照入江樓。仰止瞻星漢，儀型薦芷羞。琴樽銷永晝，風雨夢滄洲。野闊鴻初落，廊空鹿自呦。訟希隨吏散，政簡喜農耰。胥浦來枚叔，羅池記柳侯。樽因詞客滿，詩以醉翁留。蓉閣空中出，蕪城望裏收。野棠垂蘼羃，蠻鳥喚鉤輈。王粲依南郡，淵明愛督郵。亭心邀舊月，墻角長新蒭。白袷逢遊侶，青楓繫客舟。風流慕賢守。今古説揚州。

周雪客曰："感慨悲涼，俯仰都盡。"

嚴少司農顥亭六衮和白侍郎代藺寄元微之百韻詩

章皇臨御日，同第祝鳩司。并響瞻天闕，齊名受主知。螭頭常獨捧，驥足詎能覊。特羨弘文秘，寧嫌執戟卑。上林多諷諫，大寶獻箴規。聖德憨匡弼，良朋愛切偲。春秋膠相著，月旦汝南持。侍女添香襥，諸生隔絳帷。陪遊戲狐苑，校獵鬪雞陂。酬唱惟同調，朝參不誤期。開樽嘗索俸，出署每留詩。博涉千門賦，精探一字師。伊周臣自勉，死季弟難爲。拄老西山笏，彈空別墅棋。豹姿宜在霧，鴻起漸於逵。銅鶴巍丹陛，太和殿墀有雙銅鶴。金魚漾綠池，僚友晏集多聚金魚池。行吟時載酒，休沐數搜奇。詞妙題黃絹，官方勵素絲。古秋垂院草，信美出墻枝。古秋、信美、顥亭與予邸舍堂名。僻巷高軒過，幽居小徑迤。曝書誇北阮，買艇載西施。燕市吹簫侶，邯鄲挾瑟姬。壺觴爭眷戀，車馬逐遊嬉。欲屈武安膝，難描京兆眉。商歌壺盡缺，革孔帶頻移。大雅宣城倡，新聲汴水遺。指愚山、錦帆。開襟舒一笑，岸幘倒千巵。北宋濡毫健，南丁北宋京師口號也。髯張覓句遲。荔裳、譙月。短長皆合格，出入必聯騎。勝事千秋在，詩名七子垂。星槎各遠泛，雲路有分歧。泰岱名逾重，龍門謗亦隨。春官三疏上，廷尉片符摧。馬援非求貨，相如可賃資。澠淄良莫辨，柳播詎相宜。予謫靖安，顥亭時爲救護。更惜投荒日，猶當少壯時。鵩鵜愁裏賦，魑魅隙中窺。典客憂蘇武，予初爲主客司。從軍抗令孜。行當求革裹，安復用毛錐。心逐瞻烏府，名埋牧豕坻。何期青海畔，忽下白麻詞。家竭千金產，園荒半畝基。初鶯丹闕動，老馬玉關疲。再見長安日，相看酒市旗。乍逢歡過望，序別話無衰。音冗。乳酪當樽換，羊裘帶雪披。加餐勤問訊，將作莫羈縻。携手河梁唱，驚心歲月馳。予應返盤谷，君自靖丹墀。直諫須陳劭，離騷託京差。語高天閣奏，人羨夕郎姿。彩筆呈三賦。黃鐘協五莖。鳳毛朝自炫，長公柱峰初入翰苑。雞唱曉頻呹。世許英雄輩，名傾大小兒。致身思激濁，爲國敢謀私。立仗羞儕馬，彎弓決射狸。屢蒙明主宥，不受佞臣欺。痛哭疏偏上，和衷政有毘。天威真儼若，帝鑒實臨茲。數馬何難對，披鱗勿憚危。先以同鄉被詰。鄉思吳會遠，世路蜀山巇。易致沙蟲射，須防市虎疑。喬松迎日傲，木槿望秋萎。御史崇臺諫，司農領度支。敖倉祛積病，漕舶免吹疵。時以御使大夫遷倉漕侍郎。秦隴搖關樹，衡湘斷沚蘺。幕中楊僕起，城下魯連辭。驍騎戒邊吏，樓船截島夸。頻煩青兕甲，未遣碧雞祠。横海將軍柱，平淮丞相碑。澄清祈旦夕，淪隱尚江湄。烽靖通傳檄，兵消罷守陴。音書愁問阻，雨雪望漫瀰。天外搏風鶚，沙邊泛水鵁。應長依北闕，且莫念東籬。畦秫秋能熟，樵漁晚未炊。脩途憐馬齒，駭浪鼓蛟鬐。幾踐探梅約，偏殷採葛思。宸衷懷袞補，凱奏擬鐃吹。共羨張蒼美，何憂衛玠羸。天台司管轄，仙掌沃醇醨。僕射新開府，文昌舊省儀。自容收藥籠，寧誚拔園葵。書到連長牘，衣恒改敝緇。賞音移玉雁，取醉解金龜。釣弋心尤戀，烟霞痼莫醫。優哉聊復爾，逝者已如斯。洞口峰千尺,溪灣水一涯。山童吹短笛,游女躡文綦。舊日爭携榼,何年訂採芝。詠詩欣在澗,筮易得重離。甲子週方始,庚申守勿虧。還丹知不邈,抱朴信能追。與物胸無忤,匡時髮未衰。耆英咸聚里,洛社更招誰。桂殿同棲託,蓬山若等夷。大名垂史册,至道保期頤。欲遂懸車志,寧爲伏櫪悲。千言寄永好,十載慰調饑。爲我貽康樂,羊求共和之。

顧且庵曰:"長篇累累若貫珠,而敘次磊落,格法變宕,可作司徒一小傳。三複此詩,令我益深山陽之感。"

秋日村居

我愛村居僻,棲山興未厭。澹烟迷竹徑,初日覆茅檐。扶杖緣苔滑,尋橋惜莽淹。溪湍搖樹杪,雲起出峰尖。村舍菱菰熟,農家笑語恬。種蔬常望雨,菽圃且腰鐮。菓墮鼯爭拾,籬開鹿過覘。深林驚犬吠,稔歲葉雞占。墻短垂書帶,楓高颭酒簾。身閒長懶慢,客到少恭謙。睡穩聞凳足,詩成悵落髯。嘲人隨季野,知我問劉惔。瑟調蟲聲和,盤餐蕨味兼。渚清看鳥浴,花落瞵魚瞼。最得滄洲趣,渾忘旅鬢添。放愁城市遠,茗芋醉何嫌。

扶荔堂詩集選卷十一

五言絕句　雜集

待漏東省口號與張[一]黃門

曙色天街靜,參橫掛鳳城。歲星何處是,長傍紫薇明。[二]

【校記】

[一]"張",《信美軒詩選》作"嚴"。

[二]《信美軒詩選》評云"整鍊入格"。

禁中秋夜

鐘聲初度月,疏影落琅玕。不辨清秋色,瓊樓曉更寒。

梁蒼巖曰:"整秀入格,比美王岑。"

值雪

騎馬踏雪還,門前閒行客。知無訪戴人,徑深已盈尺。

陳隱倩曰："簡質如話，而意味無窮，從唐人'松下問童子'等作得來。"

寄答錦雯

昨日得君書，怪來成久別。不言別來久，但言鬢上雪。[一]

【校記】

［一］《信美軒詩選》評云"言樸而意出"。

弔侯朝宗

昔遊大梁都，駐馬夷門下。長揖問侯生，誰爲抱關者。[一]

【校記】

［一］《信美軒詩選》評云"古調"。

題畫與宋玉書

清溪淨如拭，幽徑人跡少。惟有溪上雲，閒來伴垂釣。

清暉閣夜同黃考功作

波光入空翠，照我池上樓。無心弄明月，臥對百泉流。

王蓼航曰："太白音調，諷之神爽。"

蘇門山

空林有高士，丘壑見餘清。日暮松風起，猶聞長嘯聲。

291

同王蓼航采菊

此地同君醉，尋山興自賒。不知逢九日，閒殺故園花。

渡洹水

落日邯鄲道，秋風古岸西。堪憐河上柳，沙撲馬頻嘶。

<small>汪朝采曰："岑嘉州'汾橋柳樹'同一寄慨。"</small>

村居

野色望無際，白雲閒不掃。欲窮花徑深，去問溪南老。

二

中夜殊未眠，隔溪聞蕩槳。深林山鼠啼，月到空潭上。

三

家家飼蠶子，綠滿柔桑渡。但見蝴蝶飛，不見樵歸路。

四

不識斜塘路，鄰村酤酒回。野雲隨處有，楝花開未開。

五

夕霽涼風發，灘清鷺鷥立。老樹出溪灣，上有漁人笠。

六

客至脫帽坐,索酒兼栗棗。月出可攤書,繩牀爲君掃。

七

向夕鳥不喧,微風動山閣。愛聽松下聲,滿地松花落。

八

空濛山色裏,雨足秔苗喜。寄與老農知,明朝得晏起。

九

晞髮躡危岑,行藥日已晚。坐待林鳥希,獨酌南山見。

十

苦吟不成醉,拄杖緣溪行。野眺欲歸去,空山聞磬聲。

張秦亭曰:"仿佛右丞輞川諸作,中間散澹處,頗有陶、韋風味。"

古　意

庭中撲蝴蝶,花深無覓處。驚起復還來,飛上櫻桃樹。

又

玉腕露春紗,妝樓日未斜。嫌他難插鬢,不採繡毬花。

沈其朽曰:"冶情豔態,芳氣襲人。"

題畫八首

峨眉

峨眉千年雪,流照玻璃江。巉巖蔽奇色,不見漁人□。

棧道

蜀道鬱嵯峨,棧閣亙天起。多是秦時雲,直繞華陽水。

武夷

高峰三十六,坐拱武夷君。曲磴緣籐上,俯身攀白雲。

赤壁

赤嶂橫江秀,非關一炬時。月明閒放艇,清絕少人知。

三峽

瞿唐出峽口,輕舠疾如弩。一路猿嘯聲,吹度巫山樹。

泖峰

九峰列如黛,長泖多白鷗。幾村葭菼外,指道陸機山。

石梁

金庭跨石梁,絕澗俯千丈。洞日桃花飛,流出深潭上。

燕子磯

王氣金陵湧,山根鑢石磯。六朝存老樹,水葉大江飛。

宋思亭曰："八首意寓景先，神超境外，蒼渾窈峭，真摩詰詩中畫也。"
慕見曉曰："一望蒼然，皆成空碧。"

六言絶句

山居遣興

柳岸烟藏鶪鶒，茅檐日冷松筠。此處不嫌老子，懷中且覓賢人。

其二

足了一生惟酒，無求終日看雲。能將篳門自扃，何用移北山文。

仇蒼柱曰："六言絶昉自叔夜，而摩詰《田園樂》實暢宗風，諸作古俊蒼特，足駕晉唐而上之矣。"

過海昌贈許酉山令君

海雲遥映林泉，庭中琴鶴依然。醉倚長松讀易，許詢原是神仙。

爲吴園次題照

一片秋光照眼，半間茅屋藏身。豈是樊籠中物，聊作羲皇上人。

其二

人道嵇康是懶，世傳梅福爲仙。隨意五湖烟水，不知何處安眠。

吴香爲曰："傳神正在阿睹中。"

扶荔堂詩集選卷十二

七言絶句　雜集

曉至南海子

安定門前霜月斜，御溝橋畔亂啼鴉。蒼茫不辨朝天路，遥望紅雲是帝家。

王阮亭曰："祠部七言絶，上溯太白，下亦不失杜牧、韓翃，良由調高自爾氣渾。"

青樓曲

建章春轉曙星稀，望裏紅塵作隊飛。妝鏡慵開香霧散，金爐沉火熨朝衣。

宋轅文曰："采蒨音柔，飄揚合度。"

得徐世臣遊梁書却寄

嵩嶽雲低樹色昏，蕭蕭征馬過平原。可知客向夷門道，欲覓侯生説舊恩。

> 趙輥退曰:"感慨情深,惟滄溟得其婉便。"

其　　二

孝王池館柳新舒,草遍叢臺入望疏。兄弟他鄉頻作客,南州還得幾行書。[一]

【校記】

[一]《信美軒詩選》評云"何其閒雅"。

沈韓倬席上送曹持原之令西寧

孤舟一片楚江雲,兩岸猿聲徹夜聞。望到龍鄉何處是,桄榔庭[一]畔最思君。

> 吳六益曰:"調可遏雲,直逼龍標之勝。"

【校記】

[一]"庭",《信美軒詩選》作"亭"。

過半野園與程箕山寅長

秋到蓬門盡日扃,石牀低覆野雲青。銜杯獨向斜陽升,一片西山對草亭。

其　　二

半畝荒園帶雨耡,短墻風過倍扶疏。青溪道士時相訪,幾上長攤種樹書。

其　　三

不見程生已數旬，新成小築畏迎人。松陰滿地妨[一]高枕，怪爾巢由是後身。

> 王大愚曰："意能新出，正勝劉賓客《過鄭山人》作。"

其　　四

空井雙桐烏雀喧，閒來蒔藥斷柴門。微君獨抱棲山興，那得長安有灌園。

> 薛行屋曰："善於托諷。"

【校記】

［一］"妨"，《信美軒詩選》作"看"。

送王邁人少參由始安遷懷州

三巴倒壓楚江流，玉壘長空天外浮。更有孤舟南徙客，聽君夜半話潯州。

> 董閬石曰："起手直追太白，結語悲涼，黯然動魄。"

其　　二

楚天西盡穆陵關，白帝孤城霄漢間。兩地相看萬餘里，故鄉今隔幾重山。

> 朱錫鬯曰："意在境中，不堪牢落。"

答寄朱近修

緣溪十畝種胡麻,歸到南湖便作家。日暮惟聞漁唱遠,酒闌獨對紫藤花。

<small>陸冰修曰:"描寫入情,得中唐深致。"</small>

聽舊宮人彈箏

銀甲斜抛雁柱飛,玉熙宮裏尚依稀。不須彈到回波曲,說著先皇淚滿衣。

<small>趙錦帆曰:"真樸處,益見愴悗。"</small>

呂翁祠

樹聳仙壇接翠微,白雲祠下望依依。向翁乞取還鄉夢,直欲凌空化鶴飛。

<small>徐松之曰:"仙骨泠然。"</small>

望天壽山

露白荒園石馬傾,殘碑零亂蘚苔生。狐狸盡抱昭陵樹,風雨黃昏作嘯聲。

<small>杜茶村曰:"唐人《宿昭應》詩,悽楚欲絕,此以聳突見奇。"</small>

其 二

高峰突兀散流霞,天外鐘聲一徑斜。認道前朝功德寺,老僧還著舊袈裟。

> 汪茗文曰："寓旨警別。"

聞　　笛

春城吹笛望江樓，春色年年未解愁。入破一聲花盡落，不知誰按小涼州。

> 李丹壑曰："李君虞《春夜聞笛》楚雁北飛，正與江樓花落同一蒼涼。"

柯岸初席上聞歌

促拍伊州第一聲，玉關人去倍含情。當筵此曲猶堪淚，況過盧龍磧外行。

> 毛馳黃曰："意隨調出，真得龍標宛折處。"

從軍行三首

萬里龍沙一雁飛，數聲殘角度金微。分明吹落城頭日，多少寒光透鐵衣。

其　　二

愁雲漠漠雁歸聲，欲到鄉關夢裏行。塞水盡流天更遠，秦王何意築長城。

其　　三

草沒孤城馬渡難，誰教身許破樓蘭。長征已慣沙場苦，獨恐深閨夜月寒。

> 陳其年曰："愛深情摯，較唐人諸作，更刻入一層。"

塞上曲六首

榆關日落慘秋風，駝背油幢馬掛弓。傳道單于城外獵，胡笳一夜滿雲中。

> 周宿來曰："逭調高穩，與賈至'萬里平沙'一首同意。"

其 二

紫塞黃[一]沙撲面飛，紅妝小隊窄裘衣。月明氉帳彈箏坐，共待戎王夜打圍。

> 尤悔庵曰："景色生動欲舞。"

其 三

蠕蠕邊外雪紛紛，白草連天接寨雲。伐鼓迎神群賽飲，至今惟說李將軍。

其 四

焉支北枕黑山高，羚乳駝酥醉濁醪。自是涼州新破後，好將貂錦換葡萄。

其 五

居延雪盡草初肥，放兔呼鷹教打圍。奪得健兒雕羽箭，翻身騎馬疾如飛。

其　　六

百戰洮河西備羌,合黎山外月如霜。白頭老將沙場臥,尚説彎弓從武皇。

孫赤厓曰:"悲壯之音如問擊筑。"

【校記】

[一]"黄",《信美軒詩選》作"胡"。

送趙敘卿省親歸吳中

玉關歸去倍情親,乍見俱驚夢裏人。惟有牽衣數行淚,隨風散作馬蹄塵。

爲櫟園題莊澹庵畫卷四首

迴峰突兀水潺湲,倚仗看雲意自閒。許底不知何處明,洞庭秋雨鹿門山。

宗梅岑曰:"結語秀聳。"

其　　二

巑岏七十二芙蓉,九折飛泉萬丈松。夢去匡廬渾不遠,臥遊長在最高峰。

其　　三

梧桐遥映白蘋洲,影入溪橋水亂流。啼鳥數聲山葉下,因風吹到讀書樓。

> 倪闇公曰："西江詩淚中多此逸調，大似元人畫中詩。"

其　　四

烟澹秋林返照新，磯頭何處問垂綸。白雲滿地丹楓老，落向空山不見人。

爲顧伊人題桃源圖

桃花源頭春水流，落花流水兩悠悠。不信南陽劉子驥，津邊錯問幾漁舟。

> 余澹心曰："神似太白，然儻闒別境，正不容他人問津。"

施愚山秋林獨易圖和原韻

宛木詩名海內傳，著書頭白手韋編。閒來獨坐疏林下，落盡青楓不記年。

其　　二

聞道揚雄善解嘲，草玄亭樹傍東郊。知君自信行藏事，可在風山第六爻。

橫　江　詞

襄陽大艑泊如堆，襄陽估客醉幾回。人人盡道風波惡，更有孤檣打浪來。

其 二

東風吹浪北風寒,船到江心欲住難。船頭小婦知風汛,説與篙師莫放灘。

  毛大可曰:"供奉曾爲此詞,校之世路,風波之感,尤見警策。"

明 妃 怨

琵琶聲斷月光寒,舊著宫衣淚未乾。正妾此時容貌换,君王須展畫圖看。

  錢武子曰:"莫道不如宫裏時與'展畫圖看',各有深情,詞兼雅怨。"

其 二

憶昔長門望玉鑾,秋風浙浙動齊紈。穹廬滿地皆霜雪,不及西宫一夜寒。

其 三

絶塞和親去不辭,漢宫無復鬭腰支。長秋翠輦何曾到,不信蛾眉信畫師。

  王丹麓曰:"昭君光明後宫,終不見幸,千古同慨。此詩令漢明帝見之亦當心折。"

送宋牧仲少府還江夏

永安城樹裏雲霄,城下江流挾暮潮。惟有夜猿啼不住,東風吹過緑楊橋。

與朱清田飲市樓

乘醉看山野徑幽,霜華滿樹對江樓。落星岡下胡姬酒,換却詩人紫綺裘。

爲臨汀陳伯驌題畫

橫絕千峰江上村,幾灣流水抱柴門。蓬萊高閣知何處,雲裏青山是故園。

> 吴香爲曰:"結局悠然,可思旅客天涯不堪俯仰。"

題徐徵君電發菊莊圖

迴峰日影抱虛堂,野徑秋花覆石牀。獨酌自吟修竹裏,東籬深閉滿園霜。

爲周雪客題戴笠圖

曾讀梁園賦草新,烟波豈便老垂綸。倚斜笠帽人爭識,却笑林宗折角巾。

其二

樹掛蒼籐山色昏,緑蓑青箬住江村。君家原有蒸丹術,應把棲霞當鹿門。晉時華陽周壽陵善餐霞之法。

> 邵二峰曰:"詩中亦有霞氣,蜿蜒舒卷,直上天際。"

虎丘竹枝詞十二首

白蓮池邊鳩亂啼，白公堤下草萋萋。當罏女兒善留客，狂殺遊人醉似泥。

其　　二

六幅新裁鬭錦裳，鄰家女伴約燒香。不知默禱緣何事，手撚花幢拜法王。

其　　三

山塘無日不花開，日日看花醉却回。七里彫闌生紫霧，估船初載牡丹來。

其　　四

挽出堆鴉別樣新，藕絲衫子蹙紅巾。下陂只少蓮生步，風起羅裙惱殺人。

其　　五

衆中偏指箇儂誇，忖道儂身未破瓜。解惜春光太無賴，侍兒驚著繡毬花。

其　　六

賣花聲裏喚錫簫，祭掃清明尋寺遥。短薄祠前群賽會，神燈閃過半塘橋。

其　　七

鶴澗南頭菖葉稀，竹林開遍紫薔薇。輕搖舴艋向花去，欸乃一聲山鷓飛。

其　　八

三弦舊數陸君陽，近擅琵琶蘇四郎。鼓罷十番行客散，滿山殘月照禪房。

其　　九

簫鼓春風罨畫船，生公石畔翠生烟。遠看莫問如花色，惟有腰支劇可憐。

其　　十

迴廊遠遍濕檀霞，草綠裙腰曲徑斜。豈是吳宮愛高髻，碧雲千朵襯桃花。

其　十　一

憑欄目送兩情濃，偏向人前屬意儂。好似銜泥雙燕子，花邊又見柳邊逢。

其　十　二

虎丘焙筴產山家，綠玉如鈎未剖芽。採得月團交四月，官人齊出試新茶。吳儂稱公府爲官人。

　　尤悔庵曰："虎溪風景宛然在目，其委折摹情處，幾令劉夢得、楊鐵崖輩無處生活。"

題尤悔庵小影

花潭修竹淨無塵，長嘯歸來寄此身。留得阮生雙白眼，朝朝池上看垂綸。

其 二

三年遠塞棄官歸，爲愛吾廬早拂衣。不用買山錢十萬，水哉亭是舊漁磯。

<small>董方南曰："展成奇懷曠致，寫得逸態橫生。"</small>

題袁重其霜哺篇

娛親終日戀庭闈，發發春風動綵衣。最羨吳門袁孝子，慈鴉長繞北堂飛。

負母看花圖

燕子庭前花滿枝，袁生負母看花時。寸心難報春暉短，日日看花却恨遲。

<small>顧羽先曰："至性語，令人欲廢《蓼莪》。"</small>

和韻酬會侯武令舍弟素涵飲稚黃草堂見懷之作

滿目煙波去住難，西風八月渡嚴灘。但知秉燭裁詩夜，江上秋高白露寒。

其 二

豐樂河橋水暗流，草堂樽酒共清秋。遙憐病客無書著，叢桂花開獨倚樓。

陸梯霞曰："交情款至，不特吐詞高妙。"

范文清自洪州歸

掛席長流酒未醒，夕猿啼處亂山青。無端東去鄱湖水，落盡秋楓孺子亭。

徐方虎曰："情在境中，飄然意遠。"

贈笠溪漁者

五湖爭長是漁家，繫艇柴門暮雨斜。莫問太康年底事，一蓑烟水臥蘆花。

歸星厓曰："張志和漁父詞，綠蓑青笠中恐未得此心事。"

鳳 仙 花

翠萼籠烟上鬢鴉，猩唇珠葤露檀牙。自從蕭史乘鸞去，散作秦樓五色花。

錦 纏 頭

十部梨園樂未休，鳳翹雲髻女班頭。昭陽第一新承賜，爲賦嬈嬌宋子侯。

夾竹桃

紫玉橫釵壓翠鬟，琅玕秋色罩紅顔。武陵人去花源渡，袖惹瀟湘竹淚斑。

姜汝皋曰："詠卉諸作，冶豔中自饒風骨。"

爲邵景桓題射獵圖卷子

白馬金鞍貂錦衣，平沙草淺疾如飛。他年早獻相如賦，好扈君王射獵歸。

周敷文曰："中有諷義，期許不淺。"

其二

紫塞秋高苜蓿肥，千山落日照金微。回看小隊燕支女，醉擁紅旌出打圍。

擲果圖

入市羊車嬌暮春，香風吹遍洛陽塵。便看圖畫争相憶，況是曾親玉貌人。

題葉司訓洗馬圖小照

碧浪迴波弄落暉，障泥長卸玉湖磯。盤中多少琅玕色，苜蓿秋高馬自肥。

其　二

小立紅粧貌似花,風流京兆足相誇。好牽玉勒揚鞭去,楊柳章臺日未斜。

其　三

湔祓清波日幾迴,五花雪錦爛成堆。知君特有孫陽盼,却笑昭王空築臺。

弟素涵曰:"司訓頗能作豪,三作抒寫生色。"

冬暮懷沈其杓

小閣憑欄獨舉杯,晚烟疏樹對荒臺。知他醉卧陽昌畔,那得還從雪裏來。

吴歲星曰:"調笑語,情致愈雅。"

附《西陵十子詩選》詩二首

重登松濤關懷陳東來

高閣臨危磴,蒼蒼入暮雲。昔遊人散盡,何地可遲君。

蟬

八月蟬聲咽,微吟送夕陽。所嗟時代謝,非爲感秋霜。